Dunkle Verwicklungen auf La Palma

EIN KANAREN-KRIMI

Ullstein

Besuchen Sie uns im Internet:
www.ullstein.de

Originalausgabe im Ullstein Taschenbuch
1. Auflage Mai 2024
© Ullstein Buchverlage GmbH, Berlin 2024
Wir behalten uns die Nutzung unserer Inhalte für Text und Data
Mining im Sinne von § 44b UrhG ausdrücklich vor.
Lektorat: Britta Schiller
Umschlaggestaltung: bürosüd° GmbH, München
Titelabbildung: © www.buerosued.de
Gesetzt aus der Quadraat Pro powered by *pepyrus*
Druck und Bindearbeiten: CPI books GmbH, Leck
ISBN 978-3-548-06891-6

Freitag

Die ersten Sonnenstrahlen erreichten den zu jeder Tages- und Nachtzeit warmen schwarzen Sand und legten einen zartrosa Schimmer auf den Strand. Die Luft war klar und angenehm, der Blick wurde nur von den ansteigenden Bergen im Westen begrenzt. Ein Bilderbuchmorgen am Meer, wie so oft auf La Palma. Einige Möwen spazierten auf Nahrungssuche in den sanft auslaufenden Wellen.

Die Leiche, seltsam zur Seite verdreht, den Kopf teilweise unter der Wasseroberfläche verborgen, steckte in einem Anzug aus immer noch erkennbar feinem Tuch und schaukelte sanft vor sich hin. An der linken Hand, vom Wasser umspielt, glänzte die goldene Uhr im Morgenlicht. Die schwarzen Schuhe sahen teuer aus. Wäre die Kraft des Meeres stärker gewesen, so hätte der Sog der sich zurückziehenden Wellen den Körper mit dem klaffenden, blutverschmierten Loch am Hinterkopf wohl mitgerissen.

Oberhalb des Strandes, dort, wo das Bananenfeld begann, stand ein Mensch und beobachtete die Szenerie, bevor er sich umdrehte und zwischen den noch dunklen Reihen der Bananenpflanzen verschwand.

Ben Rodríguez hörte einen erstickten Schrei. Es dauerte, bis ihm bewusst wurde, dass er selbst es war, der da röchelte und gurgelte. Schweiß stand ihm im Gesicht, sein Körper fühlte sich an, als hätte er längere Zeit im Meer gelegen.

Aus dem Albtraum dankbar erwacht, saß er keuchend im Bett. Ein Krächzen ertönte im Raum. Es war Bob Dylan mit seiner Ballade »Mississippi«, sein Handy-Klingelton. Ben versuchte, die Nebel aus seinem Kopf zu vertreiben, griff nach dem Telefon und hörte Nairas melodische Stimme.

»Hola, Ben! Wie geht's dir, wann kommst du vorbei?«

»Wenn du mich rufst … jederzeit!«

»Das höre ich doch gerne«, sagte Naira Calderón, die Buchhändlerin aus Santa Cruz, lachend. »Aber es geht nicht um mich. Deine Bestellung ist eingetroffen, die neue Tanausú-Biografie.«

»Das ist ja wunderbar! Morgen Abend wäre für mich gut, heute treffe ich meine Schwester. Passt das bei dir? Ich könnte einen Malvasia von Victoria Torres mitbringen.«

»Ja, das passt sogar sehr gut. Dann also bis morgen! Sagen wir so ab sechs?«

Noch immer etwas benommen, tappte Ben in Richtung Badezimmer. Seine Laune hatte sich schlagartig verbessert. Auf das neue Buch über den Anführer der Benahoaritas im fünfzehnten Jahrhundert hatte er schon lange gewartet, und er freute sich auf den Abend mit Naira. Aus dem Badezimmerfenster fiel sein Blick auf den Níspero, die Wollmispel, die auch in diesem Jahr viele Früchte trug. Zwischen den dicht belaubten Ästen blitzte das Blau des Meeres durch.

Er machte einige Dehnungsübungen, wie immer, wenn er morgens allein war. Und das war er in letzter Zeit viel zu oft.

Das warme Wasser prasselte auf seine glänzenden schwarzen Haare und seinen muskulösen Körper, dann rief ihn ein eiskalter Strahl endgültig ins Leben zurück. In seinen leichten Baumwollbademantel mit afrikanischen Mustern gehüllt, war er bereit, den Tag zu begrüßen.

Er füllte Wasser in einen Topf, um seinen Berbertee zuzubereiten, eine Mischung aus Grüntee und marokkanischer Minze, versetzt mit einigen Kräutern. Dieses morgendliche Ritual hatte er sich vor einigen Jahren in Madrid angewöhnt. Sein marokkanischer Teehändler – die beste Begegnung während seiner Zeit in Madrid – schickte ihm alle paar Monate ein Paket nach La Palma.

Noch bevor er den ersten Schluck nehmen konnte, war schon wieder das Krächzen Bob Dylans zu vernehmen. Er fluchte leise.

»Hola, Ben, hab ich dich geweckt? Falls ja, tut es mir nicht leid ...«, dröhnte es aus dem Telefon. Sein Freund Pedro Fernández, der Kripochef von Santa Cruz, meldete sich selten so früh am Tag.

»Lieber Freund, ich bin schon seit sechs Uhr wach. Ich muss ja schließlich meinen kritischen Artikel über die Polizei auf La Palma fertigstellen«, konterte Ben mit einem ihrer üblichen Scherze.

Während er mit einer Hand seinen Tee umrührte, hörte er mit wachsendem Interesse zu: Am Meer, in der Nähe von Todoque, war die Leiche des Bauunternehmers Álvaro Martínez entdeckt worden. Martínez war wegen eines gigantischen Hotelprojekts zuletzt wiederholt nach La Palma gekommen, um alles höchstpersönlich unter Dach und Fach zu bringen. Das Projekt stand kurz vor der Genehmigung. Das wusste Ben, denn seine Schwester Yaiza vertrat als Anwältin eine Umweltgruppe, die den Kampf gegen die Zerstörung der Natur auf der Insel aufgenommen hatte und sich auch gegen dieses Projekt stemmte. Nun war Álvaro Martínez also tot. Erschlagen. Und wie immer, wenn es wirklich ernst wurde, wandte sich sein Freund Pedro an ihn. Das war schon seit ihrer Kindheit so.

»Wir könnten uns heute gegen fünfzehn Uhr in Los Llanos beim Kiosco Aridane treffen und die Situation ein wenig – äh – besprechen. Hast du Zeit? Ich wäre dir sehr dankbar. Und den Kaffee zahl ich auch.«

Ben sagte zu und beendete das Gespräch. Während er nun endlich dazu kam, seinen Tee zu trinken, überlegte er, was diese Nachricht für ihn selbst bedeutete. Er war Journalist bei einem Medienkonzern mit Hauptsitz in Madrid und schrieb für zwei Zeitschriften der Gruppe: die »Canaria Culinaria« und die »Tenerife & La Palma weekly«. »Canaria Culinaria« war ein Kanaren-Monatsmagazin mit den Schwerpunktthemen Kunst und Kulinarik, »Tenerife & La Palma weekly« eine Wochenzeitung, die vor allem über lokale Ereignisse berichtete.

Sobald sich der Tod von Álvaro Martínez herumgesprochen hätte, würde sich die Redaktion bei ihm melden. Oder sie würden, weil die Familie Martínez sehr prominent war, einen Kollegen aus Madrid schicken. Wobei der Fall eigentlich nach einer interessanten Recherche klang ... Also war es wohl am besten, die Medienzentrale selbst zu informieren.

Seufzend stellte Ben die Teetasse ab und griff wieder nach seinem Handy.

Der romantische Garten an der Felsnase wirkte verwildert, doch wer genau hinsah – diese Möglichkeit hatten wegen Charlotte Schneiders Menschenscheu nicht viele –, konnte die sorgsam angelegten Gemüsebeete im Hintergrund sowie mehrere liebevoll gepflegte Strauchrosen vor dem Ateliereingang erkennen. Der Blick durch die steile Felsschlucht hinunter zum Atlantik und die endlose Weite des Himmels darüber waren bei jedem Wetter beeindruckend.

In Richtung des Dorfes Santo Domingo de Garafía schlängelte sich ein von Drachenbäumen gesäumter Fußweg. Es war ein meditativer Spaziergang von etwa einer halben Stunde, den Charlotte gerne unternahm, um sich bei der Bäckerin frisches Brot zu holen. An diesem kleinen Pfad lag auch ein altes, schon etwas desolates, verlassenes Herrenhaus im Kolonialstil. Die Kolonialherren wohnten heutzutage nicht mehr im Dschungel des Nordens, sie hatten Stadthäuser in Los Llanos oder Santa Cruz oder Villen südwestlich von Santa Cruz. Immer, wenn sie hier vorbeiging, blieb Charlotte für einige Minuten stehen. Schon als Kind hatten dieses Haus und die Wildnis rundherum sie verzaubert. Es wäre ihre erste Wahl gewesen, als sie viele Jahre später auf der Suche nach einem Haus auf die Insel zurückgekommen war, doch das Grundstück war sehr groß und viel zu teuer. Charlotte hatte sich dann, auch der Abgeschiedenheit wegen, für ihr wesentlich kleineres Grundstück mit dem alten, traditionellen Haus entschieden und von Handwerkern aus dem Norden, die sich besonders gut auf Holzverarbeitung verstanden, ein lichtdurchflutetes Atelier anbauen lassen. Dieses ganz besondere La-Palma-Licht war einer der Gründe, weshalb sie nach ihrem Kunststudium in Berlin, Madrid und Rom wieder auf die Insel ihrer Kindheit zurückgekehrt war.

Wie fast jeden Morgen ging sie, die dunkelblonden, schulterlangen Haare zu einem kurzen Pferdeschwanz gebunden und mit der Kaffeetasse in der Hand, eine Runde durch den Garten. Sie schaute nach den Rosen, genoss den süßen Duft und überprüfte dann das Wachstum ihrer Tomaten, Auberginen, Gurken und Zucchini.

Ihr Handy klingelte, und mit leichtem Unwillen nahm sie den Anruf an. Herta Artinger, wie Charlotte selbst Mitglied der Umweltgruppe »La Palma vivará«, sprudelte sofort los.

»Stell dir vor, der Martínez ist tot! Ist das nicht unglaublich?! Seine Leiche wurde am Strand von Guirres gefunden, gleich beim Hotelgrundstück! Wer hat denn da unsere Arbeit übernommen?«

Charlottes Gesicht wurde blass, und sie gab keinen Laut von sich.

Herta Artinger redete einfach weiter. »Du wirst sehen, die bauen nach dem Mord garantiert nicht weiter, also wird der Hotelklotz doch noch verhindert. Ist das nicht großartig?! Ich hab dich als Erste angerufen, aber nun will ich alle anderen informieren. So eine Sensation! Bin schon neugierig, wen sie verhaften werden, ich hätte da ja so einige Ideen!«

Dass sie keine Antwort erhielt, fiel ihr offensichtlich nicht auf. Sie redete noch ein bisschen weiter, bis sie sich hastig verabschiedete, um die anderen der Umweltgruppe anzurufen.

Charlotte setzte sich auf die hölzerne Gartenbank und starrte wie versteinert aufs Meer. Dann stand sie sehr langsam auf, ging in die Küche und wusch bedächtig, mit mechanischen Bewegungen, das Geschirr. Das war allerdings sauber, sie hatte es schon am Abend zuvor abgewaschen.

Ben stand auf seiner mit mehrfarbigem Lavastein ausgelegten Terrasse und sah auf den im Sonnenlicht glitzernden Atlantik, in die Richtung, in der die Isla Mágica, das sagenumwobene San Borondon, vermutet wurde. Ähnlich wie beim Ungeheuer von Loch Ness gab es viele, die behaupteten, sie hätten diese Insel gesehen oder sogar fotografiert. Auch Ben erzählte immer wieder, er hätte San Borondon im Morgennebel auftauchen sehen, aber sein Handy nicht gleich gefunden, und so gäbe es leider kein Foto, denn plötzlich wäre die Insel wieder verschwunden. In seinem großen Buchprojekt – er arbeitete an einer Geschichte der Kanarischen Inseln – würde sie natürlich vorkommen, mit einigen der Theorien, die sich um sie rankten, und alten Seekarten, auf denen sie eingezeichnet war. Sein Schwerpunkt lag jedoch bei den Altkanariern, den Ureinwohnern der Inseln, von denen auch seine Vorfahren abstammten. Bens gute Freundin Naira teilte sein Interesse für die kanarische

Geschichte. Immer wieder schaffte sie es, schwer zu erhaltende Literatur aus aller Welt für ihn aufzutreiben, aus Bibliotheken, Archiven und manchmal sogar aus Privathaushalten.

Sein Häuschen mit dem kleinen Garten am Rand von Tazacorte lag etwas oberhalb der Bananenfelder. Das Grundstück wurde auf einer Seite von einem Avocadofeld und auf der anderen von den Rosen seines Nachbarn begrenzt. Nach Westen hin öffnete sich ein weiter Blick auf den Atlantik. Ben hatte das Haus von einem Freund aus El Hierro gemietet, der es als Vorsorge für seine Kinder erstanden hatte. Allerdings würde Ben wahrscheinlich noch lange hier wohnen können, denn bislang hatte sein Freund die Mutter seiner zukünftigen Kinder noch nicht kennengelernt. Er schmunzelte. Dann kehrten seine Gedanken wieder zu Álvaro Martínez zurück, den er eigentlich nicht unsympathisch gefunden hatte. Ein Unternehmer der hemdsärmeligen Art, ein Praktiker mit einem Händchen fürs Geld zweifellos, aber kein reicher Schnösel. Man erzählte sich, dass er zuletzt nicht nur wegen geschäftlicher Interessen so häufig nach La Palma gekommen war. Er hatte auch seine Liebe zu den Sternen entdeckt und war mehrfach in den Observatorien gesehen worden. La Palma war eine beliebte Insel für alle Fans von Sternen. Durch die geringe Lichtverschmutzung und den immer klaren Himmel mitten im Atlantik konnte man hier besonders gut ins Weltall blicken. Deshalb gab es am Roque de los Muchachos das in Europa einzigartige große Observatorium mit etlichen Spiegelteleskopen. Und nun hatte der Unternehmer ausgerechnet hier, auf der »Isla bonita«, der »schönen Insel«, auf der es so gut wie nie Gewaltverbrechen gab, seinen Tod gefunden.

Yaiza Rodríguez saß am Steuer ihres Autos und wartete wieder einmal auf ihre Tochter. Die ließ sich wie üblich viel Zeit. Yaiza war eine sehr disziplinierte Anwältin, aber auch privat hundertprozentig verlässlich und so gut wie immer pünktlich. Dass ihr Bruder Ben und ihre Tochter Elena dieses Gen nicht geerbt hatten, war ärgerlich. Wahrscheinlich war die Zehnjährige immer noch damit beschäftigt, ihre langen hellbraunen Haare zu kämmen, die sie selbst für die schönsten der ganzen Schule hielt. Ob sie ihre Tochter falsch erzogen hatte? In letzter Zeit hatte sie manchmal das Gefühl, andere Menschen nicht erreichen zu können, sosehr sie sich auch bemühte ... Das galt sogar für Charlotte, die eigentlich doch ihre beste Freundin war. Sie hatten einander zuletzt nur noch bei den Treffen der Umweltgruppe gesehen, um deren Anliegen es im Moment eher schlecht stand. Die Baugenehmigung für die riesige Hotelanlage bei der Playa Los Guirres, die das Unternehmen von Martínez dort direkt am Meer errichten wollte, stand unmittelbar bevor. Der Job von Yaiza war zumindest finanziell nicht davon betroffen – sie arbeitete ohnehin unentgeltlich für die Umweltaktivisten, eine ziemlich bunt zusammengewürfelte Gruppe von Idealisten.

»Tut mir leid, aber da sind mir zu viele Irre dabei«, hatte Bens Freundin Naira gesagt, als Yaiza einmal versucht hatte, sie für ihr Anliegen zu gewinnen. Ganz unrecht hatte Naira damit nicht. Charlotte, die eher zurückgezogen lebte, war nur deshalb in der Gruppe aktiv, weil sie La Palma und ganz besonders diese Gegend liebte. Sie hatte viele Bilder von der unvergleichlichen Meeres- und Gebirgslandschaft hier gemalt, die in Sammlerkreisen begehrt waren. Eines davon, ein kleines, ganz besonders schönes, in Blautönen gehaltenes, hatte sie Yaiza geschenkt. War das letztes Jahr gewesen oder doch schon vor zwei Jahren? In letzter Zeit schien irgendetwas zwischen ihr und der Freundin zu stehen, das für Yaiza jedoch nicht greifbar war.

Die Beifahrertür wurde zugeknallt: Neben Yaiza saß ihre Tochter, in schickem Outfit, worauf sie seit einiger Zeit sehr viel Wert legte. Vor ihrer Nase hielt sie ihr Handy.

»Warum kommst du erst jetzt? Warum hast du schon wieder das Handy vorm Gesicht? Hast du die Tür zugesperrt?«, blaffte Yaiza sie an, als sie so plötzlich aus ihren Gedanken gerissen wurde.

Elena verdrehte wortlos ihre graugrünen Augen.

Beschwingt schritt Naira die Straße von ihrer Buchhandlung »Biblioteca de Babel« zur Plaza de la Alameda entlang, wobei ihr dunkelbrauner, fast schwarzer Zopf hin und her schaukelte. Sie wollte ihre Mittagspause zu Hause im Gärtchen verbringen. Sie eilte am Kiosco mit seinen bunten Sesseln und Tischen unter Palmen, Lorbeerbäumen und Araukarien vorbei und ein wenig später am Barco de la Virgen, dem Nachbau der Santa Maria des Christoph Kolumbus, der das Schifffahrtsmuseum beherbergte. Nun waren es nur mehr ein paar Schritte bis zur Grenze des Stadtkerns von Santa Cruz, und hier, fast unmittelbar am Meer, stand das

Häuschen, das sie gemietet hatte. Für ihre vielen Bücher war es fast zu klein, aber sie fühlte sich hier wohl.

Sie war immer noch dankbar für den Zufall, der sie einst auf der Fähre von Teneriffa nach La Palma mit dem alten Kollegen Manuel Lopez aus Santa Cruz ins Gespräch hatte kommen lassen – beide mit dem gleichen Buch, dem gerade neu erschienenen Javier Marías, in der Hand. Er hatte ihr damals auf der Überfahrt erzählt, wie mühsam sich seine Suche nach einem Nachfolger oder einer Nachfolgerin gestaltete. Es gebe zwar einige Interessenten, aber die wollten nur während der Touristensaison über die Wintermonate öffnen, die Auswahl einschränken oder überhaupt nur Bestseller verkaufen, und das gefiel ihm gar nicht. Naira hatte ihm von ihrem Leben als Buchhändlerin erzählt, ihrer Liebe zu Geschichten, Historie und den Naturwissenschaften, von ihren Lieblingsbüchern, ihrer glücklich beendeten Beziehung zu Felipe und seiner Buchhandlung in Santa Cruz auf Teneriffa. Außerdem hatte sie ihm gestanden, dass sie nun wieder nach La Palma zurückkehren wolle – und eigentlich plane, eine Buchhandlung zu eröffnen. Ein Wort hatte das andere ergeben, und beide hatten jeweils für sich festgestellt: Das hier ist eine verwandte Seele! Am nächsten Tag hatten sie sich in Santa Cruz getroffen – der Rest war Geschichte.

Naira öffnete die Tür zum Vorgarten und ging gleich außen ums Haus herum in den Garten, zu ihrem schattigen Leseplatz unter einem Orangenbaum. Der Baum wirkte zwar etwas zerrupft, es reiften auch nie viele Früchte heran, aber sie liebte ihn allein schon wegen seines Blütenduftes.

Wenn sie darunter aufrecht auf der Holzliege saß, konnte sie den Atlantik sehen.

Sie stellte ihre mit Büchern vollgestopfte Tasche vorsichtig ab, um ihren gut genährten Tigerkater »Graf Potocki«, kurz »Tocki« genannt, der auf der Liege schlief, nicht zu wecken, und ging ins Haus. Der erfrischende Avocado-Mango-Salat würde schnell zubereitet sein. Die Avocados ihres Nachbarn waren gerade reif; sie hatten vereinbart, dass Naira die Früchte, die auf ihrer Seite wuchsen, pflücken durfte. Eine frische Mango hatte sie aus der Markthalle mitgenommen, eine Papaya wartete auch noch auf Verwendung. Sie schnitt die Mango, eine Avocado sowie die halbe Papaya in mundgerechte Stücke. Die Avocado beträufelte sie sofort mit Zitronensaft. Fürs Dressing verrührte sie Orangen- und Zitronensaft mit Olivenöl, goss es über die Fruchtstücke, vermischte diese vorsichtig und streute noch eine Prise Pfeffer darüber. Mit der Salatschüssel und einem unter den Arm geklemmten Stück Weißbrot wanderte sie auf die Terrasse und setzte sich an den Steintisch in die Sonne. Sie liebte diese Temperaturen um dreiundzwanzig Grad, die es hier fast immer gab – ein weiterer Vorteil der »Insel des ewigen Frühlings«. Jetzt, im August, wenn die hitzegeplagten Festlandspanier ihren Urlaub auf der Insel verbrachten, wurde ihr wieder einmal bewusst, in welchem Paradies sie hier lebte.

Wenn sie nicht nach La Palma zurückgekehrt wäre, hätte sie auch Ben nie getroffen. Sie erinnerte sich an ihre erste Begegnung, als ob es gestern gewesen wäre. Wenige Tage nachdem Naira die Buchhandlung übernommen hatte – die

Schilder waren noch gar nicht ausgetauscht gewesen –, war Ben Rodríguez vorbeigekommen. Manuel Lopez, der noch einiges einpacken und mitnehmen wollte, hatte ihr den sympathisch wirkenden Mann mit den faszinierenden dunklen Augen als Stammkunden vorgestellt. Es war sofort eine Vertrautheit zwischen ihnen entstanden. Ziemlich bald hatte Ben sie gefragt, wann sie denn Zeit für ein ausführlicheres Gespräch hätte, und Naira hatte zu ihrer eigenen Verblüffung spontan geantwortet: heute, am besten gleich heute Abend! Sie wolle nämlich noch diese schweren Kisten ausräumen, er könne ihr dabei helfen. Sie würde für Wein und Tapas sorgen, und dabei könnten sie sich in aller Ruhe unterhalten. Ach ja, und der Chesterfieldsessel, nein, kein Sofa, wirklich nur ein großer Sessel, der stehe noch im Hinterhof. Der müsse auch noch in die Buchhandlung. Aber zu zweit würde das sicher alles sehr schnell gehen. Ben hatte sofort zugesagt.

So einfach war's dann am Abend natürlich doch nicht gewesen. Der Sessel passte gar nicht durch die Hintertür und fast nicht durch den Eingang, aber gemeinsam hatten sie ihn schließlich an seinen Platz gebracht, und Ben hatte als Erster darin sitzen dürfen. Und dann hatten sie einander bei einem Glas Wein – na ja, bei einem war es nicht geblieben – alles Mögliche erzählt. Von ihren Lieblingsautoren und von denen, die sie gar nicht mochten. Und davon, was aus dieser und jener Lektüre entstanden war. Manchmal blitzte zwischendurch auch etwas aus ihrem Leben auf, das Naira normalerweise nicht so schnell jemandem anvertraut hätte. Als sie sich viele Stunden später getrennt hatten, war klar gewesen, dass sie sich bald wiedersehen würden.

Ben parkte sein Auto auf dem großen Parkplatz vor dem zentralen Supermarkt in Los Llanos. Hier war immer ein Platz frei. Während er die Ballade vom »Man in the long black coat« vor sich hin pfiff, hörte er hinter sich plötzlich eine samtige Stimme.

»Colega, was gibt's Neues auf dem Boulevard der Broken Dreams?« Ben zuckte mit den Achseln, und Zambada setzte nach: »Das Meer schwemmt zurzeit ja alles Mögliche an, wie man hört?«

Ben und Zambada verband ein unerfreulicher Vorfall: Vor einiger Zeit hatte Ben auf Lanzarote für eine Geschichte, die in der »Canaria Culinaria« erscheinen sollte, über einen sehr erfolgreichen Winzer recherchiert, der mit Weinanbau auf Lavaboden experimentierte. Ben hatte Gespräche mit ihm, seinen Konkurrenten und seinen Freunden führen wollen und die Termine akribisch vorbereitet, wie es seine Art war. Sein erster Gesprächspartner war der Bürgermeister der Insel gewesen, mit dem der Winzer seit Schulzeiten befreundet war. Nach dem Interview hatte sich Ben, da bis zum nächsten Termin noch etwas Zeit gewesen war, vor das nächstgelegene Lokal gesetzt und frischen Orangensaft bestellt.

Noch bevor dieser serviert wurde, nahm ein Mann auf dem Sessel neben ihm Platz, stellte sich als Kollege Zambada vom »imagen« vor und erzählte, er plane einen Artikel über den neuen Winzer und seinen sagenhaften Erfolg. Höflich, wie Ben nun einmal war, plauderte er mit ihm. Aber Zambada interessierte nur, ob Ben außer mit dem Bürgermeister sonst noch mit jemandem geredet hatte. Der Typ versuchte eindeutig, ihm Informationen aus der Nase zu ziehen. Daraufhin meinte Ben, er solle doch bitte seine Interviews selbst führen – über einen neuen strahlenden Stern am kanarischen Weinhimmel, wie »Cumulus« es war, könnten schließlich viele schreiben, und jeder Artikel würde am Ende anders sein! Zambada lachte, klopfte ihm auf die Schulter und ging. Bald danach bemerkte Ben, dass er einen Schatten hatte: Zambada hatte sich an seine Fersen geheftet. Statt sich selbst Termine zu verschaffen, drängte er sich dazwischen. Er setzte sich einfach dazu, stellte Bens Interviewpartnern Fragen und mimte den Kollegen. Und weder indignierte Blicke noch unfreundliche Worte hinderten Zambada daran, das Anhängsel zu spielen. Nach dem dritten Termin verschwand er mit den Worten »Wir Journalisten müssen zusammenhalten«, wartete aber vorsichtshalber Bens Antwort nicht ab. Am nächsten Tag war der Spuk vorbei. Ben, dem Zambadas Anhänglichkeit extrem unangenehm gewesen war, atmete auf. Aber kurz darauf sah er dessen Reportage im »imagen«. Zambada hatte alle Gespräche, bei denen er sich aufgedrängt hatte, heimlich aufgenommen und daraus schnell einen Artikel gebastelt. Auf einem der Fotos war Ben sogar zu sehen – Zambada hatte es, wenige Schritte hinter ihm stehend, aufgenommen. Im Text wurde darauf hingewiesen, dass dies der erste ausführliche Artikel über den neuen Star sei – ein Exklusivbericht für die geschätzten Leser!

Natürlich war »imagen« keine echte Konkurrenz für »Canaria Culinaria« und Bens Reportage, die wenig später erschienen war, viel ausführlicher und vielschichtiger, aber ein schaler Nachgeschmack war geblieben.

»Tut mir leid, ich hab einen dringenden Termin.« Ben entzog sich dem Tanz um den einseitigen Informationsabgleich, den Zambada gekonnt beherrschte. Er drehte sich brüsk um und verschwand in Richtung Plaza de España. Dieser Bluthund war also auch schon unterwegs. Ben durfte keine Zeit verlieren. Er hatte von der Redaktion in Madrid nicht nur den Auftrag bekommen, über die Entwicklungen im Fall Álvaro Martínez zu berichten, sondern sollte auch den Nachruf verfassen. Sein Ansprechpartner bei der Kanarenillustrierten, Señor Gonzales, hatte außerdem nach dem schon lange geplanten Artikel über die Sternenforscher gefragt und sich erkundigt, was es mit den Gerüchten auf sich habe, dass Álvaro Martínez als Sponsor der Observatorien hätte einsteigen wollen. Dem musste er dringend nachgehen.

Beim Kiosco Aridane auf der Plaza de España in Los Llanos, den Pedro als Treffpunkt vorgeschlagen hatte, herrschte das übliche bunte Treiben. Ob jung oder alt, Studentin oder Bananenbauer, verabredet oder zufällig, alles traf sich hier unter den riesigen Schatten spendenden »Laurel de Indias«, den indischen Lorbeerbäumen, auf einen Cortado, einen Espresso macchiato oder einen Barraquito, den kanarischen Fünf-Schichten-Kaffee. Hier wurde beobachtet, Hof gehalten und über die neuesten Ereignisse geplaudert.

Ben sah Pedro an einem Tisch sitzen, der etwas abseits stand. Hier würden sie halbwegs in Ruhe reden können. Er war seit Kindertagen mit Pedro befreundet. Sie hatten beide einige Jahre in Madrid verbracht und eine Zeit lang sogar gemeinsam in einer Wohngemeinschaft gelebt. Bens kriminalistischer Spürsinn hatte Pedro schon einige Erfolge beschert. Da Ben als Journalist arbeitete, konnte Pedro ihre Gespräche über die jeweiligen Fälle – auch vor sich selbst, vermutete Ben – damit tarnen, dass er Ben eine Story zukommen lassen wollte.

Pedro blickte auf und sah Ben auf den Tisch zugehen. »Hola, Ben!«

»Hola, Amigo!« Die Freunde umarmten sich.

Ben bestellte grünen Tee, Pedro wie immer einen Cortado.

Ben kam rasch zur Sache. »Also, Pedro, nachdem du mit dem Leichenfund beschäftigt bist, gehe ich davon aus, dass es sich tatsächlich um ein Gewaltverbrechen handelt?«

»Correctamente, Ben. Álvaro Martínez ist mit einem Stein erschlagen worden. Er dürfte gleich tot gewesen sein. Eine hässliche Wunde am Hinterkopf. Und der Stein lag fast daneben.«

»Irgendwelche Spuren?«

»Ach, du weißt ja, das Meer vernichtet in der Regel alle Spuren. Aber du kannst mich gerne morgen zum Tatort begleiten.«

»Ist ein Interview mit dir drin?«

»Ein offizielles Interview noch nicht, aber du kannst meine Mutmaßungen in deinen Artikel einbauen.«

»Mir ist grad Zambada auf dem Parkplatz über den Weg gelaufen. Er wollte mich natürlich sofort aushorchen.«

»Hab ich's mir doch gedacht«, stöhnte Pedro. »Zambada ist mir also schon auf der Spur. Und wenn ich ihm nichts liefere, ist die nächste Schlagzeile schon klar: ›Polizei steht wie immer vor einem Rätsel!‹«

Im Bauplanungsbüro, das im Herzen von Los Llanos lag, saß Diego Díaz, der für Einkauf und Nachunternehmerleistungen zuständige Projektleiter, auf dem ziemlich abgenutzten Plastiksessel in seinem kleinen Zimmer gleich neben dem wesentlich größeren und eleganter ausgestatteten Büro von Álvaro Martínez. Originalbilder von kanarischen Künstlern zierten die Wände des verwaisten Chefzimmers.

Diegos Mutter war stolz auf seine Anstellung beim Konzern der berühmten Martínez-Familie. Sie lebte in einem kleinen Dorf in der Meseta, unweit der Sierra Nevada. Eine ihrer Hauptbeschäftigungen war fernsehen. Besonders die gesellschaftlichen Nachrichten mit den High-Society-Berichten hatten es ihr angetan. In ihren Tagträumen sah sie ihren Sohn auch in so einem dunkelblauen eleganten Anzug mit Seidenhemd und edler Krawatte. Sie hatte ihn immer vergöttert, schon als er noch ein kleiner Junge gewesen war.

Diego hatte schlecht geschlafen. Seine Gedanken irrten hin und her. Er hatte einen guten Vertrag, die Bezahlung war in Ordnung, der Start des Hotelprojekts stand unmittelbar bevor. Die Baugenehmigung zu bekommen war anfangs fast unmöglich erschienen, doch Álvaro Martínez hatte viel Zeit investiert. Sein Büro hatte einige Regionalpolitiker kommen und gehen sehen, und er war letztendlich doch erfolgreich gewesen. Die Leute von der Umweltbewegung waren zwar in letzter Zeit immer aggressiver geworden, aber die würden sich ihre Niederlage auch noch eingestehen müssen. So weit, so gut. Dann war der schwarze Donnerstag gekommen. Seine Mutter hatte am Telefon fast geweint, weil Álvaro Martínez nun tot war. Diego hatte sie getröstet und ihr versichert, dass das Projekt trotzdem weitergehen würde. Und vor allem, dass sein Job nicht gefährdet sei. Er seufzte, stand auf, ging nach nebenan in das große Büro des Bauunternehmers und setzte sich auf den Chefsessel hinter Martínez' Schreibtisch.

Ruhig und aufrecht saß er da, nur seine Finger trommelten ein kleines Solo.

Naira erledigte den Kassenabschluss, packte ihre Unterlagen ein, schloss die Buchhandlung ab und machte sich zügig auf den Weg nach Hause. Die heutige Sitzung der Krimi-Jury, deren Mitglied sie war, sollte um zwanzig Uhr per Videokonferenz beginnen. Erst zur Preisverleihung in Madrid würde sie die anderen Mitglieder aus Barcelona, Burgos, Granada, León, Palma de Mallorca, Saragossa, Madrid, Sevilla und Valencia persönlich treffen. Die Videotreffen fanden mindestens dreimal im Jahr statt, manchmal auch öfter. Das hatte sich bewährt. Zwischendurch liefen Mails hin und her, und jede Menge Krimi-Tipps wurden dabei ausgetauscht. Die Neugierde auf die Entdeckungen der Kolleginnen und Kollegen war bei allen von ihnen groß.

Naira war bereits seit einigen Jahren Mitglied der Jury

und freute sich, ihre »Sisters and Brothers in Crime« gleich wiederzusehen, wenn auch nur auf dem Bildschirm. Kaum hatte sie das Haustor geöffnet, strich Tocki um ihre Beine und drängte sie sanft in Richtung Küche. Natürlich war es ihre erste Aufgabe, den Futternapf zu befüllen. Tocki beobachtete sie aufmerksam und versuchte wie immer, schon zu fressen, bevor seine Schüssel wirklich auf dem Boden stand.

Ihr Schreibtisch im Bibliothekszimmer, mit Blick auf die nun bald untergehende Sonne über dem Atlantik, war schnell vorbereitet. Den Wein hatte sie im Kühler bereitgestellt, ein paar Taralli und Ziegenkäsewürfel auf einen Teller gelegt und alles so positioniert, dass die anderen ihr Buffet auch sehen konnten. Schon bei den ersten Videotreffen hatten sie vereinbart, dass jeder für sich Wein aus der Region, Käse und Brot vorbereiten sollte, damit die Stimmung ein wenig wie bei einem richtigen Treffen wäre. So, nun noch hinsetzen und anmelden.

Die Moderation wurde jedes Mal von jemand anderem übernommen, diesmal war Isabella aus Sevilla dran, die Fachfrau für philosophische Kriminalfälle. Die Begrüßungsrunde war wie immer herzlich und heiter, schnell waren sie bei ihrem heutigen Schwerpunkt angelangt. Es ging darum, die Longlist vom letzten Mal, die zwanzig Bücher umfasste, auf eine Shortlist von nur fünf Titeln zu reduzieren. Die ersten zehn Krimis flogen schnell hinaus, aber dann wurde es schwierig. Eine Pause war fällig. Alle hoben ihr Glas, jeder erzählte kurz etwas über seinen Wein, und anschließend gab es ein allgemeines »Salud« via Bildschirm. Danach ging die Debatte weiter. Niemand wollte sich von seinen Lieblingen verabschieden, doch nach einigen durchaus hitzig geführten Streitgesprächen konnten sie sich endlich einigen. Jetzt, wo der offizielle Teil erledigt war, wurde erleichtert erzählt, empfohlen, gefragt und gescherzt. Dabei tauschten sie ihre neuesten Leseerlebnisse und Neuigkeiten aus der Buchbranche aus, und immer wieder hob man gemeinsam das Glas. Schließlich trafen sie noch letzte Absprachen für die Preisverleihung in Madrid, bevor sie einander eine gute Nacht wünschten.

Es war schon spät. Tocki hatte sich unter Nairas Schreibtisch eingerollt und schnarchte leise. Sie trank noch in Ruhe ihr Glas aus.

Draußen war es dunkel, nur das Licht der Sterne schimmerte auf dem Meer.

Yaiza Rodríguez hatte ihre Einkäufe in der Küche abgestellt und war zur Einstimmung in den Abend auf die Terrasse gegangen. Der Blick über die beiden kleinen Hügel auf den Atlantik, rechts das Aquädukt in Argual, daneben die hohe, prachtvolle Araukarie und die Felsenwand von El Time, war fast schon ein Meditationsbild für sie. Egal, ob in ihrer Anwaltskanzlei Stress auf der Agenda stand oder Elena an ihren Nerven zerrte: Diese Aussicht entspannte sie immer.

Dieser Ausblick war es auch gewesen, der vor Jahren den Ausschlag für ihren Entschluss gegeben hatte, genau diese Wohnung zu kaufen. Schon allein die große Dachterrasse der Wohnung im dritten Stock des relativ neuen, am Ortsrand von Los Llanos gelegenen Hauses hatte sie damals überzeugt. Die Terrasse war dann auch von Anfang an ihr

Wohn- und Esszimmer, ihr Lebensmittelpunkt geworden. Die großzügig geplante Wohnung hatte zudem eine gute Lage; ihr Büro im Ortszentrum war zu Fuß schnell erreichbar. Einzig der Lärm der Kampfhähne nervte mitunter. Die Wettkampf-Arena und die Ställe lagen leider nicht weit entfernt. Die Lobby der Galleros auf den Kanaren war stark, und die Politik stellte das Hahnenkampfverbot, obwohl das Gesetz längst fertig vorbereitet war, immer wieder zurück. Die Umweltgruppe »La Palma vivará« engagierte sich auch hier schon jahrelang, bisher jedoch vergeblich.

Yaiza freute sich auf das für heute geplante Abendessen mit ihrem Bruder Ben. Sie entledigte sich ihres eleganten Businesskostüms und schlüpfte in das neue blaue Leinenkleid, das zwar chic, aber bequem war – genau das Richtige für einen gemütlichen Abend. Wie gut, dass sie letzte Woche im Vorbeigehen einen Blick in das Schaufenster der Boutique in der Nähe der Plaza de España geworfen hatte!

Zufrieden betrachtete sie sich in dem großen Spiegel in ihrem Schlafzimmer. Der neue modische Kurzhaarschnitt betonte die kräftige Struktur ihres schwarzen Haares. Wohin war eigentlich Elena verschwunden? Sie sollte doch den Tisch decken, ihr in der Küche helfen … Hätte Elenas Handy nicht seltsame Laute von sich gegeben, hätte sie ihre Tochter, die gut versteckt hinter dem Sofa auf dem Boden hockte, gar nicht entdeckt.

»Elena, hilfst du mir dann bitte gleich? Onkel Ben kommt zum Abendessen!«

»Oh, Onkel Ben! Ich spiele nur diese Runde noch fertig, dann bin ich gleich in der Küche!«

Wohl wissend, dass eher die Hähne drei Tage lang schweigen als dass Elena gleich in der Küche stehen würde, begann Yaiza, den schnittfesten Ziegenkäse zum Anbraten in der Pfanne vorzubereiten. Die Mojo-Soßen holte sie seit einiger Zeit vom Markt in Puntagorda. Die Biobäuerin, die aus der Gegend von Tijarafe kam, verkaufte wirklich die allerbesten, da lohnte es sich nicht, selbst welche zu machen. Das Gofio-Mousse hatte sie am Vortag vorbereitet. Ben liebte es, und sie versuchte, ihn immer wieder mit neuen Varianten zu verblüffen. Diesmal hatte sie Himbeeren und Níspero unter der Creme versteckt und war selbst schon neugierig auf die Geschmackskombination.

Sie marinierte den frischen Vieja, den Papageienfisch aus der Markthalle von Los Llanos; der würde sich auf dem Grill auf der Terrasse von allein tellerfertig machen. Die Tamarillos zum Fisch würde sie auch grillen, ebenso wie die mit Olivenöl bestrichenen Auberginen und Zucchini. Sie wollte alles vorbereitet haben, damit sie später gemütlich am Tisch sitzen und gemeinsam genießen konnten. Üblicherweise servierte sie dazu auch Papas arrugadas, die beliebten Salzwasser-Runzelkartoffeln, doch heute hatte sie stattdessen frisches Weißbrot mitgebracht.

»Elena, wo bist du? Es hat geläutet, das wird Ben sein. Mach ihm bitte auf!«

»Bin schon unterwegs!«

Elena rannte los, riss die Türe auf und hüpfte an Ben hoch, der blitzartig versuchte, seine Weinflaschen zu retten.

»Gut, dass du da bist, komm gleich mit, du darfst heute mit mir den Tisch decken!«, rief das Mädchen.

Ben lachte und bat seine Nichte kurz um Geduld. Er ging in die Küche, begrüßte Yaiza und stellte zwei Flaschen von der Bodega Perdomo auf die Anrichte.

»Hola, große Schwester, wie geht's?«

»Muy bien, Benni, wie immer, wenn du uns besuchst! Stell den Wein bitte in den Kühlschrank.«

»Kann ich machen, obwohl die Flaschen natürlich schon gekühlt sind«, erwiderte der stets umsichtige und vorausschauende Ben. Elena sprang um ihn herum. Gemeinsam trugen sie Teller, Gläser, Servietten und Besteck auf die Terrasse.

»In fünf Minuten geht's los!«, rief Yaiza ihrem Bruder nach. »Bitte überprüf doch schon mal den Grill!«

Elena lief hinter ihm her. »Hast du mir eine Cola mitgebracht?«

»Nein, nicht dieses künstliche Zeug, sondern köstlichen frischen Zuckerrohrsaft. Den magst du doch auch gerne, oder?«

»Ja, klar ... Onkel Ben, hast du gestern das Schiff mit dem Feuerwerk gesehen?«

»Nein, ich dachte, die Feuerwerke auf den Kreuzfahrtschiffen gibt es nur zu Silvester?«

»Aber gestern war eins! Ich habe es von hier gesehen. Das Schiff ist ganz weit draußen vorbeigefahren, es war noch nicht einmal richtig finster. Das Feuerwerk war so cool, viel größer und länger als zu Silvester. Ich konnte es von Anfang bis zum Ende sehen, und die Knaller hab ich auch gehört!«

»Ich wusste gar nicht, dass du Feuerwerk so liebst«, erwiderte Ben schmunzelnd und legte die Servietten, die Elena gefaltet hatte, auf ihre Plätze.

Zum Hauptgang, dem genau auf den Punkt gegrillten Vieja mit Gemüse, erzählte Ben, dass er demnächst nach Teneriffa übersetzen wolle. Naira hatte im Online-Verzeichnis einer Bibliothek einige alte Dokumente entdeckt, die er noch nicht kannte und die für seine Kanarengeschichte wichtig sein konnten. Inzwischen hatte Elena wieder ihr Handy hervorgezaubert und war voll konzentriert auf den Bildschirm.

Nach kurzem Zögern, mit Blick auf das Mädchen, fragte Ben seine Schwester: »Hast du schon vom Tod von Álvaro Martínez gehört? Pedro hat mich heute Morgen angerufen, wir haben uns vorhin auf der Plaza getroffen.«

»Ja, unsere Buschtrommeln funktionieren«, erwiderte Yaiza mit einem schiefen Grinsen. »Ich war vorhin im Gericht in Santa Cruz, da hat es sich bereits herumgesprochen. Ich wollte Charlotte fragen, ob sie es schon weiß, aber sie hat nicht abgehoben und bisher auch nicht zurückgerufen. Das ist eigentlich …«

Inzwischen war Elena aufmerksam geworden. »Tot? Ertrunken? Von einem Riesenkraken erwürgt? Oder vom Ungeheuer von San Borondon?« Sie schaffte es immer, genau dann hellhörig zu werden, wenn etwas nicht unbedingt für ihre Ohren gedacht war.

»Nein, der Mann wurde erschlagen am Strand von Los Guirres gefunden. Mein Freund Pedro von der Kripo, du kennst ihn ja, wird dieses Verbrechen aber sicher bald aufklären und den Täter verhaften«, antwortete Ben in beruhigendem Tonfall.

»Irgendwie unglaublich, bei uns auf der Insel wird doch so gut wie nie jemand ermordet ... Hast du schon irgendeine Idee dazu?«, fragte Yaiza.

»Eigentlich nicht, aber ich fahre morgen mit Pedro an den Strand des Geschehens.«

Elena verfolgte aufmerksam das Gespräch. »Mama, hat jetzt eure Gruppe gewonnen?«

»Was meinst du, Elena?«

»Na ja, Charlotte und du und die anderen, ihr habt doch so lange gegen das Hotelprojekt von dem Martínez gekämpft ... Habt ihr nun gewonnen, weil er tot ist?«

»Das sind zwei verschiedene Dinge, Elena. Die Baufirma der Familie Martínez existiert ja weiterhin und wird sicherlich auch den Hotelbau weiter betreiben.«

Elena vertiefte sich wieder in ihr Handy. Yaiza nahm einen großen Schluck Wein.

»Also, ich finde, der Wein von Patricia und Lucia Perdomo wird von Jahr zu Jahr besser! Die beiden sind wirklich bewundernswert.«

»Ich habe von der neuen Ernte schon einige Kartons vorbestellt, der Wein ist ja inzwischen jedes Jahr schnell ausverkauft. Und ich teile gerne mit dir, vorausgesetzt, ich bekomme heute irgendwann auch noch ein Dessert«, knurrte Ben und duckte sich vorsichtshalber außerhalb Yaizas Reichweite. Sie hatte verstanden und verschwand in der Küche. Beim Anrichten des Desserts hatte sie extra darauf geachtet, dass man die Früchte unter dem Gofio-Mousse nicht sehen konnte.

»Probier mal, Ben, und dann sag mir, was diesmal drin ist.« Yaiza schmunzelte und zwinkerte Elena zu. Die war schon aufgesprungen und holte für sich und Yaiza ebenfalls je eine Portion. Da Onkel Ben Gofio-Mousse liebte, liebte sie es auch.

Ben kostete. »Hmm, du hast dich schon wieder übertroffen! Die süßen Himbeeren in Kombination mit den erfrischenden, leicht sauren Mispelfrüchten schmecken wunderbar!«

Yaiza applaudierte lachend.

Ben schloss die Augen und sah ganz verzückt aus, während er den Löffel noch lange im Mund behielt. »Jetzt noch einen kleinen Espresso, und mein Glück ist perfekt.«

Während sie gemeinsam ihren Kaffee tranken, sagte Yaiza ganz nebenbei: »Übrigens, ich war unlängst mit Álvaro Martínez Abend essen.«

Samstag

Naira erwachte vom durchdringenden Schrillen ihres altmodischen Doppelglocken-Weckers, der nur dann zum Einsatz kam, wenn sie aus gutem Grund befürchtete, zu verschlafen. Wahrscheinlich waren jetzt auch alle Nachbarn in den umliegenden Häusern wach. Die Nacht war zu kurz gewesen oder die Jurysitzung zu lang. Etwas weniger Wein hätte vielleicht auch genügt. Sie saß auf der Bettkante und versuchte, sich zu strecken. Tocki kratzte an ihren Beinen. Na gut, auf in die Küche, Katzenfrühstück servieren und dann ab unter die Dusche.

Wenig später saß sie mit der Teetasse in der Hand vor ihrem Computer. Zwei der Juryteilnehmerinnen vom Vorabend hatten sich schon gemeldet. Das war auch so ein Lebensrätsel, dachte Naira: Wieso kamen andere mit viel weniger Schlaf aus als sie selbst? Ben hatte ihr ebenfalls geschrieben. Seine E-Mail öffnete sie als erste. Er freue sich auf den Abend in der Buchhandlung. Ob er noch irgendetwas besorgen solle?

Wie nett von ihm. Sollte sie ihn anrufen? Nein, nicht

jetzt: Ihr Hals fühlte sich an wie mit Sandpapier ausgekleidet, und ihre Stimme klang wie die ihres Katers.

Charlotte fuhr jeden Samstag nach Puntagorda, dem kleinen Städtchen im Nordwesten der Insel, zum Mercadillo. In der Markthalle wurden eine große Auswahl an Bioprodukten und Wein aus der Region direkt von den Erzeugern angeboten. Es gab Obst und Gemüse, Honig und Mojos. Auch mehrere Käsemacher sowie zwei Bäcker mit köstlichen Mehlspeisen hatten hier jedes Wochenende ihren Stand. Zudem gab es Schmuck, bunte Tücher, Keramik und Ledertaschen. Gleichzeitig war dieser stimmungsvolle Ort, der stets viele Menschen anzog, ein Treffpunkt für die auf der Insel lebenden Zugewanderten. Viele davon sprachen Deutsch. Natürlich wurde der Markt in jedem Reiseführer erwähnt, und so war er auch ein Anziehungspunkt für Feriengäste, die hier ihren Proviant für die nächste Wanderung erstanden, Geschenke für ihre Lieben zu Hause suchten und es genossen, kanarische Musik live zu erleben. Vor dem Mercadillo wurde fast an jedem Markttag musiziert; manchmal traten auch Artisten auf und zeigten ihre Kunststücke.

Normalerweise freute Charlotte sich auf den Trubel, doch an diesem Samstag war alles anders. Sie hatte nachts lange wach gelegen, war erst spät aufgestanden und hatte dann eine Weile in ihrem Garten gesessen. Sie schaute übers Meer in die milchige Unendlichkeit und ließ ihren Gedanken freien Lauf. Schließlich raffte sie sich auf und ging ins Bad. Die Dusche mit Zitrus-Minze weckte zumindest einige ihrer Lebensgeister. Ihr blondes Haar steckte sie so hoch, wie Álvaro es an ihr geliebt hatte.

Nun saß sie in ihrer kleinen pastellfarbenen Küche, doch sie hatte einfach keinen Appetit. Sie überlegte jetzt schon seit Stunden, ob sie nach Puntagorda fahren sollte – oder lieber doch nicht. Jedes Mal, wenn sie sich entschieden hatte und ein paar Schritte Richtung Auto machte, kehrte sie wieder in ihr Atelier zurück. Nein, ja, doch nicht – oder? Es schien ihr undenkbar, andere Menschen zu sehen, mit ihnen zu reden – und womöglich über Álvaros Tod sprechen zu müssen. Ihre Gedanken irrten planlos durcheinander. Bis sie sich schließlich straffte, ihren großen Einkaufskorb vom Terrassentisch nahm und zielstrebig zu ihrem kleinen Seat ging, wo sie sich auf den Fahrersitz setzte und ihren Kopf auf das Lenkrad sinken ließ. Einige Minuten saß sie so da, dann richtete sie sich wieder auf. Sie angelte sich den Korb, den sie noch vor dem Auto hatte fallen lassen, und verstaute ihn auf dem Rücksitz. Energisch schloss sie die Tür und startete den Motor. Sie würde ihre gewohnte Routine einhalten. Sie würde funktionieren, da war sie sich, wenn auch nur kurz, sicher.

Ben schmunzelte. Er hatte Naira angerufen, und sie war, entgegen ihrer sonstigen Art, ziemlich kurz angebunden gewesen. Nein, sie würde ohnehin selbst einkaufen gehen. Wenn er den Wein... Obwohl, im Augenblick sei ihr gar nicht danach. Ihre Stimme hatte rau und fremd geklungen, aber auf seine Nachfrage hatte sie ihm versichert, es sei alles in Ordnung, sie sei schlicht unausgeschlafen. Und wenn sie nicht Bens Namen auf dem Display ihres Handys gesehen hätte, hätte sie gar nicht abgehoben, das könne er ihr glauben. So kannte er Naira gar nicht – ein eindeutiger Fall von Kater!

Er hatte Pedro vor der gemeinsamen Fahrt nach Los Guirres noch auf einen Kaffee zu sich eingeladen, und nun saßen sie in seinem Garten. Am Horizont zog ein riesiges Kreuzfahrtschiff vorbei.

Pedro erzählte von den bisherigen Erkenntnissen im Fall Martínez.

»Es ist ärgerlich, aber wir kommen nicht wirklich weiter.«

»Könnt ihr den Todeszeitpunkt bestimmen?«

»Nicht genau, aber Jorge, du weißt schon, der Pathologe, meint, es müsse zwischen neunzehn und zweiundzwanzig Uhr gewesen sein.«

»Und es hat wirklich nichts gefehlt?«, fragte Ben weiter.

»Es sieht nicht danach aus. Er hatte seine gut gefüllte Brieftasche samt Kreditkarten und Ausweisen noch bei sich, ebenso seine Uhr. Stell dir vor, eine Patek Philippe. Und einen wertvollen Ring an seinem Finger.«

»Also, das klingt jetzt wirklich nicht nach Raubmord ...«

»Nein, das bestimmt nicht. Aber ich muss sowieso mit diesem Díaz, dem Projektleiter von Martínez, reden, da frage ich noch einmal nach, vielleicht fehlt doch etwas«, meinte Pedro. »Wir gehen am besten nachher auch noch zu Pablo Torres, der hat seine Finca in der Nähe des Fundortes der Leiche. Er ist ein jähzorniger, aggressiver Zeitgenosse, und er war gegen das Hotelprojekt. Der Wirt des Kiosco bei

Los Guirres hat unserem Gabriel von lautstarken Auseinandersetzungen zwischen Torres und Martínez berichtet. Also, laut war demnach vor allem Pablo Torres, der wollte sogar handgreiflich werden. Das hat der Wirt, ein kräftiger Kerl, gerade noch verhindert und Torres Lokalverbot erteilt. Mit dem Wirt sollten wir vielleicht auch reden.«

Pedro hatte Ben, wann immer es möglich war, gerne dabei. Der Freund bemerkte im Gespräch mit einem Verdächtigen oder einem Zeugen oft Kleinigkeiten, die ihm selbst nicht aufgefallen wären. Und Ben war auf diese Weise immer gut und aus erster Hand informiert. Sie mussten nur darauf achten, dass diese unkonventionelle Kooperation nicht öffentlich wurde. Ben stellte weitere Fragen, besonders Pablo Torres interessierte ihn. Es war ihm wieder eingefallen, woher er den Namen kannte: Seine Schwester Yaiza hatte erwähnt, dass die ursprünglichen Hotel-Baupläne hatten verändert werden müssen, weil der Plantagenbesitzer kein Stück seines Land verkaufen wollte. Und das, obwohl es hieß, dass er Geld brauche.

Ben trug die leeren Tassen ins Haus, und sie machten sich auf den Weg zu Pedros Dienstwagen.

Der Parkplatz vor dem für palmerische Verhältnisse großen Mercadillo in Puntagorda war schon so voll, dass Charlotte ein ordentliches Stück entfernt im Wald parken musste. Aber das war ihr sowieso lieber als ein Platz in der prallen Sonne. Kaum hatte sie die Autotür geöffnet, sog sie den ganz speziellen harzigen Duft der Kiefern ein, die hier für Schatten sorgten. Auf der gegenüberliegenden Straßenseite, bei den drei Skywalks vom Mirador de Izcagua mit dem fantastischen Ausblick über den Barranca zum Atlantik hin, schoss eine Touristengruppe Fotos. Charlotte atmete tief durch, griff energisch nach ihrem Korb und stieg aus.

Schon von Weitem hörte sie die Mariachi-Musik. Auf dem großen Vorplatz zur Markthalle tummelten sich viele Menschen, einige tanzten zur Musik der Liveband, Kinder genauso wie Erwachsene. Sie überlegte gerade, doch lieber auf ihren Einkauf zu verzichten und umzukehren, als schon eine flüchtige Bekannte aus ihrem Dorf direkt auf sie zukam.

»Na, du bist heute aber spät dran! Die Mandelcremetorte von Maria ist schon ausverkauft.«

»Danke, aber ich brauche sowieso nur Gemüse.«

Charlotte bemühte sich, entspannt zu wirken, und trat durch die mittlere der drei Türen in die Halle. Verschiedenste Gerüche von Käse, frischem Brot, Gemüse, Obst und Fisch lagen in der Luft. Sie fühlte Übelkeit in sich aufsteigen, lehnte sich kurz an den Türrahmen und wartete einen Moment. Links hinten bei der Brot- und Kuchen-Theke gab es einen Stand mit frisch gepresstem Zuckerrohr- und Orangensaft, den wollte sie anpeilen. Auf dem Weg dorthin sah sie einige Mitglieder der Umweltgruppe, die so ins Gespräch vertieft waren, dass sie Charlotte nicht bemerkten.

Herta Artinger führte gerade das große Wort. »Die können doch nur noch abziehen. Nach dem Tod von Martínez werden die sicher nicht weitermachen wollen, wie können wir ...«

Juan, ein sonst eher ruhiger, höflicher Typ, unterbrach

die aufgeregte Mitstreiterin. »Da erwartest du zu viel, Herta! Warum sollte der Tod eines Managers das Projekt stoppen? Für uns ändert sich wahrscheinlich gar nichts.«

»Da hat Juan leider recht. Ein toter Kolonialist allein stoppt die Ausbeutung der Insel nicht«, bemerkte Dolores Suárez, die Aggressivste von allen, zynisch.

Charlotte hatte genug gehört, sie drehte sofort wieder ab und kaufte ziemlich wahllos frische Avocados, Mangos und sogar Kakis, die sie nicht mal besonders mochte. Plötzlich stand Yaiza vor ihr und legte den Arm um sie.

»Hola, meine Liebe, weißt du, was? Wir zwei gehen jetzt einen Campari Amalfi trinken. Hast du schon alles, was du einkaufen wolltest?«

Charlotte nickte stumm.

»Wie geht's deiner Familie, Pedro, was macht Juanita?«

»Na ja, wir sind schon sehr froh, dass sie endlich mit der Schule fertig ist. Aber was sie jetzt studieren wird, steht in den Sternen. Zurzeit ist sie täglich mit ihren Freundinnen unterwegs, und es geht nur um eine Frage: Wann, wo und mit wem feiern wir die nächste Party?«

Ben lachte, denn Pedros Vaterstolz war trotz allem deutlich herauszuhören.

Fast hätte Pedro die Abzweigung zur Playa del Perdido übersehen, bremste aber gerade noch rechtzeitig und bog in Richtung der Strandzufahrt ab. Als die Straße endete, stellten sie das Auto ab und stiegen aus. Der Tatort lag rechts vor ihnen. Pedro ging voran, Ben folgte ihm langsam und sah sich dabei gründlich um. Nach einigen Metern blieb Pedro stehen und wartete auf ihn. Die Playa Los Guirres war menschenleer, das Meer glatt wie ein Leintuch. Der schwarze Lavastrand mit seinen großen Kieselsteinen verstärkte im Kontrast die Farben des Meeres und der Bananenfelder. Die Sonne stand hoch am Himmel, doch die Temperatur war angenehm, und es wehte eine sanfte, erfrischende Brise. An der Stelle, wo der Tote gelegen hatte, verriet nichts mehr, dass hier Álvaro Martínez sein Ende gefunden hatte.

»Und das war also der Tatort, Pedro?«

»Ja, definitiv. Die Mordwaffe, ein relativ großer Stein, lag hier unweit der Leiche am Strand.«

»Woher weißt du, dass es die Mordwaffe war?«

»Das war ziemlich eindeutig: Der Stein lag im Trockenen und war blutverschmiert. Der Täter hat sich nicht weiter darum gekümmert. Es sieht also nicht nach einem geplanten Mord aus.«

»Du gehst von einem Mann aus?«

»Es ist vielleicht ein Vorurteil, aber bei so einem Fall von roher Gewalt denke ich tatsächlich eher an einen Mann«, antwortete Pedro.

»Und sein Handy habt ihr gefunden?«

»Ja, aber es lag die Nacht über im Wasser. Wir mussten es nach Madrid schicken, dort versuchen unsere Techniker, zu retten, was zu retten ist.«

»Von wem wurde der Tote gefunden?«

»Es gab am Morgen, gegen acht Uhr, einen anonymen Anruf bei uns im Kommissariat, den Gabriel, mein Assistent, entgegengenommen hat. Du kennst ihn ja, er behauptet sowieso immer, wir würden hier nicht Spanisch, sondern Kubanisch reden. Er ist sich also nicht sicher, ob er alles richtig verstanden hat. Die Stimme war männlich, und der Anrufer hat, laut Gabriel, nur knapp die Meldung gemacht, auf keine Fragen geantwortet und dann einfach aufgelegt.«

Gabriel, der aus Madrid stammte, aber bereits seit einem Jahr auf der Insel lebte, verweigerte es hartnäckig, sich mit dem hiesigen Dialekt und den ortsüblichen Vokabeln auseinanderzusetzen. Seiner Meinung nach war die einzig wahre spanische Sprache die der Madrilenen.

Ben nahm aus dem Augenwinkel eine Bewegung auf der Anhöhe über ihnen wahr, dort, wo das Bananenfeld begann. Er hielt Pedro am Arm fest und machte ihn darauf aufmerksam. Ein Mann bearbeitete die Bananenstauden.

»Ich glaube, ich brauche wirklich bald eine Brille«, murmelte Pedro blinzelnd. »Das ist vermutlich dieser Torres, der Plantagenbesitzer, von dem ich dir erzählt hab. Komm, gehen wir zu ihm hinauf und reden mit ihm!«

Naira stolperte schwer bepackt durch die offene Tür in die Buchhandlung. Um ein Haar wäre sie gestürzt.

Enrique lief ihr erschrocken entgegen und befreite sie von den übervollen Taschen. »Sag mal, was war denn das? Du kennst doch den Eingang zu deiner Buchhandlung, schließlich bist du hier schon ein paarmal durchgekommen, oder?«

»Im Prinzip ja, aber manchmal sind meine Gedanken schon drei Schritte vor mir – und dann stolpere ich eben«, meinte Naira achselzuckend.

»Wolltest du heute nicht erst gegen Mittag kommen?«, fragte Enrique.

»Ja, wollte ich, aber dann ist mir eingefallen, dass ich eigentlich das meiste von dem, was ich gerade gekauft habe, nicht zu Hause brauche, sondern hier in der Buchhandlung. Heute Abend kommt Ben vorbei, und ich hab am Markt noch diesen Jamón gesehen, der ihn letztens so begeistert hat... Und da hab ich uns gleich das ganze Stück mitgebracht. Spannst du ihn bitte in den Schinkenhalter? Hier ist auch noch Brot und Queso majorero. Wir können unseren Stammkunden heute Tapas für den kleinen Hunger zwischendurch anbieten.«

»Wow, vorletzten Samstag hatten wir nur Regañás, letzten Samstag Regañás und Ziegenkäse – und heute auch noch diesen exquisiten Schinken dazu! Jetzt bin ich aber sehr gespannt, wie du das nächsten Samstag toppen willst«, erwiderte Enrique lachend. Ihre Stammkunden wurden verwöhnt: An der kleinen Theke im letzten Raum gab es für sie ein Glas Wein oder einen Kaffee, je nach Gusto, und manchmal eben auch etwas zum Knabbern dazu. Enrique freute sich schon jetzt auf das Lunchpaket, das ihm Naira samstags nach Ladenschluss gerne einpackte. Meist hatte er bis zur Wochenmitte etwas davon, oder er teilte mit Freunden.

»In der Calle O'Daly sind schon viele Touristen unterwegs, von dem deutschen Kreuzfahrtschiff, das heute angelegt hat. Vielleicht kommen auch bei uns ein paar vorbei«, meinte Enrique, als er seine kulinarische Aufgabe erledigt hatte.

»Ah, dann stell doch ein paar von den deutschen Büchern ins Fenster und ein paar Krimis. Auf einer Kreuzfahrt lesen die Leute ja angeblich mehr als sonst.«

Enrique nickte und machte sich an die Arbeit. Naira verschwand nach hinten, räumte ihre Taschen aus und den Kühlschrank ein. Da hörte sie die Stimme von Señor Hernandes. Der alte Herr kam häufig samstags vorbei.

»Hola, ist die Chefin nicht da?«

»Sie steht schon hinter Ihnen!«, antwortete Enrique mit lauter Stimme aus dem Schaufenster.

»Sie müssen nicht schreien, ich hab seit vorgestern ein neues Hörgerät! Jetzt verstehe ich viel besser … Zwar trotzdem nicht alles, aber ein Fortschritt ist es auf alle Fälle. Verehrte Naira, zeigen Sie mir doch bitte den neuen Pérez-Reverte. Glauben Sie, dass ich den mögen könnte?«

Naira schmunzelte. »Bei den letzten fünf Romanen von ihm waren Sie misstrauisch und haben mir nie erzählen wollen, wie es Ihnen damit ergangen ist … Aber Sie haben sich den neuen immer sofort nach Erscheinen geholt – also würde ich sagen, ja! Ich habe übrigens eine wunderschöne Calderón-Ausgabe bekommen, da habe ich gleich an Sie gedacht!« Sie legte ihm einen Bücherstapel auf ein kleines Tischchen.

»Ah, Sie wollen mich schon wieder in Versuchung führen! Meine Frau hat unlängst behauptet, wir hätten keinen Platz mehr für neue Bücher. Da musste ich ihr sagen, dass ich mir, wenn sie dabei bleibt, eine eigene Wohnung suchen muss. Und das nach vierzig Ehejahren!« Señor Hernandez lachte fröhlich und erzählte, dass sie dann noch einen sehr vergnüglichen Abend gehabt und gemeinsam in vergangenen Leseerlebnissen geschwelgt hätten.

Die beiden passen wirklich gut zusammen, dachte Naira. Passt die Leseliste, passt auch das Zusammenleben.

Wenig später kamen zögerlich zwei junge Frauen herein. Mit einem Blick verständigten sich Naira und Enrique, und sie ging auf die beiden zu.

»Kann ich etwas für euch tun, oder wollt ihr euch lieber erst einmal umschauen? Wenn ihr Kaffee oder ein Glas Wasser wollt – unsere Theke ist dort hinten. Da steht auch einiges zur Stärkung.«

Die beiden bedankten sich, und schon war man im Gespräch. Sie waren das erste Mal auf der Insel, eben erst mit der Fähre angekommen, und nun wollten sie die Stadt entdecken. Die Buchhandlung hatte sie angezogen, weil sie begeisterte Leserinnen waren, wie sie Naira anvertrauten.

»Na, da seid ihr bei mir ja an der richtigen Adresse. Fühlt euch wie zu Hause. Und wenn ihr irgendwas wissen wollt: Hier habt ihr zwei Inselspezialisten zur Verfügung!«

»Heute Abend ist übrigens ein Gitarrenkonzert in der Escuela Insular de Música, gleich neben dem Museo. Vielleicht habt ihr ja Lust«, warf Enrique vorsichtig seinen Köder aus.

Naira schmunzelte. Dann nahm sie ihre Tasche mit den restlichen Einkäufen, packte noch zwei Bücher dazu und stopfte alles in ihren bunten Einkaufstrolley.

»Ich bin gegen drei wieder zurück, okay?«, rief sie Enrique zu. »Sollte der Kundenansturm zu groß werden, ruf mich an, dann bin ich in zehn Minuten bei dir!«

Enrique lief ihr auf die Straße nach. »In dem Fall solltest du dein Handy vielleicht mitnehmen, sonst wird das mit dem Anrufen schwierig!«

»Hola! Was würde ich ohne dich nur anfangen, Enrique!«

»Wahrscheinlich weniger telefonieren«, antwortete er lachend.

Zu Hause angekommen, verstaute sie ihre Einkäufe, nahm dann die beiden Bücher und ging in den Garten. Kater Tocki war nicht zu sehen, also musste sie ihren Leseplatz, den er gern für sich beanspruchte, nicht erst erobern. Ihr Blick wanderte über den Atlantik, der ruhig dalag.

Sie freute sich auf den Abend mit Ben. Mit ihm konnte sie über alles reden. Ihr gefielen sein Humor, seine ruhige, sichere Ausstrahlung und auch seine Beharrlichkeit, an einer Sache dranzubleiben, weiterzurecherchieren, wenn das Ergebnis für ihn noch nicht schlüssig war. Sie verstand seine Rückkehr vom quirligen Madrid auf das entspannte La Palma gut – ihr war schon das Tempo in Teneriffas Hauptstadt zu hektisch gewesen. Bei Fragen zur Entwicklung der Insel waren sie fast immer einer Meinung.

Bald hatten sie auch ihre gemeinsame Liebe zur Kriminalliteratur entdeckt. Sie schätzten dieselben Autorinnen und Autoren, und mit der Zeit hatten sie begonnen, ihre »Sherlock-Holmes-Gespräche« zu führen: Sie versuchten, tatsächliche Kriminalfälle, von denen sie aus den Medien erfuhren, durch Analyse zu klären – und verfolgten dann natürlich die weiteren Meldungen. Und oft trafen sie mit ihren Überlegungen genau ins Schwarze.

Pablo Torres betrachtete die zwei Personen, die auf ihn zukamen, mit zusammengekniffenen Augen. Pablo war knapp über fünfzig, konnte aber durchaus als ungepflegter Siebzigjähriger durchgehen. Die Sonne, die ihn täglich bei seiner Arbeit begleitete, hatte ihn gezeichnet und tiefe Falten in sein Gesicht eingekerbt. Seine Haare standen wirr vom Kopf ab, und seine Kleidung war schon lange nicht mehr gewaschen worden.

Ben und Pedro hielten Abstand. Nicht nur, weil Torres stank wie ein Iltis, sondern auch wegen seiner Körperhaltung: vorgebeugt, das Bananenmesser, sein Arbeitsinstrument, fest umklammernd, wie zum Angriff.

Pedro zeigte ihm seinen Polizeiausweis. »Guten Tag, Señor Torres, wir haben ein paar Fragen an Sie!«

Torres schwieg.

»Sie wissen, dass gestern hier unten am Strand ein Mord geschehen ist?«

»Das geht mich nichts an«, antwortete der Bauer abweisend.

»Wissen Sie, wer der Tote ist?«

»Der reiche Arsch, der mich kaufen wollte.«

»Haben Sie etwas mitbekommen?«

Pablo Torres schüttelte den Kopf.

»Warum haben Sie eigentlich das Stück Land, das Álvaro Martínez von Ihnen erwerben wollte, nicht an ihn verkauft? Sie hätten dafür doch ein neues Feld bekommen?«

»Ich wollte nicht. Nicht an den.«

»Warum nicht an den?«, fragte Ben.

»Das war ein reicher Schnösel, ein Schlitzohr«, stieß der Bananenbauer hervor.

»Kannten Sie ihn denn?«, fragte Ben weiter.

»Egal, ein Schlitzohr, an den verkaufe ich sicher nicht«, murmelte der Bauer kaum hörbar.

»Sie haben vor Kurzem drüben im Kiosco heftig mit ihm gestritten. Um was ging es da?«, fragte Pedro in etwas schärferem Ton.

»Der Arsch wollte ganz bis zu meinen Bananen hinbauen. Viel zu nah.«

»Haben Sie ihn umgebracht?«

»Nein!« Sichtlich erschrocken führte Torres seine Pranken zum Herzen. »Ich doch nicht! Bei der Muttergottes …«

Diego Díaz saß in seinem kleinen Büro in Los Llanos und betrachtete zärtlich das Porträt seiner Mutter, das in einem verzierten Silberrahmen auf seinem Schreibtisch stand. Daneben die kleine schwarze Glasvase, aus der eine frische rosa Kamelie ragte. Er ruhte sich von seiner erfolglosen Suche aus. Er suchte nach einem ganz bestimmten Schriftstück, einem Angebot einer Zulieferfirma. Er war sich sicher, dass irgendwo Kopien davon sein mussten. Die Originale hatte er in seinen Unterlagen. Glücklicherweise.

Eine samtige Stimme riss ihn aus seinen Gedanken. Zambada schob sich lächelnd in sein Büro.

»Entschuldigen Sie vielmals, die Eingangstür stand offen. Ich will Sie gar nicht lange bemühen, Señor Diaz, nur auf ein Wort.«

Nach einer kurzen Schrecksekunde bot Diego Díaz dem Reporter notgedrungen einen Platz an.

»Mein Beileid«, setzte Zambada in, wie er meinte, angemessen tragischem Tonfall fort. »So eine große Persönlichkeit, ein Segen für diese Insel, ein Gewinn. Und nun so ein grausames Ende für den großen Álvaro Martínez. Wie wird es jetzt weitergehen? Wir werden Sie doch hoffentlich nicht auch noch verlieren? Ihr Projekt, das so wichtig ist für La Palma, wird hiermit doch nicht zu Ende sein?«

Diego Díaz seufzte und blickte zur Decke. »Das ist ja alles noch so frisch, zurzeit wird in Madrid beraten ... Ich kann ihnen dazu leider gar nichts sagen.«

»Das ist ja menschlich gesehen mehr als nachvollziehbar, Señor Díaz!« Der Klang seiner Stimme war warm und verständnisvoll. Doch dann änderte sich Zambadas Ton. »Dass allerdings dieser Comisario Fernández den Mörder findet, bezweifle ich. Der hat keine Ahnung, keine Erfahrung und nicht die Kompetenz dafür. Der hängt mit seinem zweifelhaften Freund Ben Rodríguez, diesem Pseudojournalisten, beim Saufen ab. Haben Sie einen Verdacht, Herr Projektleiter?«

Díaz dachte nach. Die Boulevardpresse konnte ihm und dem Bauprojekt noch sehr nützlich sein. »Wissen Sie, es gibt ja viele Feinde unseres Projekts: Neider, Spinner, Träumer. Mein Boss, lieber Señor Zambada, sprach möglicherweise zu oft mit mancherlei Gesindel. Er meinte immer, Diplomatie sei besser als Kanonen. Das hat ihn nun vielleicht das Leben gekostet ... Aber einen Verdacht habe ich nicht. Ich kann mir einfach niemanden vorstellen, der fähig wäre,

Álvaro Martínez zu erschlagen.« Er schluckte und griff sich aus der Box auf dem Schreibtisch ein Papiertaschentuch.

»Sie, Señor Díaz, kennen ja alle Beteiligten«, unterbrach Zambada ihn mit modulierter Stimme. »Sie waren von Anfang an dabei. Da gab es doch Schwierigkeiten genug. Wir beide wissen, dass die Genehmigung des Baus unmittelbar bevorsteht. Trotzdem habe ich gehört, dass einige von diesen Umweltschützern nun schon das Ende des Projekts feiern. Was sie doch einigermaßen verdächtig macht ...«

»Das kann ich mir schwer vorstellen. Dafür haben die nicht die Eier.«

Sie brachen beide in Lachen aus, angesichts der Tatsache, dass fast nur Frauen Vereinsmitglieder waren.

»Ich tippe auf den Bananenbauer«, murmelte Zambada verschwörerisch. »Dieser Pablo Torres, der gilt doch als Verrückter.«

»Na ja, mit dem hatten wir tatsächlich von Anfang an Schwierigkeiten – und nicht zuletzt hohe Kosten, weil wir den Bauplan ändern mussten. Der wollte partout nicht verkaufen. Ich glaube aber nicht, dass es daran lag, dass er das Geld nicht hätte brauchen können, sondern daran, dass er Álvaro Martínez hasste. Irgendwie hatte er sich an der Sache festgebissen, ein Verrückter eben. Álvaro hat mir auch erst vor ein paar Tagen erzählt, dass ihn dieser Torres im Kiosco vor Guirres beschimpft und bedroht hat. Und seine Plantage ist auch nicht weit entfernt von der Stelle, wo ...« Díaz brach fast die Stimme, und er griff wieder zu den Papiertaschentüchern.

Zambada stand auf und beugte sich zu ihm. »Diesen

Torres schaue ich mir an, versprochen! Und wir beide bleiben in Verbindung. Alles Gute inzwischen!«

Endlich hatten Yaiza und Charlotte den Mercadillo hinter sich gelassen. Immer wieder wollte jemand ein Gespräch mit ihnen beginnen, aber Yaiza ging nicht darauf ein, grüßte nur kurz und eilte weiter. Sie lotste Charlotte zu ihrem Wagen.

»Komm, ich fahre, und nachher bring ich dich zu deinem Auto zurück.«

Charlotte nickte. Während der kurzen Fahrt suchte sie nach ihren Taschentüchern und schwieg.

In der Bar in Puntagorda steuerte Yaiza zielstrebig einen freien Tisch am Rand der Terrasse an und bestellte zwei Campari Amalfi.

»Liebe Charlotte, ich mache mir Sorgen. Gestern hab ich dreimal erfolglos bei dir angerufen … Was ist los?«

Charlotte starrte vor sich hin, seufzte, seufzte noch einmal – und schwieg.

»Hast du mit der Vorbereitung der Ausstellung Probleme? Klappt irgendetwas mit der Galerie nicht?« Yaiza merkte, dass sie der Freundin Zeit lassen musste, und verstummte.

Charlotte holte tief Luft. »Álvaro ist tot!«

»Ja, aber … aber das kann dich doch nicht so niederdrücken, oder?«

Charlotte begann zu schluchzen. »Ach, Yaiza … Álvaro und ich … Wir haben uns erst vor Kurzem richtig kennengelernt – und total ineinander verliebt. Nach all der langen

Zeit allein hab ich plötzlich so etwas für mich wieder für möglich gehalten. Er war so außergewöhnlich und einfühlsam, so interessiert, und ich hab gedacht, was für eine wunderbare Zeit beginnt jetzt ... trotz allem, was dagegen gesprochen hat. Wir haben sogar schon von Hochzeit geredet. Ich habe ihn sehr geliebt.«

Yaiza umarmte ihre Freundin und drückte sie fest an sich. Ihr fehlten die Worte. Sie war mehr als verblüfft. Diese Nachricht musste sie erst einmal verdauen. Sie nahm einen kräftigen Schluck und überlegte blitzschnell, wie lange sie Charlotte nicht mehr gesehen hatte. Das letzte richtige Gespräch war schon einige Wochen her. Damals hatte sie gedacht, dass Charlotte gerade eine sehr gute Phase habe. Sie war richtig guter Laune gewesen und hatte voll Freude von der Ausstellung auf Gran Canaria erzählt, die sie gerade vorbereitete. Doch der Grund ihrer guten Laune war offenbar ein anderer gewesen. Und nun das.

»Ach, Charlotte, du Ärmste, das ist ja furchtbar. Aber wieso habt ihr das geheim gehalten?«

»Na ja, zuerst waren wir beide überrascht. In unserem Alter ... Liebe auf den ersten Blick? Daran haben weder er noch ich richtig geglaubt. Aber in Wahrheit hat es schon bei der ersten Begegnung zwischen uns beiden gefunkt, da sind wir im Nachhinein draufgekommen. Du weißt schon, das war diese Diskussionsrunde, zu der wir ihn eingeladen hatten, in El Paso, in dem Lokal, wo sich die Umweltgruppe meistens trifft ... Du warst auch dabei. Er hat mich immer so nett angeschaut, und ich hab mir gedacht, dass ich mir das sicher einbilde. Aber dann sind wir uns ein paar Tage später zufällig in Los Llanos über den Weg gelaufen. Ich bin gerade bei der Post gewesen, ein Paket abholen, und wollte noch ein paar Sachen erledigen. Und er hat gemeint, wenn ich einverstanden bin, begleitet er mich und trägt mir das Paket zum Auto. Er habe sowieso Zeit. Und stell dir vor, ich hab einfach ›Ja, gern‹ gesagt. Später hat er mir gestanden, dass im Büro Diego Diaz auf ihn gewartet habe, aber dem hat er einfach schnell eine Nachricht geschickt und alles verschoben. So war das. Ich hab mich wie auf Wolken gefühlt, versucht, mich wieder auf den Boden zurückzuholen, und gemerkt, mit ihm war ich beides: in den Wolken und gleichzeitig gut geerdet.«

Charlotte lächelte unter Tränen. »Von da an haben wir uns jeden Tag gesehen, wenn er auf der Insel war. Er wollte ein neues Leben beginnen und sich von seiner Frau, von der er seit fünf Jahren getrennt ist, scheiden lassen. Man lebt nur ein Mal, hat er gesagt, und wenn wir so ein Glück erfahren, müssen wir es festhalten …«

Die Tränen flossen nun hemmungslos, und auch Yaiza tastete nach ihren Taschentüchern.

»Weißt du, wir hatten so viel vor … Im Dezember wollte er seinen Geburtstag als großes Fest in Santa Cruz feiern. Da hätten auch meine Eltern und meine Freunde teilnehmen sollen. Du hast natürlich auf der Einladungsliste ganz oben gestanden. Da wollte er mich seiner Familie vorstellen – und damit wollten wir unsere Beziehung öffentlich machen. Ach, Yaiza …«

»Dieser Bananenbauer ist ein unangenehmer Typ …«, murmelte Ben, als sie zurück zum Auto gingen. Sie hatten es am Rand des Bananenfeldes auf einem Feldweg abgestellt. Er tat sich schwer bei seinem Versuch, Pablo Torres einzuschätzen. »Bei dem springen meine Alarmglocken gleichermaßen an wie mein Mitleid.«

»Bei mir sind es nur die Alarmglocken«, knurrte Pedro.

»Sozial verträglich scheint er mir auch nicht gerade zu sein«, setzte Ben hinzu.

»Nein, und unverdächtig kann man ihn im Zusammenhang mit dem Mord ganz und gar nicht finden«, ergänzte der Comisario. »Ganz dicht scheint er auch nicht zu sein.«

»Vielleicht sollten wir uns sein bisheriges Leben genauer anschauen. Sein Hass auf die da oben scheint ziemlich tief zu sitzen ...«

Inzwischen waren sie beim Auto angekommen.

»Wir fahren jetzt noch zum Kiosco zu Señor Posadero, das ist der Wirt, bei dem der Angriff von Torres auf Martínez stattgefunden hat. Er soll uns die Szene und deren Ablauf mal genauer erzählen«, schlug Pedro vor.

»Ja, machen wir das«, stimmte Ben zu.

Das Lokal war schnell erreicht, Pedro stellte das Auto davor ab. Ben steckte sein Notizbuch ein, und sie gingen auf die offene Eingangstür zu. Links und rechts standen vier relativ kleine, rechteckige Kunststofftische mit einfachen Stühlen, alles in Weiß gehalten und sehr ordentlich. Der Serviettenstapel auf jedem Tisch war mit einem Stein beschwert. Nicht ohne Grund, denn der Wind machte sich immer wieder deutlich bemerkbar und blätterte in den bunten Servietten.

Drinnen dominierte eine große, dunkelbraune Theke den Raum, in einigem Abstand dazu standen zwei ebenfalls dunkle Holztische und etliche Stühle. In der Mitte der Theke befanden sich die Zapfstellen für das beliebte Bier von La Palma und eine De'Longhi-Kaffeemaschine; dahinter sah man in die kleine Küche.

Der Wirt begrüßte sie freundlich und offen, wie es auf der Insel üblich war. Als er hörte, wer sie waren – Pedro hatte ihm schon telefonisch angekündigt, dass er gerne mit ihm reden wollte –, stellte er zwei kühle Cervezas vor sie auf den Tisch. »Salud! Geht aufs Haus.«

Da nicht viel los war, zapfte er ein drittes Bier für sich. Dann setzte er sich zu ihnen an den Tisch, hob das Glas und prostete ihnen zu, während er sie aufmerksam taxierte. Nach einem kräftigen Schluck wischte er sich mit dem Handrücken über den Mund. »Gibt es schon Ergebnisse im Mordfall?«

»Leider noch nicht wirklich.« Pedro schüttelte bedauernd den Kopf. »Álvaro Martínez war ja vor Kurzem bei Ihnen und hatte, wie wir gehört haben, einen Streit mit Pablo Torres?«

»Señor Martínez hat nicht mit ihm gestritten. Der war wie immer ruhig und gelassen und hat sich nicht darauf eingelassen.« Die Miene des Wirts verfinsterte sich. »Aber dieser Torres ist manchmal wie ein wildes Tier. Er stürmte auf Señor Martínez zu, der an dem Tisch da drüben mit einer von den Umweltschützerinnen gesessen hat. Die beiden hatten Tapas und Malvasia vor sich und waren ins Gespräch vertieft. Torres hat geschrien, es war nicht einmal genau zu verstehen, was. Irgendetwas, dass Martínez nicht so nahe an seine Plantage ranbauen soll. Er war sehr ausfällig. Señor Martínez lächelte beruhigend und versuchte Torres nicht nur zu beschwichtigen, nein! Er bat ihn sogar, ein Glas mit ihnen zu trinken, und wollte mit ihm reden, ihm zuhören … Aber das brachte den Wilden offensichtlich noch mehr auf, und er versuchte, handgreiflich zu werden. Wär ich nicht mit Hilfe zweier Gäste dazwischengegangen, hätte er Señor Martínez körperlich attackiert! Ich hab ihm nachdrücklich gesagt, dass er das Lokal sofort verlassen und nicht mehr betreten soll. Da hat er auch mich bedroht. Ich sei ein Sklave und Helfer der Unterdrücker, der reichen Schweine … Na ja, und dergleichen mehr. Dann knallte er die Tür hinter sich zu, aber nicht ohne noch einen hasserfüllten Blick auf Señor Martínez zu werfen. Tja … Unsere Gäste sind aus der Gegend hier, die haben keine Lust, sich Hasstiraden anzuhören und womöglich Prügeleien zu erleben. Die trinken gerne ihr Bier oder ihren Wein in aller Ruhe, essen eine Kleinigkeit, unterhalten sich und gehen dann wieder ihren Beschäftigungen nach. Den Rausschmiss wird sich der Torres hoffentlich merken.«

Sie sprachen noch über dies und das, über die Bananenernte, die Touristen, die sich eher selten in das Gasthaus hier verirrten, den Hotelbau, der viel Staub aufwirbelte und nicht gerade zum Frieden in der Region beitrug, aber nach Meinung des Wirts zur Belebung beitragen werde. So dächten auch viele Bewohner der Gegend, wohl auch, weil sie auf neue Arbeitsplätze hofften.

Ben machte sich Notizen und ging das Gespräch im

Kopf noch einmal durch. Dann bedankte er sich für das köstliche Cerveza. Bier war eigentlich nicht sein bevorzugtes Getränk, aber manchmal war es genau das Richtige. Eine Frage hatte er schon die ganze Zeit stellen wollen, dies aber aufgeschoben, um den Gesprächsfluss nicht zu stören. Jetzt sah er eine Gelegenheit dazu.

»Señor Posadero, Sie sagten, Álvaro Martínez war nicht allein, es sei eine Umweltschützerin mit ihm hier gewesen?« Ben bemerkte, wie Pedro aufmerksam die Augen verengte.

»Ja, sie ist nicht oft hier. Es war diese Malerin, sie lebt im Norden und ist Mitglied in der Umweltgruppe. Ich kenne sie, weil meine Frau ihre Bilder mag und mich voriges Jahr in eine Ausstellung von ihr nach Santa Cruz mitgeschleift hat. Ihr Name ist Charlotte Schneider.«

Charlotte war nach der Stunde mit Yaiza langsam und konzentriert nach Hause gefahren, hatte das Auto abgestellt und ihren halb vollen Einkaufskorb mit nach drinnen genommen.

Verwundert sah sie in der Küche die Kakis an. Hatte sie die wirklich gekauft? Sie legte die Früchte mit den Avocados und Mangos in die große, aus Bananenblättern geflochtene Obstschale auf dem Küchentisch. Das Gespräch mit Yaiza hatte ihr, bei all den Tränen, gutgetan; sie fühlte sich etwas besser. Sie bemerkte ein leichtes Hungergefühl, toastete zwei Scheiben Weißbrot, belegte sie mit etwas Ziegenkäse, gab noch ein Stück Mango dazu und setzte sich mit dem Teller und einem Glas Zuckerrohrsaft auf die Terrasse. Bevor sie den ersten Bissen nahm, stand sie wieder auf, ging zu ihren Tomatenstauden, pflückte drei schöne reife Früchte und legte auch die dazu. Dann hielt sie wieder inne und betrachtete den Teller, den Tisch, die Terrasse und den Blick über den Atlantik wie ein Gemälde. Vor zwei Tagen hatte sie noch mit Álvaro hier gesessen, genau hier, und sie waren beide voll freudiger Pläne gewesen. Charlotte legte sich ein Mangostückchen auf den Käse und biss ab, dann versank sie wieder in Gedanken und blickte aufs Meer.

Vor fast zehn Jahren war sie zurück auf die Insel gekommen, die sie für ihr Studium verlassen hatte. Das Leben in Madrid hatte ihr Spaß gemacht; nach ihrer Jugendzeit auf der doch sehr ruhigen Insel hatte ihr das großstädtische Studentinnenleben gefallen. Sie hatte die vielen so wie sie an Kunst interessierten Kommilitonen gemocht, die spannenden Gespräche – und Vicente.

Vicente hatte schon sehr genaue Lebenspläne, und ihre unterschiedliche Auffassung von Kunst ergab viele lange Diskussionen. Charlotte war am »Schönen, Echten und der Natur« interessiert, Vicente wollte mit seiner Kunst provozieren, auf das Fehlerhafte aufmerksam machen. Vicente beeindruckte die vorsichtige, scheue Charlotte; sie war von seinen mitreißenden Reden, seiner Produktivität und seinen unzähligen Aktivitäten fasziniert, und schnell wurden die beiden ein Paar. Es dauerte etliche Monate, bis Charlotte bemerkte, dass sie nicht seine einzige Freundin war. Als Vicente ihr erklärte, dass freier Sex für ihn zur Künstlerexistenz gehöre und er sich nie für nur eine einzige Frau entscheiden könnte, zog sie sich wieder in ihr Schneckenhaus zurück und konzentrierte sich voll aufs Studium.

Da kam das Stipendium für die Kunst-Uni in Berlin genau richtig. Sie war zweisprachig aufgewachsen und sprach sehr gut Deutsch. Fürs Erste kam sie bei Verwandten ihrer Mutter in Berlin unter, relativ rasch fand sie dann ein Zimmer in einer Wohngemeinschaft. Das Studienjahr zog sich, Berlin schien ihr noch viel hektischer als Madrid. Sie freute sich auf die Ferien auf La Palma bei den Eltern. Auch das südliche Licht vermisste sie.

Im Abschlussjahr kam eine italienische Studentin zu Besuch in ihre Wohngemeinschaft und erzählte von ihrem Studium an der »Accademia di Belle Arti« in Rom. Charlotte wurde sofort hellhörig, es gab dort ein interessantes Postgraduate-Studium. Sie bewarb sich und wurde angenommen. Rom schien sie mit offenen Armen zu empfangen, sogar die Quartierfrage konnte sie rasch lösen: Sie entdeckte eine Ein-Zimmer-Dachwohnung, fast ein Atelier, am Stadtrand, mit großer Terrasse und viel Licht – und auch viel Hitze, aber jedenfalls bezahlbar. Ihre multikulturelle Gruppe an der Uni und das Projekt gefielen ihr, alles war anregend und inspirierend, sie war mit Begeisterung dabei. Das erste Jahr verging wie im Flug. Auf die erste Gruppenausstellung folgte dann rasch die erste Einzelausstellung in einer angesagten Galerie. Der Galerist, Enzo, ein Süditaliener, war begeistert von ihrer Arbeit, ihren stimmungsvollen und lichtintensiven Bildern – und von ihr. Charlotte fand ihn sehr sympathisch, die Gespräche waren fesselnd, und zum ersten Mal seit Madrid dachte sie wieder an die Möglichkeit eines Lebens zu zweit. Enzo bemühte sich, Charlottes Zurückhaltung zu überwinden. Nach einigen Monaten war Charlotte einverstanden und zog in seine große Wohnung. Enzo hatte ihr ein Atelier eingerichtet, eigentlich nur ein Zimmer, doch ungefähr so groß wie ihre Dachwohnung. Die Lichtverhältnisse passten. Er plane bereits ihre Karriere, sagte Enzo, und sie müsse sich um nichts kümmern, nur malen. Irgendwann begann er, ihr »Vorschläge« zu machen, die eigentlich Anordnungen waren: Charlotte sollte ihre dunkelblonden Haare heller färben, ihre Kleidung suchte nun er aus, er bestimmte, wen sie traf oder eben nicht ...

Charlotte wiederum versuchte Enzo klarzumachen, dass sie ihr Leben leben wolle und dass Erfolg nicht das Wichtigste für sie sei. Enzo entgegnete, es gehe ihr doch gut, sie solle sich nur an seine wenigen Vorschläge halten. Doch als er auch noch in ihre Bildkompositionen eingreifen wollte, wusste sie, dass sie gehen musste.

Bald darauf hatte sie sich dafür entschieden, als unabhängige Künstlerin auf La Palma zu leben. Das Kapitel »Beziehungen« war für sie abgeschlossen gewesen.

Und dann hatte sie Álvaro Martínez getroffen.

Die Sonne stand schon recht tief, als Ben in Naira Calderóns Buchhandlung in Santa Cruz eintraf. Naira strahlte und zeigte ihm ein druckfrisches Buch: feines, changierendes Leinen, das Lesebändchen farblich dazu passend, glattes Papier, außergewöhnlicher Druck – ein lange nicht mehr aufgelegter Text von Pedro Calderón de la Barca y Barreda González de Henao Ruiz de Blasco y Riaño, kurz Calderón genannt. Der Text interessierte Ben im Augenblick nicht wirklich, aber die Ausstattung beeindruckte ihn. Er merkte selbst, wie er das Buch unwillkürlich zu streicheln begann.

Naira beobachtete ihn schmunzelnd. »Ich schaue in solchen Fällen auch immer mit den Fingern. Die sehen oft mehr als die Augen. Ich habe mir überlegt, ob du nicht auch so eine hochwertige Ausstattung für deine Kanarische Geschichte wählen solltest. Bei mehreren Bänden könnten es ja dann von Band zu Band unterschiedliche Farbstufen sein. Was meinst du?«

Ben strich weiter über den Einband. »Du hast recht, das fühlt sich wunderbar an – und es ist wirklich schön! Ich glaube, genau so muss es ausschauen … und sich anfühlen … das Buch, das unsere kanarische Geschichte enthält! Fragt sich nur, wie teuer das in der Herstellung wird.«

»Zuerst einmal musst du es fertig schreiben, dann recherchieren wir die Kosten«, erwiderte Naira lächelnd.

Ben seufzte. »Ja, du hast recht. Ich muss bloß gerade so viele andere Sachen schreiben. Aber wo ist eigentlich die Tanausú-Biografie?«

Naira hielt das Buch schon in der Hand, auf das er, seit er davon gelesen hatte, gespannt gewartet hatte. Es hieß, der Autor hätte neue Dokumente zu Tanausús Überfahrt als Gefangener aufs spanische Festland gefunden.

Neugierig begann er, darin zu blättern. »Ich werde leider in nächster Zeit nicht viel zu meinem Lieblingsthema kommen«, erklärte er dabei. »Die Zeitung drängt schon auf den Artikel über das Observatorium und will möglichst schnell auch etwas zur Entscheidung über das neue Spiegelteleskop wissen. Als ob ich das beschleunigen könnte! Die sollten mit den Hawaiianern reden, die sind die Konkurrenten, wenn es darum geht, an welchem Ort es aufgestellt werden soll.«

»Da sind deine Zeitungsleute aber nicht allein. Wäre nicht der Mord an Álvaro Martínez passiert, wäre das das vorherrschende Tagesgespräch in Santa Cruz! Ich habe gehört, es gibt sogar schon Wetten darauf«, erwiderte Naira.

Ben nickte. »Und ich muss ein Porträt über Álvaro Martínez schreiben ... Seine Verbindungen nach La Palma und so weiter. Dafür werde ich wohl nicht darum herumkommen, auch mit Hugo Garrida zu reden, diesem Wichtigtuer vom Observatorium. Der erzählt ja überall, dass Martínez ihn unterstützen wollte.«

»Mich hat Álvaro Martínez' Tod sehr betroffen gemacht. So ein Hotelbau gehört zwar nicht auf die Insel, aber er selbst hätte sehr gut hierher gepasst – nicht nur seiner neuen Liebe wegen.«

Ben schaute sie fragend an. »Was weißt du denn schon wieder darüber?«

Naira musste lachen. »Du weißt schon, dass ich hier *die* Buchhandlung von La Palma führe, oder?! Natürlich hat auch er bei mir eingekauft, und wir sind ein paarmal ins Gespräch gekommen. Er hat die Sterne wirklich geliebt. Diese Liebe war ziemlich frisch, er hat die Astronomie erst hier auf La Palma für sich entdeckt. Allerdings ist ihm Hugo Garrida ziemlich auf die Nerven gegangen, und er hatte nicht vor, mit ihm zusammenzuarbeiten. Bei seinem letzten Aufenthalt in Madrid, vor ungefähr drei Wochen, hatte er einen Termin mit der zuständigen Ministerin. Er will ... wollte ...

die Kosten für einen weiteren Wissenschaftler hier auf La Palma für drei Jahre übernehmen, und das sollte über das Ministerium laufen. Die hätten sich dann damit schmücken können. Und ich hab damals gedacht, der denkt sogar beim Geldverschenken an die nächsten Bauaufträge ... Was machst du denn für ein Gesicht, Ben?«

»Ich hab jetzt gedacht, du wolltest mir das mit Charlotte erzählen ...«

»Charlotte? Charlotte Schneider, die Malerin? Wieso?«

»Weil Yaiza mich vorhin angerufen und mir erzählt hat, dass Charlotte eine Liebesbeziehung mit Álvaro Martínez hatte und jetzt am Boden zerstört ist.«

»Nein, das wusste ich nicht ... Die waren doch eigentlich Gegner. Seit wann? Und wie konnten sie das geheim halten?«

Ben hob abwehrend die Hände. »Ich weiß auch nicht mehr, wir haben nur kurz telefoniert. Aber Details folgen, großes Benahoaritas-Ehrenwort!«

Naira lächelte versonnen. »Das erklärt auch sein plötzliches Interesse an Kunstbüchern. Dann hat er den französischen Ausstellungskatalog, um den ich mich für ihn wirklich sehr bemühen musste, wahrscheinlich für sie gekauft ... Schrecklich, die arme Charlotte Schneider.« Sie schüttelte den Kopf, um den Gedanken loszuwerden. »Sag, du wolltest doch einen Wein mitbringen. Wo hast du den denn versteckt?«

Mit einem »Está aquí« hob er den Karton mit den beiden Flaschen hoch, den er beim Hereinkommen hinter dem Chesterfield abgestellt hatte, und hielt ihn schwungvoll wie ein Schild vor sich. »Gut gekühlt ist er auch schon. Wollen wir uns an die Theke setzen? Die zweite Flasche stelle ich sofort in den Kühlschrank.«

Naira ging schmunzelnd voraus. Dort standen bereits die Gläser, je ein Teller mit Taralli und Jamón und dazwischen eine kleine Schüssel mit gerösteten und gesalzenen Mandeln.

Sie genossen den Wein, redeten über Gott und die Welt, den Martínez-Clan und die Insulaner – und auch über die neuesten Buchtipps aus der Jurysitzung. Einige Titel interessierten Naira, sie hatte diese schon bestellt und erzählte Ben davon. Sie unterhielten sich angeregt, bis Naira irgendwann ein Gähnen nicht mehr unterdrücken konnte.

»Ben, ich glaube, meine vergangene kurze Nacht macht sich bemerkbar, und bevor ich in der Buchhandlung einschlafe …«

»Ach, mit dir verfliegt die Zeit immer so schnell! Ich sollte auch ans Heimfahren denken, morgen Vormittag will ich einiges erledigen, dann mit Elena und ihrer Freundin auf den Rastro, und am Nachmittag habe ich ein Lanza-Training in der Nähe von San Andrés mit der ganzen Gruppe.«

»Na, da hast du ja einen ereignisreichen Sonntag vor dir«, stellte Naira fest und packte zusammen. »Ich besuche morgen endlich mal wieder meine Eltern.«

Ben räumte noch die Theke ab, bevor er die Tanausú-Biografie in seinem Rucksack verstaute. »Ich begleite dich aber noch, ich habe sowieso in der Nähe deines Hauses geparkt.«

Schon wieder gähnend, schloss Naira die Buchhandlung

ab; Ben trug ihre wie immer gut gefüllte Büchertasche. Sie bogen um die Ecke und schlenderten, begleitet vom Meeresrauschen, über die Avenida Maritima in Richtung Castillo de Santa Catalina, während über ihnen die Sterne am Nachthimmel funkelten. Tocki saß vor Nairas Haustür und maunzte, sichtlich froh, sie zu sehen.

Ben verabschiedete sich und ging die wenigen Schritte zu seinem Fahrzeug. Selbst im Dunkel der Nacht bemerkte er eine Staubschicht von der Calima, dem afrikanischen Sandwind, auf seinem Auto. Irgendjemand hatte etwas in den Staub auf der Kühlerhaube geschrieben, aber er konnte es nicht entziffern. Sollte er am Morgen auch noch das Auto waschen? Ach, nein, das hatte gar keinen Sinn. Der nächste Regen im Osten der Insel würde sicherlich bald kommen, spätestens am Montag, wenn er wieder hier war. Dios mío, Montag! Die Terminliste für die Interviews wollte ja auch noch vorbereitet werden! Aber heute würde das wohl nichts mehr. Vielleicht noch ein Schluck Whisky auf der Terrasse und ein paar Notizen von diesem langen, spannenden Tag.

Er fuhr los und nahm die Abkürzung durch die Stadt, da zu dieser späten Stunde bestimmt nicht mehr viele Leute unterwegs waren. Aber er hatte nicht bedacht, dass Samstagabend war und vor dem Kino, dem Cine Teatro Chico gleich bei der Markthalle, angeregt plaudernde Menschen auf der Straße standen. Vorsichtig und im Schritttempo fuhr er vorbei und versuchte vergeblich, zu lesen, welcher Film an diesem Abend gelaufen war. Bald hatte er die Stadt verlassen und die LP3 in Richtung Tunnel erreicht. Nun war er fast allein auf der Straße.

Mitunter hatte er das Gefühl, dass sein Auto ab dem Tunneleingang in Richtung Tazacorte den Weg nach Hause von allein fand.

Sonntag

Graf Potocki, der Tigerkater, war übel gelaunt. Seine Futterlieferantin lag immer noch im Bett. Naira verspürte plötzlich einen unglaublichen Druck auf der Brust. Sie schlug irritiert die Augen auf. Tocki saß zentnerschwer auf ihr und starrte sie an.

»Hola, Herr Graf. Heute ist Sonntag, da wird später gefrühstückt!« Aber Tocki war der Wochentag vollkommen egal. »Schau nicht so böse. Wenn du von mir runtersteigst, kann ich aufstehen«, murmelte Naira verschlafen und versuchte, sich aus dem Bett zu drehen. Das dunkle Fellknäuel rutschte unelegant von ihr herunter und rannte schnurstracks in die Küche. Naira tappte hinterher.

Ob wohl alle Katzenbesitzer irgendwann anfingen, mit ihren Katzen zu reden? Tocki sah sie manchmal so an, als ob er jedes Wort verstünde.

Sie richtete ihrem Tiger das Futter an und stellte es vor die Küchentür auf seinen bevorzugten Futterplatz. Dann band sie mit geübten Griffen ihre kräftigen dunklen Haare zu einem Pferdeschwanz zusammen, klemmte sich die Gymnastikmatte unter den Arm, ging auf die größere ihrer beiden Terrassen und rollte die Matte dort aus. Zuerst Yoga, den Sonnengruß zum Meer, und dann noch einige Rückenübungen. Als Buchhändlerin schleppte man wahrscheinlich ähnlich viel wie ein Bauarbeiter, da machten sich mit der Zeit die Bandscheiben bemerkbar, also lieber vorbeugen.

Wenig später saß sie mit ihrer Frühstücksschüssel, die Joghurt mit Datteln und Papayastücken beinhaltete, auf der kleinen Terrasse gleich bei der Küche, mitten in ihrem Dschungel. Tocki legte sich auf die Steinbank und begann seine morgendlichen Putzrituale. Sie überlegte, wie sie den für diesen Tag versprochenen Besuch bei ihren Eltern am besten organisieren sollte. Naira hatte keinen Führerschein. Sie fuhr entweder mit dem Bus oder mit Freunden, die sie immer gerne mitnahmen.

Genau in diesem Moment rief ihre Freundin Rosie, die Fremdenführerin, an.

»Hola, Naira! Was machst du denn heute? Willst du vielleicht im Lorbeerwald lesen?«

»Leider nein, ich habe meinen Eltern für heute Nachmittag den längst fälligen Besuch versprochen und überlege gerade, wie ich ...«, begann Naira.

»Komm doch einfach mit uns mit«, fiel Rosie ihr ins Wort. »Wir fahren ohnehin in den Norden. Die Reisegruppe macht eine Wanderung durch den Lorbeerwald bei Los Tilos bis zum Wasserfall, und dann geht's weiter in den Archäologiepark La Zarza. Meine Kollegin Celia ist für den Spaziergang durch den Lorbeerwald zuständig, da muss ich nicht dabei sein, ich übernehme erst danach. Also hätten wir bei Los Tilos mehr als ein Stündchen für uns, und du kannst in Barlovento aussteigen. Was meinst du dazu?«

»Rosie, du bist ein Schatz! Ja, so machen wir es! Wann soll ich wo dazukommen?«

»Du kannst fast vor deiner Haustür zusteigen. Wir fahren nämlich vom Museo Naval ab, da könnten wir uns eigentlich vorher beim Kiosco noch auf einen Café con leche treffen. So etwa in einer Stunde?«

Naira sagte zu, schaute kurz auf die Uhr und eilte dann ins Badezimmer.

Nach dem Telefonat mit ihrer Mutter und der üblichen Frage, ob sie noch etwas bräuchten (»Wenn ich noch achtundvierzig Stunden Zeit hätte, würde mir schon etwas einfallen, aber jetzt, so schnell ...« – »Ihr wusstet ja schon seit drei Wochen, dass ich heute komme« – »Ja, aber ...«), packte Naira die Bücher für ihre Eltern in den Rucksack und dazu ein neues, besonders intensives Aloe-vera-Gel gegen Gelenkschmerzen. So etwas erfreute die beiden immer.

Sollte sie den Badeanzug mitnehmen? Wenn sie schon in der Nähe von La Fajana, dem Naturschwimmbecken an der Felsenküste, war, könnte sie ja ein paar Runden in ihrem Lieblingspool schwimmen. Sie würde ihn für alle Fälle mitnehmen, dachte sie, der wog nicht viel.

Wieso war Ben eigentlich noch nie in La Fajana mit ihr geschwommen? Sie würde Fotos machen und sie ihm dann schicken – als kleine Versuchung.

Die Bananenblätter wiegten sich sanft im Wind. Bis tief ins Feld hinein war das Rauschen der Atlantikwellen zu hören.

Das Häuschen mitten im Bananenfeld passte nicht zu dieser Idylle. Die alten Steinmauern waren, bedingt durch behelfsmäßige Blech- und Holzzubauten, fast nicht zu erkennen. Pablo Torres, der hier seit Jahrzehnten wohnte, hatte sich nie Gedanken darüber gemacht. Es war sein Zuhause. Eine Dusche hatte er einst außen angebaut, als er noch eine Frau und eine kleine Tochter gehabt hatte. Die waren ihm längst abhandengekommen und lebten nun auf Teneriffa.

Pablo war jetzt noch hasserfüllt, wenn er an seine Frau dachte. Die paar Schläge hie und da: Madre de Dios! So reagierten Männer eben, wenn sie unzufrieden waren ... und vielleicht auch ein wenig Rum getrunken hatten. Er verstand ihre Flucht nicht, und das Gericht verstand er sowieso nicht. Die hatten zu ihr gehalten, und plötzlich war er geschieden gewesen. Frau und Tochter weg – aber pünktlich zahlen sollte er monatlich! Da gab es doch bestimmt längst einen anderen Mann, so einen Lackaffen im feinen Anzug, mit Geld wie Heu ... Aber zahlen sollte er!

Er ging nach wie vor jeden Morgen in sein Bananenfeld, auch sonntags. Es gab immer etwas zu erledigen: Stauden beschneiden, die uralten Leitungen für die Bewässerung kontrollieren, Schösslinge überprüfen und versorgen. Im Gegensatz zu dem Chaos, das in seinem Wohnhaus herrschte, versuchte er, auf seinem Feld Ordnung zu halten. Mit Menschen hatte er allerdings schon immer Probleme gehabt, und er war froh, wenn er allein arbeiten konnte. Kaum ein Arbeiter hielt es lange bei ihm aus. José, sein derzeitiger Helfer, kam sonntags nie – und das war gut so.

Wenn die Sonne tiefer stand, war die Zeit für Bier, Rum

oder beides gekommen. Vor der Hütte auf dem alten, wackeligen Sessel, mit Blick auf seine Bananenstauden, schmeckte das Bier besser als im Kiosco. Seit dem letzten Streit mit Álvaro Martínez hatte er dort ohnehin Lokalverbot. Das war auch so eine Ungerechtigkeit. Und dann kam dieser Polizist daher und verdächtigte ihn. Ausgerechnet ihn! Dem hätte er schon ein paar Tipps geben können, wo er nach dem Mörder suchen sollte.

Wenn er gewollt hätte.

Entspannt saß Ben mit dem Laptop auf seiner Terrasse. Er hatte den Vormittag bisher mit Recherchen, Teetrinken und einem kurzen Telefonat mit Naira verbracht. Seinen vorläufigen Bericht über das Observatorium hatte er, leicht frustriert, abgespeichert. Wann würde endlich die Entscheidung über das neue Spiegelteleskop fallen?

Der Nachruf auf Álvaro Martínez war schon weit gediehen. Im Internet fand man mehr Informationen über ihn und die Familie Martínez, als er brauchen konnte. Bei seinen Recherchen war er einem Álvaro Martínez begegnet, den er in diesen unterschiedlichen Facetten nicht gekannt hatte.

Auffallend war, dass Álvaro Martínez häufig Aktivitäten, die mit Kunst, Kultur und Bildung zu tun hatten, unterstützt hatte. Die Familie Martínez galt allgemein als eine sehr konservative, schwerreiche Familie. Doch es existierte offenbar sogar ein Dokument, das die Familie Martínez als Helfer und Unterstützer von König Carlos dem Dritten auszeichnete. Eine Art Adelsprädikat. Ben war verblüfft.

Álvaro hatte eine Schwester und drei Brüder, mit denen zusammen er das Familienunternehmen geführt hatte. Die Firma Martínez war nicht nur ein Bauunternehmen, sondern auch eine in Europa weitverzweigte Immobiliengruppe. Außerdem besaß die Familie eine Onlinehandelsfirma, die sehr erfolgreich expandierte, und last, but not least eine kleine, feine Privatbank mit ausgesuchten vermögensschweren Kunden.

Die hochbetagten Eltern hatten ihren fünf Kindern schon vor vielen Jahren das Firmenimperium übergeben, und die hatten unter der Führung von Roderik Martínez, dem ältesten der Geschwister und Aufsichtsratsvorsitzenden, das Unternehmensvermögen beinahe verdoppelt.

Álvaros Schwester hatte vor einigen Jahren ein Parfüm mit dem Namen »Deseo« kreiert, das der Hit des Jahres 2019 gewesen war. Die Kinder des alten Álvaro waren alle erfolgreiche Unternehmer, auch sein jüngster Sohn, an den er seinen Vornamen weitergegeben hatte. Álvaro senior war allerdings auch ein Kunstsammler und Buchliebhaber gewesen. Er hatte seine Lyriksammlung schon zu Lebzeiten dem Institut für Lyrik in Madrid geschenkt.

Politisch zeigte die Familie ebenfalls ein buntes und unterschiedliches Spektrum: Roderik spielte eine große Rolle in einer weit rechts stehenden Partei, die anderen Geschwister waren eher weniger politisch engagiert; mit Ausnahme der Schwester, die ausgerechnet bei der neuen Podemos, einer linkspopulistischen Partei, mitmischte. Álvaro war ein Liberaler bis in die Knochen gewesen, der allerdings mit seiner Partei Pech gehabt hatte: Die hatte sich, gegründet als liberale Partei, immer weiter nach rechts entwickelt, und er war ausgestiegen.

Er galt als fairer Kapitalist, als Wohltäter und Spender, ein warmherziger Mensch trotz seines Reichtums. Allerdings beherrschte er natürlich die Klaviatur des Kapitalismus, was ihm viele Neider einbrachte. Mit seinem Hotelprojekt wollte er nicht nur einfach einen Riesenklotz bauen, sondern die Wünsche aller Einkommensschichten in einem architektonisch außergewöhnlichen Baukomplex zusammenführen. Er wollte den Süden der Insel mit dem Norden vereinen und gleichzeitig modernen Ansprüchen, was Luxus, Kulinarik, Service, aber auch Nachhaltigkeit betraf, gerecht werden.

Es schien fast, als hätte er sich eine Art Denkmal zu Lebzeiten errichten wollen. Dieser Plan war nicht aufgegangen.

Álvaro Martínez war verheiratet gewesen, hatte aber schon lange von seiner Ehefrau getrennt gelebt. Sie spielte eine Rolle im Unternehmen Martínez, und das genügte ihr offensichtlich. Kinder hatten sie nicht. Ben fragte sich, ob Álvaro eine schöne Kindheit gehabt hatte. Er war zwar mit einem silbernen Löffel im Mund geboren worden, aber der Jüngste in einer ehrgeizigen Familie zu sein, mit vier dominanten Geschwistern, das klang für Ben nicht nach Geborgenheit und Glück.

Bens Blick schweifte in die Ferne, auf das Meer hinaus. Um zwölf Uhr wollte er bei Yaiza und Elena sein, zu einem kleinen gemeinsamen Essen. Danach würde er, wie versprochen, mit seiner Nichte und ihrer Freundin zum Flohmarkt in Argual gehen. Um fünfzehn Uhr sollte dann das Training für den Hirtensprungwettbewerb beginnen. Salto del Pastor, der Hirtensprung, war ein beliebter Sport auf den Kanaren, den ursprünglich die altkanarischen Viehhirten erfunden hatten, um sich möglichst schnell in dem gebirgigen Gelände der Inseln fortzubewegen. Dafür wurde eine mehrere Meter lange Holzlanze in die Erde gesteckt und als Sprunghilfe verwendet. Insbesondere die Höhenunterschiede in den engen Barrancos, den Schluchten, waren auf diese Weise gut zu überwinden. Ben hatte sich schon in der Schulzeit dem örtlichen Hirtensprungverein angeschlossen.

Diesmal wollten sie in der Nähe von Los Sauces springen. Die engen Schluchten waren gut geeignet, um die Sprungtechnik zu verbessern. Der Ausklang mit der Besprechung ihrer Leistungen würde in der berühmten Rumfabrik Aldea stattfinden. Ein Teilnehmer ihrer Gruppe gehörte zur Quevedo-Familie, den Besitzern der einzigen Rumbrennerei auf La Palma. Wenn sie in der Nähe trainierten, organisierte er den Stammtisch zur Freude aller direkt in der Museumshalle der alten Rumfabrik und ließ auch immer ein üppiges Tapas-Buffet vorbereiten. Diese Lanza-Gruppe bestand schon seit Bens und Pedros Schulzeit. Als Jugendliche hatten sich einige Benahoaritas-Nachkommen zusammengefunden und beschlossen, diese alte Art der Fortbewegung in unwirtlichem Gelände wieder aufleben zu lassen. Auch wenn heute niemand mehr die unzähligen schmalen Schluchten auf diesem Weg überwinden musste, erfreute sich diese sportliche Betätigung zunehmender Beliebtheit. Bald hatten auch die Politik und die Verantwortlichen im

Bereich Tourismus den »Salto del Pastor«, wie der Hirtensprung auf Spanisch hieß, entdeckt, ebenso wie »Lucha Canaria«, den kanarischen Ringkampf. Seither trainierten viele Schülerinnen und Schüler beide Sportarten, ob sie nun von den Benahoaritas abstammten oder nicht. Es galt einfach als cool.

Ihre anfänglichen Überlegungen damals, vor etlichen Jahren, ob sie genug Nachwuchs finden würden, hatten sich längst erledigt: Es gab bereits über hundert Vereine auf den Inseln, auch Wettkämpfe wurden regelmäßig veranstaltet. Für Ben und seine Gruppe war das Antreten gegen die anderen Inseln der wichtigste Wettbewerb des Jahres. Und diesmal ganz besonders – hatte doch letztes Jahr ausgerechnet das kleine La Gomera gewonnen. Das durfte sich nicht wiederholen!

Yaiza war zwar nicht begeistert davon, dass Elena und ihre Freundin Erina zum Rastro, dem Flohmarkt, wollten, doch sie mochte Erina, die eine gute Ergänzung zur quirligen Elena war, die immer genau wusste, was sie wollte, und ihre Vorstellungen auch meistens durchsetzte. Erina mit ihrer leisen und freundlichen Art war das totale Gegenteil. Auch äußerlich: Elena war schlank und lebhaft, Erina rundlich und ruhig. Die beiden waren ein ungleiches, aber einander ausgleichendes Freundinnenpaar.

Nach einer Unzahl von Ermahnungen und dem Versprechen, nicht tätowiert nach Hause zu kommen, war es dann endlich so weit: Ben und die Mädchen zogen los. Ben hatte kurz zuvor noch einen Anruf erhalten: Dimitrij, ein Freund aus seiner Zeit in Madrid, war überraschend auf La Palma und hatte gefragt, ob er Zeit für ein Treffen hätte. Ben wollte ihn gerne sehen, aber trotzdem das Versprechen, das er seiner Nichte gegeben hatte, einhalten. Er hatte Dimitrij also vorgeschlagen, mitzukommen und auf dem Markt ein Bier mit ihm zu trinken.

Sie machten einen kleinen Umweg über den Busbahnhof, wo Ben schon von Weitem den groß gewachsenen, wie immer elegant gekleideten Dimitrij nach ihm Ausschau halten sah. Nach einer kurzen Begrüßung zogen sie gemeinsam weiter Richtung Argual. Elena und Erina hüpften ausgelassen und kichernd vor ihnen her. Kaum waren sie auf die Plaza Sotomayor eingebogen, wo der Trubel stattfand, waren die Mädchen nicht mehr zu bremsen. Neben den bunten Verkaufsständen mit handgefertigtem Schmuck, Bildern, Büchern, Kleidung, Tüchern und Taschen gab es jede erdenkliche Art von Angeboten, von Massagen bis hin zu Möbeln. Die Glasbläservorführung war eines der Highlights – und natürlich die kleinen Trucks mit Essen und Getränken. Man konnte die Herstellung von Zuckerrohrsaft live verfolgen und den frisch gepressten Saft dann auch gleich trinken. Elena und ihre Freundin waren aber besonders fasziniert von einem Tattookünstler, der mittlerweile stadtbekannt war. Seine Spezialität waren Totenköpfe, die auf der Haut fast lebendig aussahen. Blitzschnell waren die beiden Mädchen im Getümmel verschwunden.

Dimitrij sah sich kurz um, schmunzelte und meinte, das erinnere ihn an den Flohmarkt in Havanna. Er war in Sankt Petersburg geboren und aufgewachsen und behauptete, die

Eltern Putins persönlich gekannt zu haben. Vor vielen Jahren war er nach Europa gekommen, um zu studieren und westliche Luft zu atmen. Unwahrscheinlich rasch hatte er dann eine Daueraufenthaltsgenehmigung erhalten, was Ben zu diesem Zeitpunkt nicht mehr wirklich verwundert hatte. Er hatte Dimitrij als exzellenten Netzwerker kennengelernt und bereits festgestellt, dass die Uhren für ihn anders zu laufen schienen. Seine Beziehungen zur Politik hatten ihm auch einen Job bei einer internationalen europäischen Zeitung, die ihren Sitz in Madrid und London hatte, eingebracht. Ben hatte seine Freundinnen stets aus Liebe oder zumindest aus Zuneigung gewählt oder war von ihnen gewählt worden. Dimitrij hingegen hatte stets auch auf den gesellschaftlichen Kontext seiner Liebschaften geachtet und so sein Netzwerk immer dichter gestrickt. Er verkehrte auch immer noch in russischen Kreisen, allerdings, sehr zum Missfallen Bens, nicht unbedingt in oppositionellen. Das war auch einer der Gründe, weshalb Ben ab einem gewissen Zeitpunkt mehr Distanz gesucht hatte. Doch nun freute er sich trotzdem, den Freund aus der Studentenzeit wiederzusehen.

Gleich beim ersten Truck stellten sie sich an, um ein Inselbier zu ergattern.

»Wer oder was führt dich nach La Palma, Dimitrij?«

»Ach, Benaharo, ich war einige Tage auf Teneriffa, hatte ein paar Termine, und nun wollte ich gleich hier noch einige Dinge für meine Madrider Auftraggeber erledigen ... Und natürlich auch dich endlich wieder einmal sehen! Du schaust gut aus! Wie weit ist denn dein Kanarenbuch gediehen?«

Ben war überrascht, dass Dimitrij von seinem Schreibprojekt wusste. Hatte er ihm je davon erzählt? Statt einer Antwort steuerte er einen eben frei werdenden Tisch an, und Dimitrij folgte ihm.

»Wie geht's dir wirklich, Ben? Bist du jetzt glücklicher als in Madrid?«

»Was meinst du?«, fragte Ben verblüfft.

»Du hattest ja immer Heimweh nach deiner geliebten Insel, sprachst dauernd von hier und schienst dich in der Madrider Gesellschaft nicht zurechtzufinden.« Dimitrij lachte. »Außerdem hattest du ein ziemlich ungesundes Verhältnis zum Vorantreiben deiner eigenen Karriere, nämlich gar keins.«

»Blödsinn. Aber diese alberne Mischung aus Konkurrenz und Sex, aus Bildungsdünkel und Angeberei, die da in den Studentenkreisen üblich war, war mir tatsächlich ein Gräuel. Meine Mutter pflegte zu sagen: Einbildung ist auch eine Bildung.«

»Aber du warst doch ein genialer Student, Ben, nur ein wenig zu verträumt. Oder zu faul. Außerdem müsstest du mal ein Seminar in Sachen Opportunismus belegen. So ein Kotzbrocken, wie du sein kannst, wenn dir was gegen den Strich geht, ohne Rücksicht auf Verluste ... So macht man tatsächlich keine Karriere auf dem glatten Boden der Madrider Society.«

»Das mag schon sein, Dimitrij, aber um deine Frage zu beantworten: Ja, ich bin glücklich auf meiner Insel, und ja, ich denke mit Schaudern an Madrid zurück. Aber du konntest dich ja immer gut durchschlängeln. Das Seminar für Opportunismus hast du nicht besucht, du hast es erfunden!«

»Na, na, na, Ben, stell mich nicht immer als den glatten Hohlkopf hin. Als Ausländer hatte ich es auch nicht wirklich leicht.«

So plauderten sie über die alten Zeiten, nicht ohne sich dabei gelegentlich boshafte Seitenhiebe zu geben, und merkten dabei kaum, wie schnell die Zeit verging. Schließlich lenkte Dimitrij das Gespräch wie zufällig in eine andere Richtung.

»Ihr habt ja einen aktuellen Mordfall auf der Insel. Mächtiges Familienmitglied aus der Baubranche. Was spricht man darüber? Und vor allem du, Ben, du alter Reservedetektiv, was meinst du dazu?«

»Bist du deshalb auf La Palma, Dimitrij?«

Sein Freund lächelte nur.

»Es gibt noch keine wirkliche Spur, mein lieber Dimi, außer du sagst mir jetzt, Álvaro hätte mit der russischen Mafia zusammengearbeitet?«

»Ach, Ben, du bist wirklich immer noch derselbe Spaßvogel.« Dimitrij lachte etwas gekünstelt. Ben mochte Dimitrij, aber jetzt war er doch erleichtert, als Elena und ihre Freundin aufgeregt kichernd heranstürmten. Sie zeigten ihm stolz ihre Tätowierungen. Die Totenköpfe auf ihren Armen und Beinen waren nicht zu übersehen.

Die beiden Mädchen kamen aus dem Lachen nicht mehr heraus, als sie sein entsetztes Gesicht sahen. Elena wischte sich zuerst die Lachtränen aus dem Gesicht und zog dann zwei der Abziehtattoos von ihrem Arm. Ben lachte mit. Er lachte sich das Unbehagen über die bevorstehende Reaktion seiner Schwester, wenn es wirklich echte Tattoos gewesen wären, von der Seele, zusammen mit der vagen Vorstellung, dass Dimitrij etwas mit dem Mord an Álvaro Martínez zu tun haben könnte.

Gemeinsam gingen sie wieder zum Busbahnhof, wo Dimitrij seinen Leihwagen geparkt hatte. Ben verabschiedete sich von seinem Freund aus einer vergangenen Zeit, die er ganz gern verdrängte.

Dimitrij Dimitrijev umarmte ihn. »Bis bald, Beneharo!«

Als Naira bei der Plaza de la Alameda ankam, saß Rosie bereits an einem der Tische des Kiosco.

»Schau, unser alter Lieblingstisch: Heute hat er auf uns gewartet!«

Naira lächelte ihre Freundin an. »Glück muss man haben! Das war eine großartige Idee, dass du mich angerufen hast!«

Sie bestellten wie damals jede einen Café con leche und begannen, immer wieder unterbrochen von Lachsalven, Erinnerungen aus ihrer Schulzeit aufzufrischen. »Weißt du noch …«, begann fast jeder zweite Satz.

Vom Mord an Álvaro Martínez hatte Rosie natürlich auch gehört.

»Wer, denkst du, könnte das getan haben?«, fragte Naira. »Hast du irgendeine Idee?«

»Na ja, ich kenn mich bei so was nicht aus«, erwiderte

Rosie. »Aber was glaubst du?« Sie schmunzelte. »Du hattest doch immer schon eine Vorliebe für Kriminalfälle. Jetzt hast du einen echten Mord vor der Nase!«

»Ich habe mich mit Ben Rodríguez darüber unterhalten«, verriet Naira.

»Aha, Ben Rodríguez ... Ihr seht euch ja ziemlich häufig. Gibt es da etwas, das ich wissen sollte?«

»Aber nein, wir sind nur Freunde.«

»Wieso errötest du dann wie ein junges Mädchen?«, neckte Rosie ihre Schulfreundin lachend.

»Ach, hör auf«, winkte Naira ab, »das bildest du dir nur ein. Er ist genauso froh wie ich, dass wir eine unkomplizierte Freundschaft haben! Was den Mord an Martínez betrifft: Bis jetzt haben wir noch keine Theorie. Aber Pablo Torres, ein Bananenbauer, hatte eine fast tätliche Auseinandersetzung mit Martínez, die ...«

»Pablo Torres?«, wurde sie von Rosie unterbrochen. »Du, den kenne ich! Zumindest habe ich vor etlichen Jahren mit ihm zu tun gehabt. Du weißt ja, bei meinen Führungen besuchen wir oft auch eine landestypische Finca. Es interessiert die Leute, wie so ein Inselbauer lebt und arbeitet. Und irgendjemand, ich weiß nicht mehr, wer, hatte mir ihn empfohlen. Ich habe damals mit ihm geredet, seine Finca liegt ja auch sehr schön, und er wollte gerne zeigen, wie viel Arbeit in den Bananen steckt, bis sie erntereif sind. Das erste Mal ist alles wunderbar gelaufen, den Leuten hat seine einfache, raue Art, kombiniert mit der Begeisterung für seine Arbeit, gefallen. ›Danke, dass wir so ein Original kennenlernen durften, es war großartig, nein, wie authentisch‹, so war durchgehend das Echo. Beim zweiten Mal war dann einer dabei, der sah für Pablo Torres nach viel Geld aus, und leider war der Mann auch noch ein Besserwisser ... Er hatte im Internet alles über Bananenanbau gelesen – und Pablos Laune hat sich schlagartig verschlechtert. Er ist damals fast handgreiflich geworden, und ich habe den Besuch schnell abgebrochen und meine Leute in den Bus verfrachtet. Also, gewaltbereit ist der mit Sicherheit. Es war wirklich unangenehm.«

Naira überlegte kurz, Ben anzurufen, doch das wäre nur Wasser auf die Mühlen ihrer Freundin gewesen.

»Wie schaut es eigentlich mit deinen Kontakten nach Teneriffa aus?«, unterbrach Rosie ihre Gedanken. »Stehst du noch in Verbindung mit deinem Felipe?«

»Na ja, ab und an tauschen wir uns über buchhändlerische Fragen aus, meist per E-Mail. Aber wie kommst du jetzt darauf?«

Rosie machte ein geheimnisvolles Gesicht. »Ich habe ein Angebot, meine Naturführungen auch auf Teneriffa zu machen, zwei Tage pro Woche, immer samstags und sonntags. Sie zahlen mir natürlich auch die Flüge und das Quartier. Und da ist mir das Gästezimmer von Felipe eingefallen ... Vermietet er das überhaupt noch?«

»Soviel ich weiß, ja. Ich kann ihn gerne für dich fragen. Ich glaube, so eine sympathische Dauermieterin, wenn auch nur für eine Nacht pro Woche, das käme ihm entgegen. Er nimmt nur ungefähr jede fünfte Anfrage an, weil er so vorsichtig ist. ›Ich kenne die Leute ja nicht‹, ist ein Lieblingssatz von ihm. Wie oft habe ich ihm gesagt: ›Wenn du alle ablehnst, die du nicht kennst, lernst du sie auch nicht kennen.‹ Aber dich kennt er bereits, da hast du also einen Vorteil.«

»Es wäre super, wenn du das für mich machst! Seine Wohnung liegt nämlich sehr günstig. Das Trekking-Unternehmen ist auch in Santa Cruz. Es möchte Touren mit dem Schwerpunkt Pflanzen starten.«

»Das klingt doch ideal. Was Naturführungen betrifft, die begeistern, können die Tinerfeños sicher noch einiges von dir lernen!«

»Danke für die Blumen«, erwiderte Rosie lachend, »aber jetzt sollten wir zum Bus gehen. Ich muss vor dem Einsteigen die Teilnehmerliste kontrollieren.«

Ein elegant gekleideter Herr saß im Büro von Diego Díaz.

»Señor Díaz, ich danke Ihnen, dass Sie sich die Zeit nehmen. Bitte verzeihen Sie, dass ich Ihre Sonntagsruhe störe. Ich muss morgen leider wieder in Madrid sein, daher konnte ich keinen anderen Tag für unser Gespräch vorschlagen.«

»Sonntag ist für mich ein Tag wie jeder andere. Die Arbeiten für unser Bauprojekt sind derart drängend, dass an einen freien Tag nicht einmal zu denken ist«, antwortete Díaz in wichtigem Tonfall.

Dimitrij Dimitrijev lächelte zustimmend. »Ich bin, wie Sie wissen, als Vertrauter der Familie Martínez hier. Sie waren die rechte Hand von Álvaro Martínez, ein besonders naher Mitarbeiter, und sind jetzt der wichtigste Ansprechpartner für uns auf der Insel. Das Projekt lag Señor Martínez am

Herzen, aber nicht nur ihm, sondern der gesamten Familie. Der Familienrat hat beschlossen, das Projekt fortzusetzen.«

»Señor Dimitrov ...«

»Dimitrijev«, korrigierte ihn der Besucher.

»Entschuldigen Sie, Señor Dimitrijev. Álvaro Martínez hatte mit mir über Sie gesprochen. Er erzählte mir von Ihnen und Ihrer Bedeutung für die Firma. Álvaro Martínez ist tot, und ich weiß zwar jetzt von Ihnen, dass das Projekt weitergehen wird, aber wer nun die Bauleitung übernehmen soll, das weiß ich nicht. Vermutlich wird jemand aus Madrid kommen?«

Der elegante Besucher nickte freundlich, ging aber auf die Frage nicht weiter ein. Er war einen glatt rasierten Kopf größer als Díaz und folgte den Ausführungen des Projektleiters mit aufmerksamen hellgrauen Augen.

»Sie können sich vorstellen, was in Madrid los war nach dem Bekanntwerden des Mordes an Álvaro! Es gab einen Familienrat voll Trauer und Bestürzung ... Aber eine ganz andere Frage, Señor Díaz: Was sind Ihre Überlegungen zu dem schrecklichen Todesfall? Álvaro Martínez war einer der friedliebendsten Menschen, die ich gekannt habe. Eine geplante Hotelanlage ist nun wirklich kein Grund, einen Menschen umzubringen. Wer könnte so etwas tun? Haben Sie einen Verdacht?«

»Gestern hatte ich mit einem Journalisten ein längeres Gespräch darüber«, erklärte Diego Díaz dienstbeflissen. »Er verdächtigt den Bananenbauer Pablo Torres. Der lebt und arbeitet gleich neben unserer Baustelle auf seiner Finca. Er ist ein unangenehmer, aggressiver Zeitgenosse.«

»Und Sie, Señor Díaz, teilen Sie diesen Verdacht? Oder haben Sie eine andere Theorie? Hatte Álvaro Feinde hier?«

»Nein, ich habe eigentlich keine Theorie dazu. Sie können mir glauben, dass mir das grauenhafte Ereignis die ganze Zeit durch den Kopf geht. Aber ich habe keine Ahnung … Der Bananenbauer ist sicher nicht unverdächtig, er hatte ja vor Kurzem einen lautstarken Streit mit Álvaro. Aber Feinde? Na ja, es gibt da eine sehr aktive Umweltgruppe, die ganz sicher keine freundschaftlichen Gefühle für Álvaro gehegt hat. Aber das sind vor allem Frauen …« Diego schnaubte.

»Hatten Sie das Gefühl, dass Álvaro in letzter Zeit anders war als sonst? Fühlte er sich bedroht, oder wirkte er genervt? Hat ihn etwas beschäftigt oder bedrückt?«

Diego Díaz schüttelte den Kopf. »Eher das genaue Gegenteil. Falls überhaupt etwas anders war, Señor Dimitrijev, dann war er vielleicht aufgekratzter und noch positiver als sonst. Er war guter Laune, und jetzt, wo Sie mich fragen, fällt mir ein, er summte oft vergnügt vor sich hin. Bedrückt wirkte er also keinesfalls. Oh, entschuldigen Sie, möchten Sie Kaffee oder Tee? Ich habe auch einen ausgezeichneten Weißwein aus Lanzarote im Kühlschrank.«

»Wenn Sie ein Glas mit mir trinken, gerne, Señor Díaz. Allerdings muss ich dann gleich weiter, denn auch für mich ist heute kein freier Tag.«

Diego Díaz sprang auf und ging in die kleine Büroküche. Dort atmete er kurz durch, ehe er mit einem Tablett, auf dem eine Flasche Bermejo Volcánico und zwei Gläser standen, zu seinem Gast zurückkehrte. Er stellte es auf dem Schreibtisch ab und schenkte ein.

Die beiden Männer erhoben mit einem verhaltenen »Salud« die Gläser, und Dimitrij Dimitrijev stellte wieder einmal fest, dass die kanarischen Weine zu den besten Spaniens gehörten. Er drehte das Glas in seiner Hand.

»Könnten Sie sich vorstellen, die Bauleitung zu übernehmen?«, fragte der Russe unvermittelt.

Diego Díaz sah den Botschafter der Familie Martínez mit nicht allzu gut gespielter Überraschung an. »Ja, schon, aber daran habe ich überhaupt noch nicht gedacht.«

Dimitrij Dimitrijev trank das köstliche Glas Malvasier aus und stellte es auf den Tisch. Er lächelte und stand langsam auf. »Vergessen Sie meine Frage, Señor Díaz!« Er reichte Diego Díaz die Hand. »Ich wünsche Ihnen, dass Sie bald Klarheit über die weitere Vorgehensweise haben werden. Meine Karte liegt auf dem Tisch, danke für den ausgezeichneten Wein und alles Gute!« Und damit war er verschwunden.

Diego Díaz starrte verwirrt vor sich hin. Aus dem Silberrahmen auf seinem Schreibtisch blickte ihn seine Mutter mit durchdringenden Augen an.

Die Busstrecke ab Puntallana mochte Naira besonders gerne. Einfach schön, dachte sie jedes Mal. Sie griff nach ihrem Handy und wählte Bens Nummer.

Er hob sofort ab.

»Hola, Naira, bist du schon in Barlovento?«

»Nein, ich bin noch in der Nähe von Los Tilos. Aber

ich wollte dir schnell sagen, dass meine Freundin Rosie, du weißt schon, die Fremdenführerin, diesen Pablo Torres kennt. Sie hatte auch ein Erlebnis mit ihm, bei dem er ausgerastet ist und beinahe gewalttätig geworden wäre. Ich erzähl es dir morgen genauer. Bei dir alles in Ordnung?«

»Ja, wenn man davon absieht, dass Elena und ihre Freundin mir fast einen Herzinfarkt beschert hätten mit ihren Tattoos, die dann aber glücklicherweise bloß Abziehtattoos waren! Aber stell dir vor, mein alter Studienkollege Dimitrij – hab ich dir von dem mal erzählt?«

»Ja, ist aber schon länger her.«

»Also, der hat mich angerufen und gesagt, dass er ganz überraschend auf der Insel ist. Da ich Elena nicht absagen wollte, hab ich ihn eingeladen, mit uns nach Argual zu gehen. Er hat sich kaum verändert, macht immer noch auf geheimnisvoll.«

»Seltsam, dass der plötzlich auftaucht. Der war doch die letzten Jahre nie hier, oder?«

»Nein, und er hat eindeutig versucht, mich wegen des Mordfalls auszuhorchen ...«

»Siehst du da Verbindungen?«

»Eigentlich nicht, aber ich denke, wir sollten das trotzdem noch mal überlegen. Die Familie Martínez mit ihren internationalen Projekten hat natürlich viele Feinde. Vielleicht hat das alles gar nichts mit La Palma zu tun ...«

»Das machen wir. Und was wir noch machen sollten: endlich einmal gemeinsam nach La Fajana zum Schwimmen fahren!«

»Stimmt, das sagst du in regelmäßigen Abständen. Also, demnächst nehmen wir das in Angriff, okay?«

»Ich nehme dich beim Wort, Ben! Aber was genau ist bei dir demnächst?«

Der Bus hielt an der letzten großen Kurve vor Barlovento.

»Danke, Sie haben mich ja fast bis vor die Tür gebracht!«, sagte Naira beim Aussteigen zum Chauffeur. Von Rosie hatte sie sich schon verabschiedet; sie würde sich bei ihr melden, sobald sie Felipe erreicht hatte. Sie fand Rosies Zukunftspläne gut. Die Agentur auf Teneriffa, für die sie arbeiten wollte, war bekannt und zuverlässig, und Rosie würde ihre Ideen einbringen und die Touren selbstständig organisieren können. Das war für beide Seiten bestimmt von Vorteil.

Sie blieb kurz stehen, um die wilde Küstenlandschaft zu genießen. Ob sie ihre Eltern überreden konnte, nach La Fajana mitzukommen? Der Vater hatte sicher wieder irgendeine wichtige Arbeit zu erledigen, aber ihre Mutter ging eigentlich gern schwimmen. Mit diesen Gedanken bog sie in den vertrauten Garten ein.

»Hola, Chica! Wie schön, dass du da bist!« Mama Calderón, die mit ihrem halb gefüllten Korb neben dem Gemüsebeet stand, freute sich sichtlich. »Ich hab dich schon kommen sehen, schnellen Schrittes wie immer. Schau, meine Zucchini sind in diesem Jahr wieder prachtvoll. Die hier habe ich für dich geerntet, kannst du dir mitnehmen.«

»Mama, du bist ein Schatz! Was macht Papa?«

»Na ja, der findet ja immer Arbeit ... Gestern hat er festgestellt, dass wir neue Regale im Keller brauchen, die alten sind nicht optimal. Und nun, fürchte ich, baut er den ganzen Keller um. Dabei könnte er doch auch einmal Ruhe geben und sich mit mir einfach gemütlich auf die Terrasse setzen und lesen. Das musst du ihm bitte sagen, auf mich hört er ja nicht!«

»Ich glaube, seine Art von Entspannung besteht im Basteln und Bauen. Still sitzen kann Papa nicht, und ein großer Leser war er auch noch nie«, erwiderte Naira schmunzelnd und schlenderte mit ihrer Mutter ins Haus.

Bei einem großen Glas frischen Orangensafts kam ihre Mutter gleich auf das aktuelle Thema zu sprechen. »Weißt du etwas über den schrecklichen Mord an Martínez? So etwas auf unserer Insel! Das war sicherlich kein Palmero …«

Naira erzählte ein bisschen von ihren Gesprächen mit Ben und dass Pablo Torres verdächtigt werde, was ihrem Vater, der mittlerweile aus dem Keller aufgetaucht war, gar nicht gefiel.

»Nein! Nie und nimmer war das einer von unseren Bananenbauern, ganz sicher nicht!«

»Aber sag, wann bringst du Ben eigentlich wieder einmal mit?«, warf ihre Mutter ein. Diese Frage kam regelmäßig, mit einem gewissen Glitzern im mütterlichen Auge, und ebenso regelmäßig verstand es Naira, möglichst ausweichend darauf zu antworten.

»Bestimmt demnächst! Aber, Mama, was duftet denn da so köstlich aus der Küche? Ich glaube, ich hab schon etwas Hunger …«

Die Mutter strahlte. »Kaninchen in Thymian-Weißwein-

Soße mit Mojos und Runzelkartoffeln. Und es ist auch schon fertig. Wenn du willst, können wir gleich essen!«

Wie viele andere hatte auch die Familie Calderón ihr eigenes Kaninchen-Rezept, auf das sie schwor. Als Nachspeise war Frangollo vorbereitet, ein Maispudding mit Mandeln und Orangensaft, den sie alle drei liebten. Beim Kaffee war dann der Dorfklatsch dran, denn man hatte einander schließlich einige Wochen nicht gesehen, und natürlich gab es auch hier, wie in jedem Dorf, täglich kleine Komödien – oder auch Tragödien.

Schließlich beschloss Naira, dass es nun genug sei. Sie wollte schwimmen gehen. Fragend schaute sie ihre Eltern an.

»Wollt ihr nicht mit mir hinüber ins La Fajana? Danach lade ich euch auf einen Barraquito in der Cafeteria ein!«

Ihr Vater winkte sofort ab. »Nein, Chica, heute nicht. Ich möchte unbedingt im Keller weiterarbeiten. Beim nächsten Mal vielleicht.«

Zu Nairas Freude sagte ihre Mutter jedoch sofort zu.

»Ich habe schon daran gedacht und meine Badesachen vorbereitet. Für dich hab ich auch Handtücher dazugelegt. Und da dein Vater nicht mitkommt, werde ich eben zwei Barraquito trinken! Wenn du willst, können wir gleich los.«

Hugo Garrida saß bei einem Bier auf der Terrasse an der Marina La Palma. Der Blick auf die Schiffe und das Meer wirkte auf die meisten Menschen beruhigend, aber er war sauer. Diese Inselprovinzler nervten ihn, wo sie nur konnten.

Eigentlich hatte er gedacht, dass seine Karriere in diesem Kaff von einer Insel eine gemachte Sache wäre. Bei seinem Studium in Madrid hatte man ihm ja wirklich nichts geschenkt. Und nun würde er beweisen, dass er hundertmal besser war als der Durchschnitt. Denn das war er schlicht und einfach, ja, selbstverständlich!

Aber nichts war so gelaufen, wie er es sich vorgestellt hatte. Um dem Führungsgremium im Observatorium klarzumachen, dass auch für so eine verstaubte Institution wie diese hier Marketing notwendig war, hatte er ihnen stundenlange Vorträge halten müssen. Verstanden hatten sie es immer noch nicht wirklich, auch wenn sie es ihn zumindest versuchen ließen. Und dafür hatte er die Metropole verlassen und lebte nun auf dieser langweiligen Insel! Gestern hatte er wieder einer Einladung der Geschäftsführung zum Gespräch nachkommen müssen, und wieder hatten sie ihm vorgeworfen, nichts voranzubringen. Diesmal hatte er aber etwas für sie gehabt.

Er hatte gesagt, er habe von Álvaro Martínez die Zusage für eine durchaus großzügige Spende erhalten. Sie hätten ihn fast erstochen mit ihren spießigen Oberlehrer-Blicken. Auf die Frage der Wortführerin, was das nun bedeute, da dieser Martínez ja bekanntlich tot sei, hatte er cool mit dem Hinweis auf über den Tod hinausgehende Vereinbarungen gekontert. Sie wollten das schriftlich sehen, diese Idioten, aber er hatte nur erwidert: »Das Wort eines Ehrenmannes ist ein ewig gültiges Wort.«

Er hatte sie zu beruhigen versucht, indem er auf seinen Kontakt zur Familie Martínez und die hohe in Aussicht gestellte Summe hinwies. Die Unterstützung würde sich mindestens auf eine halbe Million belaufen, hatte er ihnen erklärt. Er sei es schließlich gewesen, der seinem Freund Álvaro das Observatorium als zu unterstützendes Objekt so richtig schmackhaft gemacht hatte. Er sei es auch gewesen, der die Leidenschaft des Bauunternehmers für die Sterne erweckt und ihn auf die richtige Fährte zur Verwirklichung seines Traums gebracht hatte.

Sie würden ihm einen kurzen Zeitraum lassen, um zu liefern, sprich handfeste pekuniäre Ergebnisse zu erbringen, hatte das Gremium schließlich gesagt.

Und jetzt steckte er in der Bredouille. Er hatte einen Brief an die Familie Martínez geschrieben, ihnen von seiner Vereinbarung mit Álvaro Martínez berichtet und die Hoffnung ausgedrückt, dass dieser mündliche Vertrag über den Tod hinaus gelten würde. Antwort hatte er noch keine bekommen. Wenn sie ihn und sein Anliegen ignorierten, war er seinen Job los. Er wusste, dass das seine letzte Chance war. Und er wusste auch, dass sein Spiel hochriskant war, denn die Wahrheit war: Álvaro Martínez hatte ihm einen einzigen Termin gewährt, der allerdings relativ kurz gewesen war. Und der Baulöwe hatte ihn verabschiedet mit den Worten, er würde sich alles durch den Kopf gehen lassen. Die Idee, das Observatorium zu unterstützen, gefalle ihm. Er werde sich melden.

Das hatte er allerdings nicht mehr getan oder tun können. Aber gerade das war vielleicht nun ein Vorteil: Álvaro Martínez konnte Hugo Garridas Lügen nicht mehr aufdecken.

Naira drehte auf dem Rücken liegend mit wenigen Schwimmbewegungen noch eine letzte Runde in dem von Felsformationen gesäumten Meerwasserpool. Wenn sie so schwamm, konnte sie den Himmel und das Meer sehen. Ihre Mutter stand bereits auf dem Felsplateau und wischte sich flüchtig mit dem Handtuch über Rücken und Beine.

Glücklich stieg Naira aus dem Wasser. Die Sonne und der warme Wind trockneten sie schnell, und ihre Sachen hatten die beiden rasch zusammengepackt. Dann stiegen sie langsam hinauf zur Terrasse des Cafés und fanden einen freien Tisch direkt am Geländer, mit Blick auf die Naturbecken und den Atlantik.

Naira bestellte nun doch lieber einen frisch gepressten Orangensaft, ihre Mutter freute sich über den Barraquito. Die beiden saßen entspannt in den wohltuenden Strahlen der nun schon tief stehenden Sonne und nippten an ihren Gläsern. Naira stellte nach dem ersten Schluck ihr Glas wieder auf das Tischchen, positionierte es vor der Sonne so, dass der Orangensaft richtig strahlte, nahm ihr Handy und fotografierte.

Sie hielt ihrer Mutter das Foto hin. »Schau, eine orange Sonne im Glas!«

»Ja, du hast das Licht wunderschön eingefangen. Sag, bleibst du zum Abendessen?«

Naira steckte das Handy wieder weg und schüttelte den Kopf. »Heute leider nicht, ich muss noch einiges für morgen vorbereiten. Außerdem war dein Kanincheneintopf nicht nur ausgezeichnet, sondern auch sehr, sehr sättigend. Ich glaub, ich streiche heute das Abendessen.« Sie kramte das Handy wieder aus ihrem Rucksack, diesmal, um zu sehen, wie spät es eigentlich schon war. »Ah, der nächste Bus nach Santa Cruz fährt erst in einer Stunde. Magst du nachher noch einen Barraquito trinken?«

»Lieber nicht, Naira, sonst schlafe ich heut Nacht schlecht. Aber du musst dir noch die Zucchini mitnehmen – und dich von Papa verabschieden.«

Sie tranken aus, brachen auf und schlenderten langsam zum Elternhaus zurück.

Auf dem Weg versuchte die Mutter, das Gespräch unauffällig auf Ben zu bringen, aber Naira antwortete gleich mit einer Gegenfrage zu Papas Gelenksschmerzen und was er denn dagegen mache. Mit der Beantwortung dieser Frage war die Mutter bis zum Haus beschäftigt, und Naira gratulierte sich im Stillen.

Als sie die Zucchini im Rucksack verstaute, fiel ihr etwas ein: »Sag, Mama, du hast vor ein paar Wochen so köstliche gefüllte Zucchini serviert. Ich hab's nachgemacht, aber sie waren einfach nicht so gut wie deine! Gibst du mir dein Rezept?«

»Im Prinzip gerne, aber du weißt, ich mache jedes Mal irgendetwas anders. Wichtig ist die Hackfleischfüllung. Ich nehme gerne Lammfleisch und drehe es selbst durch den Fleischwolf. Und den Käse mische ich mit etwas Frischkäse – ahh, und ich gebe fast immer Pinienkerne dazu. Und Minze! Ich werde mich hinsetzen und dir das aufschreiben. Ich glaube, ich habe da wirklich etliche Varianten. Ich maile sie dir!«

Bester Laune betraten die acht Sportler nach drei Stunden Lanzaübungen und einer kurzen, aber erfrischenden Schwimmrunde im Charco Azul, einem weiteren natürlichen Meerespool der Insel, die nun schon fast menschenleere Destilerías Aldea bei San Andrés.

Der letzte Bus mit Touristen, die die alte Rumfabrik besucht hatten, war bereits abgefahren. Nur zwei Mitglieder der Familie Quevedo waren noch da, um die Gruppe mit Speis und Trank zu versorgen. Ben, Pedro und die anderen gingen gleich zielsicher durch bis in die alte Fabrikhalle, die seit vielen Jahren als Museum diente. An den Wänden hingen alte Schwarz-Weiß-Fotos, die die Rumherstellung bei Aldea vor etlichen Jahrzehnten zeigten. Gleich neben der beeindruckenden uralten Zuckerrohrpresse, einem eisernen Ungetüm von mehreren Metern Länge, waren verschiedenste Tapas, Wasser, Bier und Wein auf dem langen Holztisch angerichtet.

Nach den ersten Bissen begann die Debatte.

»He, Pedro, bist du müde, schlapp, oder hast du zu lange nicht trainiert?«, fragte Manuel grinsend. Ihm waren einige besonders schwierige Sprünge gelungen, und er war übermütig. Er war noch nicht lange bei der Polizei, schon deshalb suchte er immer wieder Pedros Nähe. Der lachte gutmütig und meinte, er habe derzeit nicht viel Zeit zum Trainieren, er habe schließlich einen Mordfall zu klären.

»Aber«, wandte er sich an Alberto, seinen anderen Sitznachbarn, »das Übungsgebiet hast du gut ausgesucht, da war alles dabei!«

Ben, der ihm gegenübersaß, bestätigte das Lob für die

Auswahl des Geländes. »Und danach hierherzukommen war eine großartige Idee. Danke für eure Gastfreundschaft! Das nächste Mal bin ja ich mit der Organisation dran, das wird für mich eine Herausforderung. Ich dachte schon mal an das Gebiet östlich von Las Tricias oder vielleicht von Tijarafe hinunter zur Porís de Candelaria, zur Piratenbucht?«

Ein allgemeines Aufstöhnen war die Antwort, manche meinten, Ben übertreibe wieder einmal gewaltig. Die Gegend um Las Tricias sei ja schön, das würde schon passen, aber den steilen Weg hinunter zur Bucht, da würden ihm die anderen lieber alle dabei zuschauen. Welches Mädchen verlange denn so etwas von Ben? Ein Denkmal für einen verliebten, in den Tod gesprungenen Hirten gebe es ja schon auf der Insel, für Ben würde man sicher kein zweites aufstellen. Lautes Gelächter dröhnte durch die Halle.

Dann besprachen sie ihre einzelnen Sprünge, während die Tapas-Teller sich langsam leerten. Nur die Getränke schienen aus einer nie versiegenden Quelle zu kommen.

Längst hatten sich die Gespräche vom Springen entfernt. Als der Sessel neben ihm frei wurde, setzte sich Ben zu Pedro und fragte ihn, ob er gewusst habe, dass Charlotte Schneider eine Beziehung mit Álvaro Martínez gehabt hatte. Pedro war erstaunt, nein, das hatte er nicht gewusst. Woher Ben das …? Ah, die allwissende Yaiza! Das bedeutete, dass er so bald wie möglich mit Charlotte Schneider reden musste. Er erzählte Ben, dass er gerade noch Martínez' letzte Tage zu rekonstruieren versuche. Am nächsten Tag würde Díaz zu ihm ins Büro kommen. Die Auswertung von Álvaros Handy wäre auch schon überfällig.

Sie hatten nicht bemerkt, wie ruhig es inzwischen am Tisch geworden war. Mehrere Augenpaare waren interessiert auf Pedro gerichtet.

»Sag, Pedro, kannst du uns schon etwas zum Mord an Martínez erzählen?«, begann Paco, einer der Neugierigsten aus ihrer Runde. »Gerüchte kursieren ja viele: Er wurde erschlagen, erstochen, erschossen, erwürgt und ausgeraubt. Was war es denn jetzt wirklich?«

Pedro seufzte. »Hättest du Zeitung gelesen oder Nachrichten gehört, statt auf Instagram nach deinen Lieblings-Señoritas zu schauen, wüsstest du schon mehr«, entgegnete er und erzählte nur das, was ohnehin schon allgemein bekannt war.

Ramon wiegte nachdenklich den Kopf. »Ich weiß nicht, wie es euch damit geht, aber einige werden sich sicher noch an den Tod von José erinnern. Das ist jetzt etwa sechzehn Jahre her. Sein Tod wurde damals als Unfall zu den Akten gelegt. Pedro und Ben, ihr wart doch seine besten Freunde. Das Mysteriöse an der Sache war, dass seine Lanza unauffindbar blieb, oder?«

Man merkte Pedro an, dass ihm das Gespräch unangenehm war. »Es gab eine ausgiebige Suche in diesem Barranco. Alle aus unserer Gruppe waren damals dabei. Mehr lässt sich dazu nicht sagen. Lassen wir es gut sein. Es war ein Unfall«, sagte er.

Ben nickte mit angespannter Miene. Auch ihm war das Unbehagen anzusehen.

Es war schon dunkel, als sie aufbrachen, und Ben nahm

Manuel mit. Los Llanos lag für ihn ohnehin auf dem Weg. Sie verstauten die Sprungstäbe schräg im Auto, trotzdem schaute ein gutes Stück heraus. Das Problem hatten die anderen auch, aber da sie gewissermaßen unter Polizeischutz nach Santa Cruz fahren würden, konnte wohl nichts passieren.

Unterwegs erzählte ihm Manuel, dass er sich bei der Polizei in Teneriffa beworben habe. Dort wäre es möglich, ein Studium parallel zum Polizeidienst zu absolvieren. Und er hätte volle Unterstützung beim Sport. »Jetzt muss es nur noch klappen, aber das wird es hoffentlich auch!«, erklärte er optimistisch.

Ben versprach, ihm die Daumen zu drücken.

»Danke! Du, war das mit José eigentlich wirklich ein Unfall, oder ist das ein Cold Case?«

»Ach, Manuel, jetzt fang du nicht auch noch damit an. Im Gegensatz zu Pedro glaub ich zwar nicht unbedingt an die Unfalltheorie, aber ich hab auch keine andere Erklärung.«

»Also, alte, unaufgeklärte Fälle interessieren mich. Die Untersuchungstechnik hat sich innerhalb der letzten Jahrzehnte ja gewaltig geändert.«

»Sag, wo in Los Llanos willst du denn aussteigen?«, wechselte Ben das Thema.

»Irgendwo in der Nähe der Plaza de España, bitte. Ich möchte noch in die Jazzbar. Magst du nicht mitkommen? Du magst doch Latin Jazz? Es gefällt dir dort ganz bestimmt.«

»Vielen Dank, Manuel, dass du mich alten Dinosaurier

in deine Clique mitnehmen würdest«, erwiderte Ben schmunzelnd. »Das klingt zwar sehr verführerisch, aber ich muss dringend meinen Artikel schreiben. Morgen habe ich einen langen Tag, der früh beginnt. Vielleicht beim nächsten Mal.«

»Ich frag dich in ein paar Wochen wieder, da kommt eine tolle Sängerin!«, rief ihm Manuel beim Aussteigen am Rand der Plaza noch zu.

Seine Lanza nahm er mit ins Lokal, die würde Eindruck machen.

Ben stellte sein Auto unter der Pergola auf der Zufahrt vor seinem Haus ab, fädelte seine Lanza aus dem Kofferraum und trug sie nach drinnen ins Vorzimmer. Dort hatte er an der Wand neben der Kommode zwei Lederringe vertikal im Abstand von einem guten Meter befestigt, mit denen er seine Sprungstäbe wie Mikados aufrecht an der weißen Mauer fixieren konnte. Er verstaute seinen Lieblingsstab bei den beiden anderen, stolperte über seinen Berberteppich, fluchte kurz und ging in die Küche. Jetzt brauchte er dringend einen Tee, denn er wollte noch weiter an seinen Texten arbeiten.

Endlich saß er in seinem Arbeitszimmer, allerdings im Lesesessel, dem mit bordeauxrotem Leder gepolsterten Lehnstuhl, neben sich, auf dem kleinen Tisch, seine Teetasse. Sein Schreibtisch, massiv und im altkanarischen Stil, hatte schon seinem Vater und zuvor seinem Großvater gehört. Dass er alt war, sah man ihm an, obwohl er immer liebevoll gepflegt worden war.

Eine von Bens intensivsten Erinnerungen an seine Kindheit war sein Vater, der seinen Schreibtisch mit Bienenwachs behandelte. Er hatte ihn von klein auf dabei beobachten können. Und jedes Mal hatte der Vater ihm währenddessen Geschichten erzählt: über das Holz, über das Bienenwachs, von der Geschichte des Schreibtischs, den bereits er von seinem Vater übernommen hatte – und auch von den Benahoaritas.

Manuel hatte Ben mit seinen Fragen zu José in die Vergangenheit geführt. Er sah die Gesichter seiner Freunde von damals vor sich. Sie waren oft zusammen gewesen, nicht nur wegen des Salto del Pastor. Damals, das Gesicht drängte sich ihm plötzlich auf, war auch ein Mädchen dabei gewesen. Er versuchte, sich an ihren Namen zu erinnern. Mit wem war sie bloß zusammen gewesen?, fragte sich Ben stirnrunzelnd. Sechzehn Jahre waren halt doch eine lange Zeit. Ja, genau, es war José gewesen. Der Vierte im Bunde der Freunde, Roberto, hatte damals nach dem Unfall sehr bald die Insel verlassen, so hieß es jedenfalls, und damit war die Verbindung zu ihm abgebrochen. Übrigens war auch das Mädchen verschwunden, Maria, jetzt fiel ihm der Name wieder ein. Ben hatte die zwei bei der Totenfeier für José zum letzten Mal gesehen. Beide hatten sich nie von ihm oder Pedro verabschiedet.

Er schüttelte den Kopf und wechselte vom Lesesessel an seinen Schreibtisch. Gedankenverloren schaltete er den Computer ein und scrollte unter dem Ordner »Fotos« weit zurück. Er hatte irgendwann einmal alle alten Fotos eingescannt. Die Qualität ließ zu wünschen übrig, aber einige Bilder von der Freundesgruppe waren gut erhalten. Der junge Pedro war zum Schießen mit seinen langen Haaren, und ganz links auf dem Bild war er selbst, mit Bart, was ihn optisch eindeutig zum Ältesten der Gruppe machte. Neben ihm José, der mit seinen blonden Locken aussah wie ein Engel, immer etwas verträumt und gut gelaunt. Auf seiner Schulter war die Hand von Roberto zu erkennen, und in der Mitte saß Maria. Robertos andere Hand lag auf dem Schenkel von Maria, deren Rock nach oben gerutscht war. Ein typisches Foto von damals – junge Menschen eben, die alles noch nicht so wirklich ernst nahmen. Er sah sich noch einige andere Bilder an und schüttelte den Kopf. Cold Case – was für ein Blödsinn!

Andererseits: Wie oft hatte er schon mit Naira über den »Unfall« gesprochen. Aber sie waren dabei keinen Schritt weitergekommen.

Montag

Polizei tappt wieder mal im Dunkeln

Wie schon in der gestrigen Ausgabe berichtet, wurde der beliebte Bauunternehmer Álvaro Martínez am Strand von Los Guirres erschlagen aufgefunden. Die tief trauernde Familie Martínez hat bereits alle Vorkehrungen getroffen, um seine sterblichen Überreste nach der gerichtsmedizinischen Freigabe in der Familiengruft in Madrid beizusetzen. Álvaro Martínez weilte auf La Palma, um die Vorbereitungen zum Bau der inselgrößten Hotel- und Wellnessanlage persönlich zu organisieren. Nach einem langen und umfangreichen Prüfungsprozess durch die zuständigen Ämter wurde nun endlich die Baugenehmigung erteilt.
Der Projektleiter des für den Tourismus und neue Arbeitsplätze wichtigen Hotelbaus, Diego Díaz, zeigt sich sehr zuversichtlich, dass das Projekt mit Eintreffen der schriftlichen Genehmigung sofort starten wird. Mit diesem Hotel können auch Kreuzfahrtpassagiere zu Hotelgästen auf der Insel werden. Derzeit fahren sie nur vorbei oder legen für ein paar Stunden an, doch mit den Möglichkeiten, die das

Martínez-Hotel bieten wird, werden sicher viele auch einen Aufenthalt auf der Insel buchen. Davon ist Diego Díaz überzeugt.

Er sei entsetzt über das schreckliche Gewaltverbrechen, sagte er mir in einem Gespräch. Aber eine rasche Aufnahme der Bautätigkeit sei ganz im Sinne seines verstorbenen Chefs. Diesem, seinem großen Vorbild, sei er verpflichtet.

Im Gegensatz dazu nehmen die Mitglieder der Umweltgruppe »La Palma vivará« den Tod von Álvaro Martínez eher erfreut (!) zur Kenntnis. Diese seltsame Organisation glaubt an den Erfolg ihres obskuren Feldzuges gegen unsere Inseln und unsere Bevölkerung.

Die Polizei von La Palma tappt wieder einmal im Dunkeln, ein Zustand, der nicht allzu neu für uns ist. Wie dem Schreiber dieses Artikels bekannt ist, gibt es einen konkreten Verdacht. Anscheinend ist die örtliche Polizei jedoch zu sehr mit anderen Problemen beschäftigt, um den offensichtlichen Spuren nachzugehen.

»imagen« bleibt am Ball.
Ihr Reporter im Auftrag der Wahrheit, Zambada

Naira saß im moosgrünen Leinenkleid auf ihrer Terrasse, Tocki lag lässig und satt auf der Bank in der Sonne und blinzelte träge zu ihr hinüber.

Dieser Montagmorgen begann sehr entspannt, Naira war richtig ausgeschlafen. Schwimmen tat ihr immer gut, das wusste sie doch, warum machte sie das dann eigentlich so selten? In den Fajana-Felsbecken konnte man fast immer schwimmen, egal, wie bewegt der Atlantik gerade war. Sie sollte ihre Eltern öfter besuchen und den Besuch mit einer Runde Schwimmen kombinieren. Vielleicht einen fixen Termin festlegen – alle zwei Wochen am Sonntag oder doch lieber Donnerstag? Sie würde mit Ben darüber reden, vielleicht konnte sie ihn dafür gewinnen. Ein Vorteil dabei wäre, dass er ein Auto hatte. Natürlich wäre das nicht der einzige ...

Sie lächelte, stand auf und ging zu den Avocadosträuchern des Nachbarn. Konzentriert überprüfte sie, wie viele Früchte auf ihrer Seite reif waren. Es waren einige, sie musste sich unbedingt mehr Rezepte mit Avocado überlegen oder noch besser: ein Avocadokochbuch bestellen. Entfernt hörte sie ein Handy klingeln, und es dauerte ein paar Sekunden, bis ihr klar war, dass es ihres war. Sie eilte ins Haus. Ben!

»Buenos días, auch schon aufgestanden?«, begrüßte sie ihn fröhlich.

»Ja, und wahrscheinlich früher als meine Buchhändlerin«, antwortete Ben gelassen. »Ich bin heute bis zu unserem Treffen dauernd unterwegs, es stehen durchgehend Interviews an. Wenn alles so klappt, wie ich mir das vorstelle, auch mit Hugo Garrida im Observatorium. Ich bin deshalb wahrscheinlich schlecht erreichbar, das wollte ich dir nur sagen, und vielleicht verspäte ich mich am Abend auch ein wenig.«

»Alles klar, danke. Gibt es Neuigkeiten zu unserem Kriminalfall?«

»Nicht wirklich. Derzeit tauchen eher immer mehr Fragen auf. Vielleicht ergibt sich etwas bei meinen Gesprächen heute, das erzähle ich dir dann später. Ich freue mich schon jetzt auf deinen gemütlichen Chesterfieldsessel – und natürlich auf dich!«

»Ich mich auch, Ben! Hab einen angenehmen Tag. Ich bin schon neugierig auf deine Ausbeute! Hasta luego!«

Sie schlenderte zurück auf die Terrasse. Tocki betrachtete sie missmutig mit seinem ganz eigenen Kann-man-hier-eigentlich-nie-seine-Ruhe-haben-Ausdruck, den er speziell am Morgen ganz hervorragend beherrschte.

In seinem dunkelblauen Businessanzug mit Krawatte stand Diego Díaz vor dem Castillo de la Virgen in Santa Cruz und überlegte, dass man aus diesem eigentlich ein schönes historisches Luxushotel machen könnte. Ein üppiger Bougainvillea-Wasserfall ergoss sich über zwei Stockwerke, doch dessen Schönheit nahm er nicht wahr. Stattdessen schritt er zügig weiter und bog in die Calle Pérez Galdós ein, zur Polizeistation von Santa Cruz de La Palma.

Der Portier wies ihm den Weg zum Büro von Comisario Fernández. Etwas Aftershave-Duft blieb in der abgestandenen Luft vor der Portiersloge hängen. In seiner schicken Aktentasche befand sich die neueste Ausgabe von »imagen«, der Zeitung, in der Zambada seine Artikel veröffentlichte.

Als Díaz Pedros Büro betrat, flog der Hauch eines Lächelns über das Gesicht des Baumanagers. Auf dem Schreibtisch von Pedro Fernández lag ein weiteres Exemplar des »imagen«. Die beiden Herren begrüßten sich höflich, auch Pedros Assistent nickte dem Manager zu.

Diego deutete auf das Blatt. »So etwas unterstützt Ihre

Arbeit nicht unbedingt, oder?«, mimte er den Verständnisvollen.

Der Polizist sah ihn lange an. »Nicht unbedingt«, entgegnete er ruhig, »aber man gewöhnt sich an alles. Es gibt aber auch gute Beispiele der Zusammenarbeit mit den Medien. Señor Díaz, Sie sind jetzt der wichtigste Mann der Martínez-Gruppe auf La Palma. Ich möchte auch aus diesem Grund ein Gespräch mit Ihnen führen. Erlauben Sie mir, es aufzuzeichnen?«

»Natürlich, ich unterstütze alles, was hilfreich sein könnte, um den schrecklichen Tod von Álvaro Martínez aufzuklären«, erwiderte Díaz beflissen, während Pedros Assistent Gabriel das Aufnahmegerät vorbereitete und auf dem Tisch positionierte.

16. August 2021, 8:15 Uhr.

Gespräch mit Diego Díaz, Projektleiter der Martínez-Gruppe auf La Palma.
Weitere Anwesende: Comisario Pedro Fernández, Inspector Gabriel Sánchez.

Noch einmal danke für Ihr Kommen, Señor Díaz. Zuerst bitte für das Protokoll: Wo waren Sie am letzten Donnerstag zwischen zwanzig und dreiundzwanzig Uhr?

Ich war mit unserem Geschäftspartner Manuel Feliciano im Restaurant El Ingeniero, auf der anderen Seite der Insel, essen.

Was war der Zweck des Treffens?

Wir stehen kurz vor Baubeginn und mussten daher einiges besprechen und abklären. Außerdem haben wir die Baugenehmigung gefeiert.

Sie haben eng mit Álvaro Martínez zusammengearbeitet. Kam er Ihnen in der letzten Zeit verändert vor?

Nein, eigentlich nicht. Er war mit der Genehmigung sehr zufrieden und wie immer voller Tatendrang.

Haben Sie irgendetwas Merkwürdiges, Untypisches an seinem Verhalten bemerkt?

Nein, er war dynamischer und positiver denn je.

Können Sie uns bitte die Termine der letzten Tage von Señor Martínez zukommen lassen?

Leider nein, seine Termine hat nur er selbst verwaltet, die finden Sie sicher in seinem Handy oder auf seinem Computer.

Hatte er Feinde?

Na ja, Feinde … Er hatte zum Beispiel keine Freunde in der Umweltgruppe »La Palma vivará«. Bei dieser Gruppe ist eine Señora Dolores Suárez dabei, die ziemlich aggressiv ist. Des Mordes kann und will ich sie aber nicht verdächtigen. Und dann ist da natürlich der Bananenbauer Torres, der sein Land nicht verkaufen wollte und uns dadurch viel Geld gekostet hat. Sein Hass auf meinen Chef war erst vor Kurzem das Motiv für eine fast handgreifliche Auseinandersetzung zwischen den beiden in einem Lokal. Und der Neid, der ist bei so einem Projekt immer vorhanden, sei es die Konkurrenz, seien es die üblichen Loser. Das ist immer eine Begleiterscheinung.

Können Sie sich bei den Genannten ein Motiv für eine Mordtat vorstellen?

Vorstellen kann ich mir zwar vieles, aber dazu habe ich keine konkrete Meinung. Da fehlt mir einfach die Fantasie, wenn Sie mich verstehen … Wer kann einen Mann wie Álvaro umbringen?

Ist Ihnen in den letzten Wochen sonst irgendetwas aufgefallen, das im Zusammenhang mit Álvaro Martínez stehen könnte?

Nein, nicht, dass ich wüsste.

Danke, Señor Díaz, für dieses Gespräch und dass Sie sich die Zeit dafür genommen haben.

Kaum war Diego Díaz verschwunden, sagte Gabriel laut und sehr akzentuiert, während er sich das Aufnahmegerät zum Abschreiben angelte: »Endlich einmal wunderschönes, richtiges Spanisch in diesem Haus zu hören – man glaubt es kaum!« Und schon war er blitzschnell zur Tür hinaus.

Dafür schaute ein wilder roter Lockenkopf um die Ecke. »Lo siento por la molestia, sorry: Ich hätte ein Frage!«

Pedro nahm die Ablenkung gerne an. »Hola, Cisca, komm nur herein!«

El vienés Cisca, Austausch-Beamtin aus Österreich, genauer gesagt aus Wien, versah seit Kurzem ihren Dienst auf La Palma. Sie nahm auf dem Sessel vor Pedros Schreibtisch Platz. Cisca war seit Beginn sehr offen und interessiert, nicht aufdringlich, aber hilfsbereit. Ihre Fähigkeiten, was Computer und Internet betraf, überstiegen die von Pedro und seinen Kollegen um einiges, doch sie brachte ihr Wissen sehr dezent ein. Das gefiel Pedro.

Sie interessierte sich für Frauenberatung und den Umgang mit Gewalt gegen Frauen in Spanien und informierte sich über Selbsthilfe- und Verteidigungsgruppen und welche Unterstützung es dafür gab. Schon in Österreich waren ihre polizeilichen Schwerpunkte Schulungen in Prävention und Selbstverteidigung für Frauen gewesen. Diese Themen waren auch auf den Inseln noch ausbaufähig. Nun erzählte sie Pedro, dass sie im Frauencafé gewesen sei. Dort gäbe es regelmäßig Lesungen und Musik; die Betreiberinnen organisierten aber auch immer wieder Tanzkurse und Vorträge. Sie, Cisca, wolle dort gerne Abende mit den Themen »Selbstverteidigung« und »Gewaltfreie Kommunikation« abhalten. Mit den Betreiberinnen Frida und Niki habe sie schon darüber gesprochen, die fänden die Idee großartig. Sie würde das natürlich unentgeltlich in ihrer Freizeit machen und hätte nur gerne sein Okay dafür.

Pedro überlegte nicht lange. »Das ist eine tolle Idee von dir, da spricht nichts dagegen. Vielleicht können wir das in eine unserer nächsten Pressemitteilungen aufnehmen, wenn die Termine fixiert sind. Und einige unserer Kollegen sollten wir vielleicht dazu motivieren, deinen Vortrag zur gewaltfreien Kommunikation zu besuchen ...«

Cisca lachte. »Für diesen Pablo Torres wäre ein Kommunikationstraining wahrscheinlich auch nicht schlecht, wenn man die diversen Berichte über ihn liest ...«

»Buenos días, Señora Sánchez, hier spricht Ben Rodríguez. Ich bin Journalist bei der Zeitung ›Tenerife & La Palma weekly‹ und schreibe an einem Artikel oder vielmehr einem Nachruf auf Álvaro Martínez, der so schrecklich zu Tode gekommen ist. Ich habe gehört, dass er immer, wenn er auf La Palma war, bei Ihnen im Hotel gewohnt hat. Stimmt das? – Dann würde ich gern mit Ihnen sprechen. Wir können das natürlich auch telefonisch machen, aber ich würde lieber bei Ihnen vorbeikommen. – Bei Ihnen geht es den ganzen Tag? Sehr fein, dann bin ich gegen neun Uhr im Hotel, okay? – Vielen, vielen Dank, Sie sind sehr freundlich.«

Kaum war die Verbindung getrennt, tippte Ben schon die nächste Nummer ins Handy.

»Buenos días, Señor Díaz. Beneharo Rodríguez von ›Tenerife & La Palma weekly‹ hier, darf ich auf einen Sprung bei Ihnen vorbeischauen? Ich schreibe einen Nachruf auf den ermordeten Señor Martínez. Selbstverständlich werden wir auch Ihre Person und Ihre Verdienste um den zukünftigen Hotelkomplex erwähnen und Ihre Statements zitieren, mit Nennung Ihres Namens. Passt Ihnen elf Uhr? – Lieber um halb zwölf? Gerne, Señor Díaz, sehr gerne.«

Ben telefonierte in seinem Arbeitszimmer, mit Blick auf seine Bibliothek. Sonnenstrahlen zeichneten tanzende helle

Punkte auf die dunklen Buchrücken. Das Fenster hinter ihm war weit geöffnet, und die Luft roch nach Meer und frischen Orangen. Es war acht Uhr morgens, eine dampfende Tasse Tee stand vor ihm, und kein Albtraum hatte ihn aus dem Bett gejagt. Dieser Tag würde lang werden, denn für den Nachmittag hatte er die Fahrt in den Parque Nacional de la Caldera de Taburiente auf den Berg Roque de los Muchachos zum Observatorium geplant. Diesen Termin hatte er vor allem deswegen bekommen, weil Hugo Garrida, der Sponsoring-Manager des Observatoriums, für seine eigene Person Öffentlichkeit suchte. Ben wollte mit ihm auch über das angebliche Sponsoring-Projekt von Álvaro Martínez sprechen. Er musste noch dem nachgehen, was Naira ihm erzählt hatte, und im Büro der Ministerin anrufen.

Er nahm einen großen Schluck aus der Teetasse, schaute aus dem Fenster und stellte fest, dass der Atlantik ziemlich bewegt war. Schaumkronen tanzten auf den Wellen, und es waren kaum Schiffe unterwegs.

In die Stille des Zimmers läutete sein Handy. Gonzales, der Leiter der Redaktion in Madrid, wollte wissen, wie weit die Untersuchung des Mordfalls gediehen sei und wann er mit dem Nachruf auf Álvaro Martínez rechnen könne. Ben beendete das Gespräch möglichst rasch und fluchte leise.

Wenn er etwas nicht leiden konnte, dann war es Druck.

Diego Díaz starrte in die Luft. Er lauschte dem Nachklang der Stimme aus Madrid.

»Wir danken Ihnen für Ihre bisherige Arbeit, die sehr wichtig für uns war und ist. Die Familie Martínez wird den

Bau des Hotelprojekts natürlich weiterführen. Wir möchten Sie gerne als Bauleiter einsetzen. Uns ist klar, dass das mehr Arbeit und Verantwortung und daher natürlich auch eine andere Einkommensstufe bedeutet. Der Vertragsentwurf wird Ihnen in Kürze übermittelt. Wir erwarten Ihre Antwort umgehend, die Arbeit soll mit Energie und Nachdruck weitergehen. Bitte bereiten Sie, wenn Sie mit den neuen Bedingungen einverstanden sind, alles Notwendige für den Baubeginn vor. Wir rechnen in Kürze mit der schriftlichen Genehmigung.«

Diego Díaz atmete tief durch. Es gab einiges, was durch den Tod von Álvaro nicht leichter geworden war, aber so eine Chance würde er nie wieder bekommen.

Sein Blick fiel auf das Handy vor ihm, dessen Hintergrundbild ein Foto seiner Mutter zeigte. Entschlossen tippte er ihre Kurzwahl in sein Telefon.

Ben bog mit seinem Renault Capture in die Straße zum Museo Arqueológico Benahoarita in Los Llanos. Fast genau gegenüber dem modernen Museumsbau befand sich das Hotel, in dem Álvaro Martínez immer gewohnt hatte. Normalerweise fuhr Ben mit dem Bus oder kam zu Fuß, aber heute hatte er noch eine gewaltige Strecke vor sich, da würde er das Auto brauchen.

Das Hotel lag zentral, aber ruhig, und war wohl das modernste und komfortabelste der Stadt. Ana Sánchez, die Besitzerin, hatte ihm zugesagt, dass er in der hauseigenen Garage parken könne. Er kannte das Hotel von seinen Museumsbesuchen vis-à-vis. Die Einfahrt zur Garage war nicht zu übersehen. Es gab unten etliche freie Plätze, er parkte gleich bei der Tür mit dem Schild »Hotelzugang«.

Ana Sánchez erwartete ihn in der weitläufigen, hellen Empfangshalle bereits an der Rezeption aus kanarischer Kiefer. Sofort nach der Begrüßung sprudelte sie los.

»Das ist so schrecklich, wer kann so etwas nur tun? Señor Martínez wollte nur das Beste für unsere Insel. Das neue Hotel schafft sicher viele Arbeitsplätze, das brauchen wir dringend. Und für einen Madrilenen hatte er sehr viel Interesse an La Palma, seinen Bewohnern, seiner Geschichte – und natürlich auch an den Sternen. Seit einigen Monaten hatte er immer das gleiche Zimmer, die Nummer vierzehn, mit Blick auf die Caldera de Taburiente. Wir haben es vorsichtshalber gar nicht mehr an andere vermietet, er verbrachte ja immer mehr Zeit bei uns. Eine Mail von ihm genügte zur Buchung, ach, und er war ein so angenehmer Gast!«

Ben ließ sie gerne reden, er überlegte nur noch, ob es Fragen gab, die sie nicht ohnehin schon beantwortet hatte.

»Kann ich sein Zimmer sehen? Ich würde gerne ein Foto von dem Ausblick machen.«

»Aber gerne, den Hotelnamen erwähnen Sie ja ohnehin, nicht wahr? Die Polizei hat es schon freigegeben, seine Sachen sind bereits weggepackt. Kommen Sie mit mir, es ist im dritten Stock. Ich habe den Zentralschlüssel bei mir.«

Sie fuhren mit dem geräumigen Aufzug hoch. Es war das letzte Zimmer auf diesem Gang.

Als sie die Tür öffnete, blieb Ben kurz stehen. Der Ausblick auf die Berggipfel über den Dächern der Stadt war wirklich beeindruckend. Welch ein Panorama! Im ganzen Zimmer war kein einziger persönlicher Gegenstand zu sehen, auch im Badezimmer nicht. Ben sah sich überall um. Ana Sánchez folgte ihm wie ein Schatten.

»Hat Señor Martínez eigentlich oft im Hotel zu Abend gegessen oder ...«

»Nein, nein, eigentlich nie. Er hatte ja immer so viele Termine, er kam dann meist sehr spät. Wir haben ihn fast nie gehört, er war so rücksichtsvoll!«

»War in den letzten Tagen irgendetwas ungewöhnlich?«

»Nein. Manchmal hat er sich nach Empfehlungen erkundigt, vor wenigen Tagen zum Beispiel, wo man die schönsten Blumen kaufen könnte. Das hat mich gewundert, aber ... Oder nach Lokalen auf dem Land fragte er auch manchmal, wahrscheinlich Tipps, die er irgendwo erhielt, da wollte er auch unsere Meinung dazu hören.«

»Hat er Besuch empfangen, hat ihn jemand abgeholt?«

»Nie! Er kam und ging, wie es ihm passte. Selbst das Frühstück hat er nicht immer bei uns eingenommen. Ich glaube, er hatte oft sehr frühe Termine, und wenn er auf den Roque de los Muchachos, zu den Teleskopen, fuhr, ging er ja schon um vier Uhr früh aus dem Haus. Aber er war immer sehr rücksichtsvoll und leise, solche Gäste hätten wir gerne öfter ...«

Während des Gesprächs öffnete Ben die Schranktüren und zog die Schubladen der beiden kleinen Schränke und des Nachttischchens heraus. Vielleicht war doch etwas übersehen worden? Aber er entdeckte nichts, rein gar nichts. Auch der Papierkorb war leer.

In Pedros Büro wurde lautstark telefoniert. In der Zentrale in Madrid wollte man den Stand der Ermittlungen wissen.

»Hola, Pedro, kommst du voran mit den Ermittlungen? Gibt es Verdächtige, hast du das Gefühl, dass das ein komplizierter Fall ist?«

Ricardo, der persönliche Sekretär von Superintendent Lopez, war sichtlich dringend interessiert.

»Wie es vorangeht? Nun ja, es müssen noch einige Gespräche geführt werden. Verdächtige? Ja, es gibt Verdächtige. Einen Plantagenbesitzer, den überprüfen wir gerade, und eine Gruppe von Umweltschützern, die gegen den Bau der Hotelanlage kämpft. Die nehmen wir auch unter die Lupe. Es sind sehr unterschiedliche Leute in dieser Gruppe. Von radikalen bis zu romantischen Vorstellungen ist hier alles vertreten. Da gibt es auch eine Person, die so tut, als wäre der Kampf durch den Tod des Baulöwen bereits gewonnen. Wenn jemand wirklich glaubt, dass der Tod eines Familienmitgliedes der Martínez-Gruppe genügt, um das Projekt zu stoppen, wäre das eventuell ein Motiv. Da sind wir grade dran. Komplizierter Fall? Nein. Aber komplex ist das Ganze schon. Was haben eure Ermittlungen in Madrid ergeben?«

»Die Ehefrau wirkte von der Todesnachricht sehr betroffen, sie war nachweislich an dem fraglichen Abend in Madrid. Wir haben auch mit dem Oberhaupt der Martínez-Gruppe, Roderik Martínez, dem ältesten Bruder des toten Álvaro, gesprochen, und wir untersuchen das politische Umfeld. Beide Brüder sind oder waren in verschiedenen Parteien politisch tätig. Wir schauen uns aber auch noch die

Mitbewerber an. Dieses Hotelprojekt wird ja nicht nur vom Umweltstandpunkt kritisiert. Die Schnelligkeit, mit der die Verhandlungen mit den zuständigen Behörden vorangingen, hat einige Gerüchte bei der Konkurrenz hervorgerufen. Übrigens: Ich soll dich noch kurz mit unserem Superintendenten verbinden. Viel Erfolg, Pedro!«

Fast übergangslos ertönte die sonore Stimme von Pedros Vorgesetztem.

»Hola, Kollege Fernández. Ich komme gleich zur Sache. Der Fall Martínez hat hier in Madrid die Dringlichkeitsstufe eins. Die Gerüchtewolken ziehen sich zusammen, und der Druck von Regierungs- und Wirtschaftskreisen wird immer unangenehmer. Als ob es nicht schon reichen würde, dass das Büro des ehrenwerten Roderik Martínez mir in immer kürzeren Abständen auf die Eier geht. Wie schaut's bei Ihnen aus, Kollege? Mal ehrlich: Brauchen Sie Hilfe? Sollen wir Verstärkung schicken? Oder schafft ihr das alleine?«

»Wir schaffen das, Superintendent Lopez!«

»Bringen Sie das schnell zu Ende! Wir brauchen Ergebnisse, Fernández, Ergebnisse!!! Und sei es, dass ein Verdächtiger sitzt. Das würde für den Anfang schon genügen.«

»Ja, ist mir klar, wir arbeiten rasch und zügig.«

»O. k., und halten Sie uns permanent auf dem Laufenden!«

»Selbstverständlich, Superintendent Lopez!«

Diese letzten Worte sprach er ins Nichts. Superintendent Lopez hatte das Gespräch bereits beendet.

Ein Seufzen erfüllte den Raum. Diese Madrilenen, keinen Plan von nichts, aber große Phrasen. Jesus Maria!

Ben ließ sein Auto in der Hotelgarage stehen. Ana Sánchez hatte ihm angeboten, das könne er regelmäßig tun, wann immer unten Plätze frei seien – und es seien fast immer welche frei.

Zu Fuß ging er zum Bauplanungsbüro Martínez, wo er mit Diego Díaz verabredet war. Er war zu früh dran, also schlenderte er noch durch den bunten Stadtpark »Antonio Gómez Felipe«. Die Gestaltung durch Luis Morera, der sich bei seinen Mosaiken, Wasserhöhlen und Figuren von Gaudí inspirieren hatte lassen, hatte den botanischen Garten in eine fantasievolle Zauberwelt verwandelt. Nach dem Gespräch mit Díaz würde er zum Observatorium fahren, und dann würde er hoffentlich alle Interviews und Bilder für seinen Nachruf beisammenhaben.

Eine Stunde später war er bereits auf dem Weg zum Observatorium. Im Gespräch mit Diego Díaz hatte sich nichts Neues oder Interessantes ergeben. Ja, der Mann war sichtlich betroffen, über Martínez erzählte er aber nur Fakten, die allgemein bekannt waren. Von dessen Tagesablauf hatte er offenbar keine Ahnung gehabt. Díaz sagte, Martínez sei sehr autonom gewesen und habe seine Besuche auf der Insel meist nicht einmal im Büro angekündigt. Über das geplante Sponsoring für das Observatorium wusste er, Díaz, angeblich nichts. Und Díaz' Begeisterung über das Feuerwerk auf dem Kreuzfahrtschiff, das er beobachtet hatte, brachte Ben auch nicht weiter.

Dieses Interview hätte er sich eigentlich sparen können, dachte er missmutig. Aber er hatte vorsichtshalber – man wusste ja nie, welche Bilder die Redaktion am Ende wirklich verwendete – einige Fotos von Diego Díaz in dessen Büro gemacht.

In der »Biblioteca de Babel« in Santa Cruz stapelten sich die soeben angelieferten Pakete. Es sah fast nach einem Umzug aus. Enrique, Literaturfreak, Musiker und Nairas Teilzeit-Mitarbeiter, war im Laden. Seine Arbeitszeiten richteten sich immer nach dem Lehrplan der Escuela Insular de Música de La Palma, wo er Gitarre unterrichtete. Und er sah auch genauso aus, wie man sich einen spanischen Gitarrenlehrer vorstellte: schwarze Locken bis auf die Schultern, schlanker Wuchs und geschmeidige Bewegungen.

Enrique war dankbar, dass er sich hier in der Buchhandlung regelmäßig ein wenig dazuverdienen konnte. Und er freute sich, dass er durch die verschiedenen Verlags-Ankündigungen, die hier landeten, schon Monate im Voraus wusste, welche Bücher erscheinen würden – und auch gleich, weshalb er das eine oder andere unbedingt haben musste. Als Mitarbeiter bekam er sie natürlich billiger. Manchmal verschaffte ihm Naira sogar ein Gratis-Vorab-Leseexemplar. Bei Erscheinen des Buches kaufte er dann oft trotzdem noch eines, zum Beispiel, wenn der Einband beim Original besonders schön war. Nach einigen Teilzeitjobs, die er ausprobiert hatte, erschien ihm die Arbeit in der Buchhandlung – und vor allem mit Naira als »la Jefa« – wie ein Lotteriegewinn.

Montags kamen immer die Buchlieferungen mit der Fähre, da gab es dann viel auszupacken. Die meisten Kunden warteten schon sehnsüchtig auf ihre Bücher und wollten sofort verständigt werden, wenn sie da waren. Viele wussten auch, dass die großen Bücherlieferungen immer am Montagvormittag eintrafen, und hielten sich dann, natürlich ganz zufällig, in der Nähe auf. Kaum hatte Naira sie angerufen, betraten sie auch schon die Buchhandlung.

Enrique und Naira freuten sich jede Woche auf den Moment des Auspackens. Neugierig und erwartungsvoll stapelten sie die Bücher auf den Boden, meist begleitet von Zurufen wie »Schau, der neue Pérez-Reverte ist schon dabei«, »Na endlich, Juan wird sich freuen, der wartet ja schon drei Wochen darauf« oder »Ist das denn möglich? Das hier hatte ich doch erst am Donnerstag in Madrid bestellt!«.

Das Handy lag neben Naira auf dem Boden, so konnte sie die Glücklichen umgehend über die Erfüllung ihres Bücherwunsches informieren.

Die Arbeit, die nach dem Sichten der Lieferungen folgte, liebte Naira ganz besonders: die Schaufenster umgestalten, um die frisch eingetroffenen Neuerscheinungen zu präsentieren. Ihre Auslagen waren nicht nach den Regeln der Lehrbücher, sondern nach ihren eigenen Vorlieben gestaltet. Dicht an dicht standen die Bücher, mitunter auch übereinandergestapelt, aber immer so, dass Autor und Titel lesbar waren. Sie stellte gerne alles in Beziehung zueinander. Sie überlegte, was miteinander zu tun hatte, was eine Weiterentwicklung wäre. Manchmal stellte sie auch Gegensätze einander gegenüber. Verfeindete Autoren rückte sie besonders gerne eng zusammen. Manche ihrer Kunden spielten dieses Spiel voll Freude mit und machten Naira Vorschläge, welche Autoren ein bisschen Nähe vertragen könnten.

Hach, der Montag war immer ein wunderbarer Tag!

Die Kurven der steil ansteigenden Straße von Tazacorte unten am Meer hinauf zu El Time, dann über Tijarafe und Hoya Grande auf den Roque de los Muchachos zum Observatorium, das auf 2.426 Metern Höhe lag, war Ben schon oft gefahren. Sein Renault Capture war ideal für solche Unternehmungen. Die Straße selbst war in einem sehr guten Zustand, die vielen Kurven allerdings ziemlich eng, und es gab immer wieder Touristen, die diese Strecke mit ihren Leihwagen als Rennstrecke benutzten und kaum mit Gegenverkehr rechneten. Ben hoffte, heute keinem von ihnen zu begegnen und vor Sonnenuntergang auf der anderen Seite der Insel zu sein.

Bei Sonnenuntergang wurden die Straßen zum Observatorium gesperrt, kein noch so kleines Licht durfte irgendwo leuchten, damit die Wissenschaftler ohne Schwierigkeiten arbeiten konnten. An sich waren die Lichtverhältnisse, also die durch keine Lichtverschmutzung gestörte Dunkelheit, auf La Palma so gut wie fast nirgendwo auf der Welt. Der Roque wurde deshalb auch »Das Fenster ins Weltall« genannt. Das hatte auch Álvaro Martínez angelockt.

Ben wusste aus dem Gespräch mit Naira, dass Martínez, kaum hatte er es zum ersten Mal selbst erlebt, nicht genug Zeit mit der Beobachtung der Sterne hatte verbringen können. Seine Begeisterung war anhaltend gewesen, er hatte bei Naira immer wieder Bücher über Astronomie erstanden und sich wirklich damit auseinandergesetzt. Auf das Interview mit Hugo Garrida, dem Sponsoring-Manager, war Ben äußerst gespannt.

Er fuhr durch die Mandelbaumwälder und dachte, dass es schön wäre, das nächste Mandelblütenfest in Puntagorda mit Naira gemeinsam zu erleben. Jedes Jahr im Januar stieg die Spannung: Das genaue Datum wurde immer erst kurz vorher, je nach Blütenstand, von der Gemeindeverwaltung festgelegt. Diese erste Fiesta im Jahr mit dem unüberschaubaren Angebot von Mandeltorten, Mandelkeksen, Mandelpasta, Mandelsirup, Mandeln in jeder möglichen Form und dazu Ausstellungen, Handwerk und natürlich Musik war ein genussvoller, lebensfroher Start ins neue Jahr.

Noch eine Biegung, und schon bot sich ein atemberaubender Ausblick auf den endlosen Atlantik, bevor die Straße noch kurvenreicher wurde. Das letzte Stück der Anfahrt, bereits mit Sicht auf die diversen Spiegelteleskope, wirkte auf Ben immer wie die Kulisse eines Science-Fiction-Films.

Der Parkplatz war fast leer, also parkte er gleich in der Nähe des Eingangs, wo Hugo Garrida, unruhig auf und ab gehend, bereits auf ihn wartete. Ben hatte ihn schon bei einigen Veranstaltungen gesehen, aber noch nie mit ihm gesprochen.

Freundlich grüßend ging Ben auf ihn zu.

»Buenos días, Señor Garrida. Danke, dass Sie sich Zeit für mich nehmen!«

»Aber natürlich, wir Wissenschaftler unterstützen gerne

die Presse, um wachsende Begeisterung für die Forschung zu schaffen!« Garrida lächelte etwas übertrieben und kam so nah heran, dass Ben, bevor er einen Schritt zurücktrat, seinen unangenehmen Mundgeruch wahrnahm. »Wollen Sie lieber zu mir ins Büro kommen, oder sollen wir spazieren gehen und dabei reden? Für die Fotos, die Sie ja sicherlich machen wollen, ist der Blick auf unsere MAGIC I & II vielleicht beeindruckender als die Büroausstattung, was meinen Sie?«

Ben dachte, dass Frischluft in diesem Fall wohl eindeutig die bessere Wahl war, und nickte. »Ja, gute Idee, bleiben wir im Freien mit dieser tollen Kulisse!« Er schaltete das Aufnahmegerät ein. »Señor Garrida, Sie sagten, Sie kannten Álvaro Martínez recht gut?«

»Ja, wir haben in den letzten Monaten viele Gespräche geführt. Er hatte großes Interesse am Observatorium und seiner weiteren Entwicklung, und er wollte viel dafür tun. Er plante, einen großen Betrag zu spenden, um uns den wissenschaftlichen Alltag zu erleichtern, und auch eine Kooperation mit seinem neuen Hotel war angedacht. Spezielle Führungen mit Shuttlebussen direkt vom Hotel und wieder retour und Vorträge. Wir haben uns sehr gut verstanden, waren fast wie Freunde und hätten sicher noch weitere Ideen entwickelt. Sein Tod ist einfach schrecklich, er hinterlässt eine große, schmerzhafte Lücke.«

»Wie steht es jetzt mit dem Sponsoring? Haben Sie schon eine Vereinbarung getroffen?«

»Ich bin mir sicher, seine Absichtserklärung ist für die

Familie Martínez bindend, schon seines Andenkens wegen.«

»Ich hörte, dass er sich noch nicht sicher war, auf welchem Weg er das Observatorium unterstützen wollte, und ...«

»Nein, nein, hören Sie doch nicht auf solche Gerüchte! Wir waren uns längst einig! Noch vorletzte Woche haben wir zusammengesessen, er hatte nur noch nicht entschieden, wie viel Geld genau er uns zur Verfügung stellen wollte. Also, das war schon ... fast ... so gut wie ... schriftlich!«

»Vorletzte Woche? Sind Sie da sicher?«

»Ja, natürlich! Und ich denke, die Familie Martínez wird jetzt keinen Rückzieher machen. Er hatte es mir ja sozusagen zugesagt, ich habe schon mit der Planung begonnen, und wir stehen hier vor so vielen Herausforderungen. Er hatte gesagt, dass er wisse, welche Voraussetzungen es braucht, um in Ruhe arbeiten zu können. Und es ist mir eine große Ehre, dass ich nach seinem Wunsch seine Spende persönlich verwalten soll.«

Ben war sofort klar, dass da nicht viel zu holen war. Er sagte, dass er nun noch Fotos machen wolle, worauf ihm Garrida genau erklärte, wo er sich zum Fotografieren hinstellen sollte und welcher Ausschnitt, natürlich immer mit ihm, Garrida, im Vordergrund, sich gut machen würde. Ben tat so, als folgte er genau Garridas Anweisungen, und fotografierte dann, wie er es wollte. Garrida versprach ihm auch noch, er werde ihm zeitnah die genaue Bezeichnung sowie die ausführliche Beschreibung der Teleskope, die er nun im Bild habe, mailen.

»Es soll ja alles seine Richtigkeit haben, nicht wahr?«
Ja, ganz genau, dachte Ben.

Die Woche hatte für Yaiza relativ ruhig begonnen, nur alltäglicher Kram im Büro, und es stand auch kein Gerichtstermin an. Für sie gab es heute Nachmittag nur noch einen Termin. Sie hatte einen Grenzstreit für ihren Klienten aus Fuencaliente, Adrian Betancourt, erfolgreich abschließen können und versprochen, ihm die Dokumente bei einem Kaffee im Lokal bei den Salinen zu übergeben. Adrian Betancourt war ein guter Freund ihres Vaters gewesen, und sie freute sich, den jahrelangen Nachbarschaftsstreit zu seiner Zufriedenheit beigelegt zu haben.

Elena hatte montags bis zum Abend Schule, es blieb also noch Zeit, um bei Mazo einen Zwischenstopp einzulegen und endlich wieder einmal die Keramikwerkstatt »Cerámica El Molino« in der ehemaligen Gofio-Mühle zu besuchen. Das letzte Mal, es war schon wieder einige Monate her, hatte sie sich fast nicht entscheiden können: Zwei der dunklen, mit Benahoaritas-Ornamenten verzierten Schüsseln, die ohne Töpferscheibe hergestellte originalgetreue Reproduktionen von altkanarischen, archäologischen Keramiken waren, hatten es ihr besonders angetan. Sie hatte schließlich eine davon gekauft, dachte aber seitdem immer wieder an die andere. Heute würde sie diese oder eine ähnliche erwerben, dann würden endlich beide nebeneinander, gefüllt mit Obst, auf ihrem Esstisch stehen.

Ihr Weg war eigentlich eine halbe Inselrundfahrt: von ihrem Büro in Los Llanos hinüber nach Santa Cruz, das letzte Dokument bei Gericht abholen, und dann in den Süden, Richtung Los Canarios. Sie fuhr gerne mit dem Auto, vor allem, wenn sie wirklich Zeit hatte und auch die Umgebung genießen konnte. Links der Straße das frische Grün und der Atlantik, rechts der Blick auf die längst erkalteten, dunkelbraunen, manchmal beinahe schwarzen Lavaberge, fast ohne jegliche Flora. Die Lava stammte vom Ausbruch 1971, der Schlackenkegel »Teneguía« hatte sich damals gebildet. Der kleine »San Juan« war schon Jahrzehnte früher entstanden, nämlich 1949.

Ben und sie waren schon öfter auf der Ruta de los Volcanos gegangen, voriges Jahr das letzte Teilstück von Los Canarios hinunter zur Playa del Faro zusammen mit Elena, Charlotte und Naira. Es war eine Wanderung wie durch eine Mondlandschaft gewesen. Der permanente Blick aufs Meer war großartig, und die kleine Gruppe hatte viel Spaß gehabt. Auch Elena war begeistert mitgewandert, obwohl sie kaum hatte glauben wollen, dass man zwar schon lange die Salinen von oben sehen konnte, das Ziel aber doch noch ein gutes Stück Gehen erforderte.

Yaiza erblickte die beiden Leuchttürme schneller, als sie erwartet hatte. Kurz darauf stellte sie ihr Auto ab. Das Café-Restaurant Jardin de Sal mit seiner großen Terrasse genau über den Salinenbecken wählte Yaiza gerne als Treffpunkt für Termine im Süden der Insel. Beschwingt stieg sie die Treppe hoch, ging durch das Lokal auf die Terrasse und sah Adrian Betancourt bereits an einem Tischchen ganz vorne an der Balustrade sitzen. Wie immer war er eine Spur zu elegant gekleidet, und ihr fiel ein, dass ihr Vater oft von

»Adrian, dem Dandy« gesprochen hatte. Sie lächelte ihm entgegen.

Er stand sofort auf, als er sie sah, und begrüßte sie mit einer herzlichen Umarmung. »Yaiza, pünktlich wie immer!« Höflich rückte er ihr den Sessel zurecht.

Da kam auch schon der Kellner. Nach kurzem Überlegen bestellte Yaiza einen Café cortado leche y leche. Manchmal hatte sie Lust auf diesen Schichtkaffee mit zweierlei Milch. Zuerst wurde Kondensmilch in die Tasse gegossen, dann sanft ein Espresso dazugegeben, und ein üppiges Milchschaumhäubchen darauf bildete den krönenden Abschluss.

Adrian war sichtlich glücklich und gratulierte ihr und, wie er sagte, damit auch sich selbst, dass der jahrelange Streit mit dem ihm so unsympathischen Nachbarn endlich ein Ende gefunden hatte.

»Sag, erinnerst du dich noch an jenen Sommer, als Ben den Fall der gestohlenen Schultasche in seiner Klasse aufklärte?«, fragte er plötzlich. »Der Jorge, der damals so herumbrüllte und jeden des Diebstahls bezichtigte – ich hatte ihn aus den Augen verloren, obwohl seine Eltern ja auch in der Nachbarschaft wohnten –, also, genau dieser Jorge ist wieder zurück auf La Palma. Er war all die Jahre in Venezuela, hat nicht schlecht verdient, geheiratet und nun ein Haus in Los Canarios gekauft. Ich bin ihm neulich begegnet und hätte ihn nicht erkannt, wenn er mich nicht angesprochen hätte. Danach fiel mir diese Geschichte wieder ein. Erinnerst du dich?«

Yaiza dachte einen Moment nach, dann hellte sich ihr Gesicht schlagartig auf. »Ja, jetzt fällt es mir wieder ein! Es war in einer der letzten Schulwochen vor den Sommerferien. Ben war erst neun Jahre alt, und seine ganze Klasse war in großer Aufregung wegen der verschwundenen Schultasche. Jorge beschuldigte fast alle Klassenkameraden, sie ihm gestohlen zu haben. Ben wollte den ›Fall‹ unbedingt aufklären. Er hat schon damals gerne Krimis gelesen und befragte alle Beteiligten, schrieb genau auf, wer wann wo die Tasche zuletzt gesehen hatte. Und der Clou war: Er befragte dazu auch den Schulbusfahrer, und damit war der Fall gelöst – denn Jorge hatte sie im Bus liegen lassen! Der Fahrer hatte sie zwar noch am selben Abend gefunden, aber er hatte am nächsten Tag frei und sie deshalb in der Zentrale abgegeben. Und die Leute da hatten sie einfach bei den anderen Fundstücken abgestellt. War das eine Aufregung!«

Yaiza schmunzelte.

»Papa war sehr stolz auf den kleinen Detektiv.«

Die Straße vom Roque schlängelte sich steil hinunter zum Meer. Vor allem die zweite Hälfte bestand eigentlich nur aus Kurven. Ben parkte im Wald bei Fuente de Olén sanft ein. Eine Pause würde ihm guttun. Er öffnete die Autotür, genoss den unvergleichlichen Geruch des Waldes und griff nach seinem Handy. Er wollte mit dem Büro der Wissenschaftsministerin sprechen, und es war nicht ratsam, zu telefonieren, während er sich gleichzeitig auf die Straße konzentrieren musste.

Er landete relativ schnell bei der zuständigen Stelle und erfuhr, dass Álvaro Martínez bereits vierzehn Tage zuvor einen Vertrag unterschrieben hatte: Seine Baufirma wollte drei Jahre lang einen spanischen Astronomen bezahlen, der auf La Palma arbeiten sollte und dessen Schwerpunkt bei der Erforschung der Milchstraße lag. Die Ministerin sei sehr glücklich darüber gewesen, der Mord an Señor Martínez mache sie nun aber wirklich betroffen. Und nein, die Leitung des Observatoriums sei noch nicht informiert worden, die Ministerin habe eigentlich gemeinsam mit Álvaro Martínez damit an die Öffentlichkeit gehen wollen und werde dies nun allein machen, und zwar bereits am nächsten Tag.

Ben überlegte, warum Garrida so insistiert hatte, dass er die Spende bekommen würde. Martínez hatte ihm doch bestimmt klar gesagt, dass es noch nicht entschieden sei. Und außerdem: Martínez konnte sich in der Vorwoche nicht mit Garrida getroffen haben, da war er nämlich gar nicht auf der Insel gewesen.

Ben startete seinen Renault und fuhr langsam los. Es war wenig Verkehr, aber die vielen Kurven verlangten trotzdem seine Aufmerksamkeit. In Gedanken war er wieder bei dem Mord an Álvaro Martínez: Wer konnte ihn so gehasst haben? Wer hatte einen Vorteil durch seinen Tod? Er würde das noch einmal mit Naira besprechen, vielleicht hatte sie inzwischen eine Theorie entwickelt.

Während er in seinen Überlegungen versank, kam er Santa Cruz immer näher. Er freute sich auf den Abend in der Buchhandlung.

Manchmal sollte man Einfällen sofort nachgehen, dachte Naira und griff zum Handy. Ja, die Telefonnummer hatte sie gespeichert. Aber wie sollte sie ihren überraschenden Anruf erklären? Ach, es fiel ihr doch immer etwas ein, also einfach auf »Anruf« klicken.

Schnell war die Verbindung hergestellt.

»Hola, Naira! Was ist los? Du rufst doch sonst fast nie an. Bist du überraschend in Madrid?« Die Stimme klang erfreut.

»Hola, Paula! Nein, ich bin nicht in Madrid, sondern in meiner Buchhandlung in Santa Cruz und ... ja, also, äh ...«

»Seit wann stotterst du?« Die Freundin lachte. »Jetzt weiß ich zumindest, wieso du sonst lieber eine Mail schreibst, statt anzurufen, wenn du etwas wissen willst. Also, raus mit der Sprache!«

»Verflixt, du durchschaust mich doch immer! Ja, mir fiel plötzlich ein, dass du bei einer unserer Krimisitzungen mal deine Kontakte zur Madrider High Society erwähnt hast. Álvaro Martínez war in diesen Kreisen wahrscheinlich auch immer ...« Weiter kam sie nicht.

»Schrecklich, dieser Mord! Seit Freitag ist er hier das einzige Thema. Alle sind vollkommen fertig. Was wolltest du mich dazu fragen? Du bist doch vor Ort!«

»Ich gestehe, ich kannte die Familie Martínez bis vor Kurzem nur im Zusammenhang mit dem geplanten Hotelbau bei uns auf La Palma. Es würde mich interessieren, welche Vermutungen über den Tod von Álvaro Martínez in Madrid kursieren. Hast du da schon etwas gehört?«

»Ich war am Wochenende auf einem großen Fest, zu dem die Gomez eingeladen hatten, da wurde natürlich darüber gesprochen. Trotz der Fassungslosigkeit gibt es bereits zwei Theorien, Señora Sherlock: Die einen meinen, der

Mord hätte mit seinem Austritt aus der Partei zu tun. Er hat ja deren Bewegung nach rechts vehement abgelehnt und das auch lautstark verkündet. Das haben ihm einige der ehemaligen ›Freunde‹ übel genommen.«

»Das ist doch schon lange her.«

»Ja, aber es gab anscheinend Drohungen, das wird zumindest erzählt. Doch die zweite Theorie stimmt wahrscheinlich noch weniger: Álvaro hätte sich auf deiner Insel in eine Künstlerin verliebt, und Álvaros Frau, von der er ja schon einige Jahre getrennt lebte, wollte unter keinen Umständen eine Scheidung. Da kann ich dir aber gleich sagen, das stimmt sicher nicht!«

»Wieso bist du dir da so sicher?«

»Weil ihr neuer Lebensgefährte – und das ist er schon einige Jahre – bei mir Stammkunde ist und ...«

»Das nenn ich mal Zufall!«

»Ja, und er hat mir vor ein paar Wochen erzählt, dass sie beide reinen Tisch machen wollen ... und dass auch ich im Frühling zu ihrer Hochzeit eingeladen werde. Die beiden sind wirklich ein schönes Paar. Übrigens: Bücher spielen in ihrem Leben eine große Rolle. Sie haben sich in seinem Haus eine gemeinsame Bibliothek eingerichtet: zum Teil mit ihren jeweiligen Lieblingsbüchern aus ihrem alten Bestand und zusätzlich mit denen, die sie beide für ›Pflichttitel‹ in einer guten Bibliothek halten, aber eben selber nicht oder nicht in der für sie richtigen Ausgabe besaßen. Und nun hör gut zu: Das waren über zweitausend Bücher! Ich konnte bei der Erstellung der Liste mitarbeiten ... und mit Freude liefern.«

»Wow! Gratulation! So eine umfangreiche Liste würde mich auch interessieren. Meinst du, du kannst sie mir mailen?«

»Ich frage ihn einfach. Für dich bürgen kann ich jederzeit; du wirst sie sicher nicht im nächsten ›imagen‹ abdrucken lassen!« Jetzt mussten beide lachen, doch Paula fiel noch etwas ein. »Es gibt noch eine Spekulation, dazu weißt du sicher mehr als wir hier ...«

»Mach's nicht so spannend: welche?«

»Also, diese Künstlerin auf La Palma soll in ihren jungen Jahren ein sehr bewegtes Leben in Madrid, Berlin und Rom geführt haben, und es heißt, ihr immer noch eifersüchtiger italienischer Ex-Freund wäre ihr nach La Palma gefolgt ...«

»Da kann ich mit ziemlicher Sicherheit sagen: Wenn das so wäre, hätte ich längst davon gehört! Das Gegenteil stimmt: Charlotte Schneider, das ist die Malerin, lebt sehr zurückgezogen im Norden der Insel. Ich dachte bis vor Kurzem, dass es in ihrem Leben überhaupt nur die Kunst gibt. Nächstes Jahr wird sie übrigens auch auf Teneriffa ausstellen, den Katalog schicke ich dir dann. Ich mag ihre zarten Farben und vor allem, wie unglaublich sie mit Licht und Schatten spielen kann.«

»Das klingt toll, ich werde gleich ein bisschen im Netz recherchieren. Ich denke, das könnte ja nun für einige meiner Kunden interessant sein, nicht unbedingt nur der Kunst wegen, aber ... Sag, etwas ganz anderes, weil wir grad so nett plaudern: Du wolltest mir doch das Rezept vom Familie-Calderón-Kaninchen-Eintopf mailen, aber bis jetzt habe ich noch nichts bekommen. Dabei habe ich sogar im Spam-

Ordner nachgesehen, weil ich so richtig Appetit darauf hatte!«

»Ah, dann ist es ja doppelt gut, dass ich dich angerufen habe. Das mit dem Rezept hatte ich einfach vergessen, lo siento!«

Ben lümmelte endlich entspannt in dem gemütlichen Chesterfieldsessel der Buchhandlung, Naira saß ihm gegenüber auf einem Stuhl, der, umgedreht und aufgeklappt, auch als Leiter verwendet werden konnte. Es war ein Regency-Style-Bibliotheksstuhl, den sie einst auf dem Flohmarkt in Argual entdeckt hatte. Sie war überzeugt davon, dass er eigentlich aus Italien stammte, und sie liebte ihn. Ein passendes Sitzkissen hatte sie Monate später auch gefunden. Zwischen den beiden Sitzgelegenheiten stand das kleine Tischchen, diesmal ohne Bücher, dafür mit Weingläsern und einer Weinflasche im Kühler.

»Spielen wir Sherlock Holmes und Dr. Watson?«, fragte Naira scherzend, damit sie sich gegenseitig auf den neuesten Wissensstand bringen konnten. »Bist du so weit, Ben?«

»Ja, und du?«

»Jep. Ich beginne.«

Ben, der einen tiefen Schluck aus seinem Glas nahm, gab ein zustimmendes Brummen von sich.

»Der Baulöwe wird am Strand erschlagen, mit einem Stein, der irgendwo herumlag. Kein mitgebrachtes Mordinstrument, kein Messer, keine Kugel aus einer Schusswaffe. Der Stein ist schwer, aber auch für eine Frau nicht zu schwer. Der Täter kann also auch eine Täterin sein. Einwand?«

»Nein, nur Ergänzung: Ich gehe von einem Impulsmord aus, einem Anlassmord – ein Stau von Emotionen aus welchen Gründen auch immer könnte das Motiv gewesen sein.«

Naira nickte. »Zur Person des Opfers: Álvaro Martínez war ein umtriebiger und trotz seiner Millionen ziemlich normaler Mensch. Er war neugierig und sprach gern mit Menschen, die im Jahr so viel verdienten wie er manchmal an einem Vormittag.«

»Er hat, wie wir erfahren haben, sogar Pablo Torres lang und breit zu erklären versucht, warum – seiner Meinung nach – das Hotelprojekt nicht nur für die Insel und ihre Bewohner, sondern auch für ihn, Torres selbst, ein Gewinn wäre«, ergänzte Ben. »Torres hat in ihm aber nur ein reiches Arschloch gesehen, einen Festlandspanier, einen imperialistischen Eroberer. Je freundlicher und ruhiger Martínez war, desto aggressiver und lauter hat Pablo Torres reagiert – zuletzt im Kiosco von Fernández. Außerdem trinkt Torres gerne einen über den Durst.«

»Also ein klassischer Verdächtiger!«, stellte Naira fest und fragte dann: »Magst du etwas zum Wein knabbern? Ich hab Regañás und Jamón da.«

»Ja, gerne, wunderbar! Hast du vielleicht auch noch ein paar von den italienischen Taralli mit Rosmarin?«

Ben stand auf, um zum Zeitvertreib die Bücherwand mit den Novitäten zu sichten, doch ehe er sichs versah, servierte Naira schon den vorbereiteten Teller. Die Taralli waren wirklich köstlich.

»Weiter! Die Umweltgruppe besteht aus fünf Aktivistinnen, drei Aktivisten und etlichen Sympathisanten. Diese

Gruppe ist nicht homogen, es sind sehr unterschiedliche Charaktere dabei, was bei solchen Gruppen nicht unüblich ist. Martínez hat versucht, mit jedem Einzelnen aus der kleinen Gruppe zu reden. Bei Dolores ist es ihm allerdings nicht gelungen, die hat ihn stehen lassen«, erzählte Naira weiter. »Und Charlotte Schneider hat sich offensichtlich in ihn verliebt. Mit der sollten wir uns auch bald mal unterhalten.«

»Ja, stimmt, das sollten wir. Ist Dolores die kleine Schwarzhaarige mit dem lila Streifen im Schopf, radikal und wenig gesprächig?«, hakte Ben nach.

»Genau die!«

»Meine Schwester Yaiza, die ja die juristische Ratgeberin der Gruppe ist, hat Martínez zum Essen eingeladen. Die beiden haben sich lange unterhalten und das Gespräch mit der Vereinbarung beendet, trotz unterschiedlicher Positionen eine sachliche Kommunikation miteinander pflegen zu wollen. Yaiza meinte, wenn er nicht so ein kapitalistischer Sack gewesen wäre, hätte sie ihn durchaus in ihren Freundeskreis aufnehmen können. Er war charmant und hatte ein großes Allgemeinwissen. Und vor allem war er neugierig und offen. Hier auf der Insel hatten es ihm die Sterne angetan. – Warum lachst du so?«

»Ich kann mir nicht vorstellen, dass Yaiza sich so ausgedrückt hat«, erklärte Naira noch immer lachend.

»Doch, genau so! Du kennst mein Schwesterherz offensichtlich nicht gut genug«, erwiderte Ben schmunzelnd. »Und dann haben wir Diego Díaz, diesen eigenartigen Projektleiter, der immer mit des Meisters Unterlagen hinter ihm hergestelzt ist. Aber der hatte wohl eher Interesse am lebendigen Álvaro, denn der war für seine Karriere nützlicher. Außerdem hat er, sagt Pedro, ein Alibi. Er war zur Zeit des Mordes mit einem Lieferanten auf der anderen Seite der Insel verabredet. Sie waren im El Ingeniero essen.«

»Schade, eigentlich wirkt der wie ein Typ, der zu allem fähig ist – so ein verklemmtes Muttersöhnchen«, meinte Naira.

»Aber nein, bloß weil er seine Mutter vergöttert, muss er ja nicht gleich Norman Bates sein«, spielte Ben auf den krankhaft mutterfixierten Motelbesitzer aus dem Hitchcock-Klassiker »Psycho« an.

»Ja, ja, okay. Und Zambada, der Schmierfink? Schlägt ihm nur wegen der super Schlagzeile einfach den Schädel ein?« Naira grinste.

»Ich denke, wir beenden für heute unsere kriminelle Bestandsaufnahme.« Ben schüttelte lachend den Kopf. »Offensichtlich hast du jetzt das Stadium der Albernheit erreicht und ...«

Noch bevor er den Satz zu Ende bringen konnte, öffnete sich die Tür, und Pedro kam mit einem fast geseufzten »Hola« herein. Man sah ihm an, dass ein anstrengender Tag hinter ihm lag. Trotzdem begann er gleich zu strahlen.

»Endlich Feierabend – und keine Madrilenen hier!« Darüber musste er selbst lachen. »Ich hab das Licht in der Buchhandlung gesehen und gedacht, bevor ich nach Hause trabe, trinke ich noch ein Glas Wein mit euch. Habt ihr Erbarmen mit einem gebeutelten, erschöpften Comisario?«

Ben nickte, und Naira lief in den Nebenraum, um ein

Glas zu holen. Sie war schnell wieder zurück und schenkte Pedro ein, der sein Glas hob.

»Salud! Es ist wunderbar, mit euch in diesem ganz besonderen Wohnzimmer zu sitzen. Ich fühle mich zum ersten Mal an diesem Tag wohl!«

»Was war los?«, erkundigte sich Ben. »Hat sich etwas ergeben?«

»Ach, der Tag war angefüllt mit Ermittlungen. Wir haben mit Charlotte Schneider gesprochen. Das war nicht leicht, doch jetzt haben wir zumindest einen ziemlich exakten Überblick über die letzten drei Tage von Álvaro Martínez. Aber die ungezählten Anrufe aus Madrid nerven – als ob *die* innerhalb von vierundzwanzig Stunden einen Mord aufklären würden! Bei der Handyauswertung gibt's ein Problem, wir hoffen, das Ergebnis kommt morgen oder übermorgen. Und den Laptop haben wir auch noch nicht gefunden. Charlotte Schneider meint, er hätte ihn immer in seiner Ledertasche bei sich gehabt, aber die Tasche war nirgends zu sehen. Wie war's bei dir noch am Roque, Ben? Interessantes Interview?«

»Na ja, das eigentlich schon«, erwiderte Ben. »Garrida gibt sich felsenfest davon überzeugt, dass er von der Familie Martínez Geld erhalten wird. Naira hat mir da allerdings etwas anderes erzählt. Ich habe im Büro der Ministerin in Madrid angerufen. Und, Überraschung: Martínez hatte dort bereits einen Vertrag unterzeichnet und wollte drei Jahre lang einen spanischen Astronomen bezahlen. Die Pressekonferenz findet morgen Vormittag statt, nun leider ohne Martínez. Das Sponsoring geht also eindeutig an Garrida vorbei. Das, was er erzählt, stimmt nicht, und das müsste er eigentlich auch wissen. Warum lügt er?«

»Ich glaub, der geschniegelte Beinahe-Wissenschaftler macht sich einfach wichtig«, mischte sich Naira ein. »Das versucht er doch bei jeder Gelegenheit. Er erzählt ja schon wochenlang überall herum, dass er Geld von Martínez erhalten wird – und dass er, bitte schön: er!, es verwalten wird. So ein Blödsinn!« Sie stopfte sich einen der knusprigen Taralli-Kringel in den Mund.

Ben runzelte nachdenklich die Stirn. »Kann Garrida irgendetwas mit dem Mord an Martínez zu tun haben?«

Pedro schüttelte den Kopf. »Da fällt mir überhaupt kein Motiv ein. Und der Typ ist zwar widerwärtig, aber ein Angeber zu sein allein ist ja nicht strafbar.«

Naira lachte laut auf. »Wenn Angeberei strafbar wäre und verfolgt werden müsste, hättest du, lieber Pedro, überhaupt keinen freien Tag mehr!«

Ben und Pedro stimmten in das Lachen mit ein.

Schließlich meinte Pedro, jetzt müsse er aber nach Hause gehen, der nächste Tag fange für ihn wieder sehr früh an. Ben, der die vielen Stunden konzentrierten Autofahrens nun doch spürte, sagte, er sollte wohl auch gehen.

Bei sich dachte er: Obwohl ich gerne noch eine Flasche Wein geöffnet und mit Naira einfach weitergeredet hätte …

Sein Auto hatte er in der Nähe vom Museo Naval geparkt, so konnte er Naira nach Hause begleiten. Ein wenig Meeresluft tat ihm sicher gut. Hatte sie eigentlich so viel mehr getrunken als er, oder war sie einfach nur besonders gut aufgelegt?

Sie räumten noch zu dritt Teller, Gläser und die Flasche weg und machten sich dann auf den Weg. Vor dem Museo Naval verabschiedete sich Pedro und bog links ab. Inzwischen war es stockdunkel. Ben und Naira blieben nach wenigen Schritten stehen und schauten auf den mit Tausenden Sternen übersäten Himmel.

»Ist das nicht wunderschön? Bei diesem Anblick verstehe ich, dass sich Álvaro Martínez in den Sternenhimmel von La Palma verliebt hat«, murmelte Naira, bevor sie zu ihrem Haus weitergingen.

Dienstag

Mit der wärmenden Sonne und einer Tasse Tee, erfrischt von seiner täglichen kalten Dusche, so begann der Tag für Ben optimal.

Der Erforscher der Urbevölkerung der Kanarischen Inseln saß an seinem Gartentisch auf der Terrasse, vor sich die bei Naira erstandene Biografie von Tanausú, dem unbeugsamen Fürsten der Caldera de Taburiente. Einfach war die Geschichte der Urbewohner und ihrer Eroberung nicht, dachte Ben. So kleine Flächen, so große Geheimnisse und so viele Ereignisse. Jede Insel hatte außerdem ihre eigene Geschichte, andere Eroberer, andere Methoden, andere Formen von Widerstand der Bewohner. Es gab nicht überall die Waffen schwingenden Volksführer, sondern auch Deals und seltsame Kompromisse mit den Fremden. Aber die Geschichte aller Kanarischen Inseln zeigte eine stolze, starke und leistungsfähige Urbevölkerung. Da gab es noch einiges zu erforschen und zu entdecken, denn lange Zeit hatte nur die Sichtweise der Sieger gezählt – und die war geschönt und teilweise durchaus verlogen.

Ben war persönlich von diesem Thema gefesselt, es ging

auch um ihn und seine eigenen Wurzeln. Er fühlte sich tief verbunden mit den Bewohnern der Kanaren, mit den Tinerfeños aus Teneriffa, den Grancanarios von Gran Canaria, den Majoreros aus Fuerteventura, den Gomeros auf La Gomera, den Lanzaroteños von Lanzarote, den Herreños der kleinsten Insel El Hierro und natürlich den Palmeros, den Bewohnern seiner Geburtsinsel La Palma.

Ein Anruf riss ihn aus seinen Inselgeschichtsträumen. Yaiza, seine Schwester, erinnerte ihn an die Versammlung der Umweltretter, die er tatsächlich beinahe vergessen hätte.

Ein letzter Schluck Tee, dann brach er nach El Paso auf.

Trotz der kurzen Nacht war Pedro pünktlich im Büro. Die Ergebnisse der Auswertung von Álvaro Martínez' Handy waren endlich eingetroffen. Er scrollte durch die endlose E-Mail mit ihren zahllosen Anhängen und versuchte, sich einen Überblick zu verschaffen. Dann griff er zum Telefon und rief Ben an, den er auf seiner Fahrt nach El Paso erreichte.

Auf den ersten Blick war Pedro nichts auffällig vorgekommen. Eine Gesprächsverbindung kam besonders oft vor, nämlich die mit Charlotte Schneider. Das war zu erwarten gewesen. Viele Nummern konnte man noch nicht zuordnen, aber das sollte schnell erledigt sein. Er würde diese Aufgabe Cisca und Gabriel gemeinsam übertragen. Die Wienerin würde auch hier ein zügiges Tempo vorlegen und Gabriel dann sicher nicht zurückstehen wollen. Pedro schmunzelte, und Ben am anderen Ende lachte zustimmend.

Nachdem sich die beiden voneinander verabschiedet hatten, hing Pedro weiter seinen Gedanken nach. Die Ledertasche samt Laptop blieb unauffindbar. Sie hatten ein wirklich großes Gebiet abgesucht, und das sehr genau.

Charlotte Schneider hatte doch gesagt, Álvaro habe seine Tasche immer dabeigehabt. War das die entscheidende Spur?

Der harte Kern der Umweltaktivisten von »La Palma vivará« versammelte sich schon früh am Morgen im Vereinslokal in El Paso, das schräg gegenüber vom Seidenmuseum lag. Am Vortag hatte Yaiza einige Mitglieder der Gruppe angerufen und nachgefragt, ob sie mit Bens Anwesenheit bei dem Treffen einverstanden wären. Niemand hatte etwas dagegen gehabt. Ben genoss einen guten Ruf als objektiver Journalist, und Öffentlichkeit konnte den Projekten der Gruppe nur dienen.

Im Vereinslokal, einem für palmerische Verhältnisse großen Raum mit einem dunklen alten Holzboden – früher war hier eine Tischlerei gewesen –, herrschte schon reges Treiben. Sie trafen fast alle zeitgleich ein, kurz darauf betrat auch Charlotte den Raum. Yaiza, unsicher, ob ihre Freundin dabei sein würde, hatte den Sessel neben sich vorsichtshalber frei gehalten. Charlotte umarmte sie und begrüßte Ben freundlich, doch sie wirkte, als ob sie nicht ganz da wäre. Auch mit ihr hatte Yaiza am Vorabend telefoniert. Charlotte hatte ihr erzählt, dass Álvaro entschlossen gewesen sei, das

Hotel auf jeden Fall zu bauen, trotz des Widerstands. Er hatte ihr versprochen, dass er keine Brutalo-Architektur zulassen werde, und sogar angeboten, ihr die Pläne im Detail zu zeigen. Trotz der Größe der geplanten Anlage hatte er das Prinzip des sanften Tourismus beachten wollen.

Ben wählte einen Platz, von dem aus er das ganze Lokal gut überblicken konnte, und setzte sich. Sein rotes Notizbuch lag aufgeschlagen auf seinem Schoß. Darin hatte er seine Gedanken und die Fakten zu den Umweltaktivisten, die er und Naira kannten, zusammengefasst.

Da war zunächst einmal Dolores Suárez. Bei Dolores war klar, dass der Kampf für sie einfach weiterging, ganz nach dem Motto »Eine verlorene Schlacht ist noch kein verlorener Krieg!«. Dolores war die Eifrigste von allen. Egal, ob es darum ging, Flugblätter zu verteilen, Veranstaltungen zu organisieren oder für die Anliegen der Gruppe im Internet zu werben – sie war immer ganz vorne dabei. Obwohl eher klein und zierlich, war sie eine Person, die stets auffiel – nicht nur durch ihre lila Strähne im schwarzen Haar, sondern auch durch ihren sprühenden Zorn auf die, wie sie es nannte, Imperialisten und Zerstörer der Insel. Sie wirkte zäh, drahtig und unnahbar. Keiner wusste genau, woher sie kam und was sie machte, wenn sie nicht gerade für die Gruppe tätig war. Ben hatte sich vorgenommen, mehr über sie herauszufinden.

Juan, Student der Biologie und Aushilfslehrer in der Volksschule, war auf Fuerteventura geboren. Seine Liebe zur Natur hatte ihn nach La Palma gebracht. Er wirkte freundlich und hilfsbereit und genoss das Zusammensein mit den anderen sichtlich. Seltsamerweise schien er Herta Artinger zu verehren. Ob die das überhaupt bemerkte? Ben hatte den Eindruck, dass sie vor allem mit sich selbst beschäftigt war und damit, jedes Gerücht so schnell wie möglich zu verbreiten und bei jeder Intrige mit dabei zu sein. Ihre quirlige Schussligkeit und ihre schnellen Fehlurteile waren das Markenzeichen der deutschstämmigen Umweltpartisanin. Dass sie überzeugt war, das Hotelprojekt würde nun scheitern, weil Álvaro Martínez tot war, war typisch für sie. Sie verkündete es bei jeder Gelegenheit und schien daran zu glauben, dass eine unsinnige Behauptung zur Wahrheit wurde, wenn man sie nur oft genug wiederholte.

Ben lächelte den eben eintreffenden Zwillingen, genannt Tweedle Dee und Tweedle Dum, freundlich zu. Die beiden jungen Männer, groß, schlank und mit dichtem schwarzem Haarschopf, zogen sich zwar nie ganz gleich, aber immer ähnlich an und hatten stets den gleichen Haarschnitt. Sie waren fest davon überzeugt, dass sie Benahoaritas waren und sich gegen die Eroberer vom Festland verteidigen mussten. Sie steckten beständig zusammen. Das Hotelprojekt sahen sie als schrecklichen Übergriff auf »ihre« Insel. Wie immer waren die Zwillinge auch in diesem Fall einer Meinung. Ben hatte die beiden noch nie bei einem Streit erlebt.

»Es gibt hier einige, die den Kampf gegen die Ausbeuter und Konquistadoren aufgeben wollen«, ergriff nun Dolores das Wort. »Die Tatsache, dass einer von ihnen tot ist, hat für mich aber keine Bedeutung. Im Gegensatz zu Herta bin ich nicht der Meinung, dass das den Hotelbau stoppen wird.

Die Familie Martínez hat bereits diese Kreatur Diego Díaz als Bauleiter eingesetzt und wartet nur noch auf die schriftliche Ausfertigung der Baugenehmigung.«

»Aber damit ist das Projekt dann ja ohnehin im wahrsten Sinn des Wortes einbetoniert!«, seufzte Juan resigniert.

»Ja und?« Dolores' Augen blitzten. »Es kommt jetzt darauf an, *wie* sie es bauen. Was sie daraus machen. Und wir können wenigstens sehr lästig sein, ihnen permanent auf die Finger schauen und unsere Auflagen einbringen.«

»Wo? Beim Oficina de Sal? Wir hätten sie längst anzeigen sollen, wie ich immer gesagt habe. Sie vertreiben die Schildkröten, die hier ihre Eier in den Sand legen. Das ist ein Umweltverbrechen!« Herta Artinger war aufgesprungen, und Juan legte beruhigend seine Hand auf ihren Arm, was Ben nicht verborgen blieb.

»Aber in diesem Abschnitt des Strandes gibt es doch gar keine Schildkröten«, murmelte Charlotte.

»Na und?«, brüllte Herta, nun vollends außer sich. Widerspruch schien ihr nicht zu liegen.

»Wir dürfen nicht aufgeben, selbst wenn wir in diesem Punkt scheitern«, fuhr Dolores unbeeindruckt fort. »Auf La Palma gibt es noch genug anderes zu tun. Unser Plan für Mülltrennung und Recycling ist noch immer nicht umgesetzt. Denkt an die Kreuzfahrtschiffe, denkt an die Meeresverschmutzung, die immer noch zunimmt. Oder an die ungenügenden Vorsorgepläne für Erdbeben!«

»Wer hat Señor Martínez ermordet?«, fragte Tweedle Dum unvermittelt.

»Wer war das wirklich?« Tweedle Dee klang, als wäre er die Oberstimme der Zwillinge.

Alle schwiegen.

»Wir bekämpfen das verantwortungslose Ungeziefer, wo wir nur können!«, rief Dolores kriegerisch. »Der Tod eines einzelnen Feindes hat keine Bedeutung.«

Charlotte sprang auf und verließ mit hochrotem Gesicht den Raum. Yaiza wollte ebenfalls aufstehen, doch Ben bedeutete ihr, zu bleiben. Er würde selbst nach Charlotte sehen. Rasch folgte er ihr nach draußen.

Gleich hinter der Eingangstür lehnte Charlotte, die Augen geschlossen, und atmete tief ein und aus.

Ben blieb neben ihr stehen und wartete einen Moment ab. »Wollen wir drüben beim Kiosco Volcánica etwas trinken?«, fragte er schließlich.

Charlotte überlegte kurz und nickte dann.

Sie gingen langsam zu dem großen Platz hinüber. Am Rand stand der Kiosco, umgeben von vielen weiß lackierten Gartenstühlen um die kleinen Tische. Alle Plätze waren frei, und Ben schickte ein Stoßgebet zum Himmel, dass überhaupt schon geöffnet war. Beim Näherkommen sah er Menschen im Inneren des Lokals. Er setzte sich mit Charlotte auf die Sonnenseite. Der Kellner kam sofort, und sie bestellten beide den berühmten Orangensaft, der hier aus besonders aromatischen Früchten zubereitet wurde.

»Geht's dir wieder besser?«, fragte er vorsichtig, als der Saft auf dem Tischchen stand.

Charlotte sah ihn an. »Ja. Ein paar Schritte in der frischen Luft tun gut. Und das Schwindelgefühl ist auch fast weg. Wie kann Dolores nur so brutal daherreden? Nein, sag nichts, ich kenne sie ja, und ihre Sprüche auch, aber ... Danke, Ben, das mit dem Orangensaft war eine gute Idee!«

»Ich verstehe deinen Kummer. Yaiza hat mir von dir und Álvaro erzählt, und ich fühle mit dir. Ihr hattet leider nicht viel Zeit miteinander, das ist schrecklich.«

»Ja. Ich kann es noch immer nicht glauben ... Weißt du, wir haben den Donnerstagnachmittag noch bei mir verbracht. Álvaro wollte Freitag früh für eine Woche nach Madrid. Wir haben uns also eigentlich nur für diese eine Woche voneinander verabschiedet. Und jetzt ...«

Die Zentrale der Policía Nacional Santa Cruz de La Palma war bereits in die Jahre gekommen, auch in Gabriels Büro war die Einrichtung ziemlich abgenutzt. Doch Gabriel war glücklich mit dem Zimmerchen, da er darin meist allein arbeiten konnte und die schreckliche Sprache, die hier als Spanisch ausgegeben wurde, nicht den ganzen Tag hören musste. Das würde nun allerdings anders werden: Cisca, el vienés, sollte hier in diesem Raum vorübergehend mit ihm arbeiten. Interessanterweise erschreckte ihn das nur kurz. Eigentlich war er schon neugierig darauf, dieses rothaarige Energiebündel näher kennenzulernen.

Da öffnete sich auch schon seine Bürotür, und Cisca kam mit einer Schachtel herein, gefolgt von Ignacio, dem Computertechniker.

»Hola, Gabriel! Ich ziehe bei dir ein. Beruflich, meine ich ...«

Cisca kam ins Stottern, und Gabriel lachte freundlich.

»Hola, Cisca, komm nur, fühl dich wie zu Hause! An deinem Spanisch werden wir beide noch arbeiten. Du wirst sehen: In zwei Monaten klingst du wie eine Madrilenin!«

Während der Techniker den Computer für sie einrichtete, räumte sie um ihn herum ihren Schreibtisch ein. Sollte sie Gabriel jetzt schon fragen, ob sie ihr Lama-Plakat aufhängen durfte, oder lieber erst in den nächsten Tagen? Vielleicht sollte sie ihm ein bisschen Zeit geben, sich an sie zu gewöhnen. Was meinte er eigentlich damit, an ihrem Spanisch arbeiten zu wollen? Natürlich fehlten ihr immer wieder Vokabeln, und mit den Redewendungen war es auch nicht einfach.

Wusste er, dass sie Ju-Jutsu-Europameisterin war und immer noch trainierte? Vielleicht sollte sie ihn auf ein Kommunikationsseminar mitnehmen …

Charlotte war nach Hause gefahren. Ben hatte nach ihrem Aufbruch sein Notizbuch aufgeschlagen und seine Anmerkungen über die Mitglieder der Umweltgruppe und den Ablauf des Treffens ergänzt. Da sind schon seltsame Vögel dabei, dachte er und zeichnete einen Cuervo, einen Raben, mitten in seine Aufzeichnungen. Dann schickte er eine kurze Nachricht an Yaiza, dass mit Charlotte so weit alles in Ordnung sei, zahlte, ging zu seinem Auto und fuhr in Richtung Nationalpark La Caldera de Taburiente.

Bis zum Treffen mit Naira hatte er noch Zeit, da könnte er wieder einmal am Mirador de La Cumbrecita stehen bleiben, diesem, wie er fand, schönsten Aussichtspunkt der Insel. Die Abzweigung von der LP3 war schnell erreicht, und die Straße durch den dichten Kiefernforst, auf der ihm kein einziges Auto entgegenkam, wirkte wie ein Tunnel im Wald. Als er den fast leeren Parkplatz erreicht hatte, wunderte er sich: Trotz des herrlichen Wetters waren kaum Wanderer unterwegs. War das möglich? Hier begannen einige der schönsten Wanderrouten durch die Cumbrecita, und auf der Insel sagte man: Ohne eine Wanderung durch die Caldera war man nicht wirklich auf La Palma gewesen!

Wenige Minuten später stand er am steilen Böschungsrand. Beim Blick in den großen bewaldeten Krater verlor er wie immer jedes Zeitgefühl. In Hunderten von Jahren hatte sich dort unten nichts verändert. Manchmal hatte er das Gefühl, gleich würde eine Gruppe von Benahoaritas auftauchen. Hier war lange, bis zur Eroberung durch die Spanier im fünfzehnten Jahrhundert, die Heimat von Tanausú und seiner Sippe gewesen. Der Wind wehte sanft und sang dabei leise, der Kiefernduft war anregend, und das Sonnenlicht ließ die gegenüberliegenden Felswände strahlen.

Als Kind hatte er einmal mit seinem Vater im Kraterboden übernachtet. Die vielen Sterne am Himmel hatten ihn damals nachhaltig beeindruckt, er hatte gar nicht mehr zurück in sein Zelt gewollt. Wie lange war er eigentlich nicht mehr hier gewesen?

Die Entfernungen hatte er auf alle Fälle irgendwie falsch in Erinnerung: Schon die Strecke zum Parkplatz war länger gewesen, als er gedacht hatte, und nun merkte er, dass er mit seiner Vorstellung, schnell beim Mirador zu sein, falschgelegen hatte. Es war besser, jetzt gleich umzukehren, und ein anderes Mal, vielleicht mit Naira, wiederzukommen. Und dann würden sie beide eine Tageswanderung durch die Caldera machen.

Ja, das würde er ihr vorschlagen.

Zambada war kein Sportler. Deswegen war für ihn der sanfte Hang hinauf zur Hütte von Pablo Torres eine körperliche Herausforderung.

»Was für ein elender Job! Bist du etwa ein Sportreporter? Nein!«, murmelte er in einem Anflug von Selbstmitleid vor sich hin.

Er hatte seinerzeit durchaus vor einer interessanten Karriere gestanden. Nach einem Volontariat bei einer angesehenen Wirtschaftszeitung war er, gemeinsam mit einem Studienfreund, zu einer neu gegründeten Qualitätszeitung gewechselt. Der Freund war schnell bis zum Chefredakteur aufgestiegen, aber er selbst war in seiner Position als Redakteur im Ressort Politik keinen Schritt weitergekommen. Dann hatte er versucht, gegen seinen Freund, den neuen Chef, zu intrigieren. Darin war er schon damals nicht gut genug gewesen, sein Freund war dahintergekommen und hatte ihn gefeuert. Ein schöner Freund!

Glücklicherweise war Zambada dann fast nahtlos bei einem Boulevardblatt untergekommen und spielte seither den rasenden Reporter. Rasend erfolgreich war er allerdings nicht, aber er alleine konnte ganz gut davon leben. Die Gründung einer Familie stand sowieso nicht zur Debatte, dafür brauchte man entsprechendes Personal, und das fand sich irgendwie nicht.

Jetzt witterte er eine Chance: Er hatte einen Wahnsinnigen, den er den Lesern seiner Zeitung als Mörder verkaufen konnte. Dass er von Torres' Schuld nicht einmal selbst wirklich überzeugt war, war zweitrangig. Erstrangig war, dass diese Idioten in der Zentrale nun endlich auf ihn aufmerksam würden.

Mittlerweile war er beim Haus von Pablo Torres angekommen. Der stand, wie ein von Captain Sparrow angeheuertes Besatzungsmitglied, mit dem Bananenmesser in der Hand vor seiner desolaten Behausung und starrte ihn misstrauisch an.

»Guten Tag, Señor Torres, es freut mich, Sie kennenzulernen. Ich bin Zambada von der Zeitung ›imagen‹ und möchte Sie gerne den Lesern meiner Zeitung vorstellen – Sie, einen renommierten Plantagenbesitzer, einen, der für unsere Insel lebenswichtig ist. Wir möchten keine Politiker porträtieren, sondern die wirklich wichtigen Menschen hier. So einen, wie Sie es sind.«

Dem schwer atmenden Reporter war die Luft ausgegangen, und Pablo Torres hatte nicht einmal die Hälfte verstanden. Er überlegte, ob er den seltsamen Vogel gleich verscheuchen sollte. Aber er war gut gelaunt, denn er hatte soeben telefoniert, und vor seinem geistigen Auge flatterten viele Geldscheine wie aufgeregte Vögel umher. Also lud er diesen eigenartigen Menschen ein, auf der schiefen, morschen Bank an dem wackeligen Holztisch Platz zu nehmen. Er selbst verschwand ins Haus.

Zambada setzte sich auf die Bank, nicht ohne sich vorher zu vergewissern, dass diese seinem Gewicht standhielt. Er rang noch immer um Luft.

Torres tauchte mit einer etwas angeschlagenen Glaskaraffe wieder auf, die mit einer undefinierbaren braunen Flüssigkeit gefüllt war, sowie zwei Gläsern, die ihre beste Zeit ebenfalls hinter sich hatten.

»Rum«, brummte er. »Inselrum.« Er schenkte ein. Seine kleinen Knopfaugen blitzten erwartungsvoll.

Zambada nahm einen zu tiefen Schluck von dem grauenhaften Zeug. Ein heftiger Hustenanfall war die Folge. Nein, allzu lange wollte er nicht mit diesem Quasimodo hier herumsitzen. Daher entschied er, gleich mit der ersten Provokation loszulegen.

»Sie hatten doch früher einmal einen Teilhaber an der Finca. Der hat Sie dann über den Tisch gezogen, als er Ihnen seinen Anteil an der Plantage zu einem sehr überhöhten Preis verkauft hat. Man munkelt, Sie wären seither in finanziellen Schwierigkeiten. Warum haben Sie Álvaro Martínez also das Grundstück, das er für den Hotelbau benötigt hätte, nicht verkauft? Das wäre ja sicher angemessen bezahlt worden.«

Man sah Pablo Torres an, dass ihn diese Worte nicht fröhlich stimmten. Seine Gesichtszüge verhärteten sich. Doch Zambada war so auf seine strategisch-taktische Provokationstechnik konzentriert, dass er nichts davon bemerkte. Da er keine Antwort erhielt, setzte er seinem Gastgeber weiter zu.

»Señor Torres, wer, glauben Sie, hat Álvaro Martínez ermordet?«

»Keine Ahnung«, knurrte Torres.

Die Röte im Gesicht von Pablo Torres wurde intensiver.

Jeder weiß, was Rot bei einer Ampel bedeutet, doch Zambada sah keine Ampel.

»Ich habe gehört, dass man Sie verdächtigt. Was sagen Sie dazu?«

Der vierschrötige Körper des Bananenbauers straffte sich. »Was willst du von mir?«, fragte er drohend.

»Wir wollen Sie als Helden darstellen. Wir wollen Ihren Kampf gegen diesen Monsterbau aufzeigen.«

Pablo Torres tat sich sichtlich schwer damit, das Vernommene zu verarbeiten. Langsam dämmerte ihm, dass dieser Mensch nichts Gutes im Schilde führte, und er fühlte einen übermächtigen Zorn in sich aufsteigen. »Glaubst du, ich bin blöd?«, brüllte er und sprang auf.

Zambada machte eine abwehrende Armbewegung und kippte dabei mitsamt der Holzbank nach hinten. Während der Plantagenbesitzer wie King Kong persönlich vor dem am Boden liegenden Reporter stand, rappelte sich Zambada für seine Verhältnisse ungewöhnlich schnell auf und stand nun knapp vor dem ansehnlichen Bauch des Bananenbauers. Der Reporter wich zurück, ohne Torres aus den Augen zu lassen. Daher konnte er auch die Grube, die sich nun unmittelbar hinter ihm befand, nicht wahrnehmen ...

In dieser Grube faulte der Abfall der Bananenplantage vor sich hin, und nun lag der Journalist der Zeitung »imagen« mitten in diesem Inferno und jammerte zum Gotterbarmen. Sein rechtes Bein pulsierte stechend, alles um ihn herum fühlte sich glitschig an und stank furchtbar. Weit oben über sich sah er den jetzt lauthals lachenden Pablo Torres, bevor der sich umdrehte und verschwand. Zambada bemühte sich, sein Handy aus seiner Hosentasche zu fischen. Das gelang ihm schließlich, und nach einigen umständlichen Versuchen schaffte er es auch, die gespeicherte Telefonnummer der örtlichen Polizei zu drücken.

Er spürte das allmähliche Eindringen der stinkenden Feuchtigkeit in seine Kleidung, aber noch intensiver spürte er die höllischen Schmerzen in seinem rechten Bein.

Charlottes Atelier hatte sowohl im Norden als auch im Westen eine holzeingefasste Vollverglasung und im Osten eine dreiteilige Glas-Schiebetür. Dadurch verfügte der Raum über eine ganz besondere Atmosphäre und vor allem ganz besondere Lichtverhältnisse.

An allen drei Seiten war ein großzügiger naturfarbener Leinenvorhang angebracht, um bei Bedarf die Sonnenstrahlen auszuschließen. Der Blick auf den Atlantik war traumhaft. Drei unterschiedliche Staffeleien bildeten das Zentrum des Raumes. Der schlichte, massive Tisch aus naturbelassener Kiefer ordnete sich unter, und das Holzregal mit drei Fächern für die Malutensilien stand unauffällig an der einzigen Wand, die weiß gestrichen war. Auf einem alten Kolonialkleiderständer in der einen Ecke hingen ihre Malkittel und zwei Malschürzen. In der anderen Ecke befand sich ein niederländischer Kolonialsessel mit geflochtener Rückenlehne und zart geschwungenen Armlehnen. Den hatte Charlotte vor vielen Jahren bei einem Amsterdam-Aufenthalt entdeckt und mit Hilfe von deutschen Freunden, die mit ihrem VW-Bus nach La Palma gefahren waren, nach Garafía bringen lassen. Das pastellfarbig-verwaschene grünblaue Sitzkissen darauf, ein Flohmarkt-Fundstück aus Paris, sah aus, als ob es Jahrhunderte alt wäre.

Charlotte stand mitten in dem Raum, der ihr plötzlich fremd vorkam. Álvaro hatte bei seinem ersten Besuch in ihrem Atelier einen Malschemel in die Mitte der Glasfront nach Westen gerückt und darauf Platz genommen, um der Sonne beim Untergehen zuzusehen. Sie hatte neben ihm gesessen, auf ihrem marokkanischen Pouf, vor ihnen auf dem Holzboden ein Tablett mit Wein, Gläsern und etwas Weißbrot und Oliven.

Seltsam, noch vor wenigen Tagen war für sie alles wie ein Sonnenaufgang gewesen, hell und fröhlich – und nun erschien ihr die Welt selbst bei Tageslicht wie die dunkelste Nacht. Sie setzte sich und blickte sich um, schaute aufs Meer und hatte das Gefühl, gleich würde Álvaro durch die geöffnete Glastür kommen. Der Wind bauschte die Vorhänge wie Segel. Ihr war etwas schwindlig und leicht übel, wie oft in letzter Zeit. Sie musste ihr Leben neu überdenken, wieder ihre Mitte, ihren Halt in sich selbst finden. Und auch wieder essen.

Heute Nacht hatte sie geträumt, sie male ein Bild von Álvaro, so, wie sie ihn das letzte Mal, an seinem Todestag, bei dieser Glastüre hatte hereinkommen sehen. Die schon tief stehende Sonne hatte ihn mit ihrem goldenen Licht umflutet, im Hintergrund der tiefblaue Atlantik. Ja, genau das würde sie jetzt versuchen: Álvaro auf einem Bild so einfangen, festhalten und verewigen, wie sie ihn zuletzt gesehen hatte.

An einer der Staffeleien lehnten bereits aufgezogene

und grundierte Leinwände. Sie zog die größte heraus und stellte sie auf die Staffelei, die der Glastür zugewandt stand. Dann schlüpfte sie in den zartblauen Malerkittel mit den großen Taschen und den vielen Flecken, ging zum Regal und begann, ihre Pinsel und Farben zu sichten.

Enrique, Naira Calderóns Assistent, zog aus den vor ihm aufgetürmten, zum Teil bereits geöffneten Paketen neue Bücher heraus. Immer wieder unterbrach er seine Arbeit, weil ihn ein Buch neugierig machte. Er las in den Büchern ein paar Seiten vorne, ein paar hinten, er blätterte hinein und legte sie wieder weg. Das war nicht das Tempo, das Naira vorlegte, aber die Neuerscheinungen waren für Enrique immer so spannend, und da seine Chefin nicht anwesend war, konnte er durchaus ein bisschen trödeln.

Fast hätte er das Eintreten des Besuchers überhört. Der Herr im dunkelblauen Anzug hatte grau melierte Haare, die wie frisch vom Friseur geföhnt aussahen. Und er hatte etwas an sich, das Enriques Wichtige-Persönlichkeit-Alarm aktivierte. Sein Gruß klang selbstsicher, seine Gesten waren etwas gespreizt.

»Darf ich mich umschauen?«, fragte der Besucher in tiefer Stimmlage, ohne eine Antwort abzuwarten. Er bewegte sich durch die Räume und schaute dabei immer wieder auf sein Handgelenk. Die Bücher in den Regalen und auf den kleinen Tischen waren ihm keinen Blick wert. Schon öffnete sich die Tür wieder, und ein weiterer elegant gekleideter Herr, diesmal mit gepflegtem Kahlkopf, betrat die Buchhandlung. Er grüßte Enrique freundlich und ging auf den anderen zu. Die zwei Herren schüttelten einander die Hände und verzogen sich in den letzten Raum, zur Theke, in den entferntesten Winkel der Buchhandlung.

»Meine Verehrung, Herr Abgeordneter«, sagte Dimitrij Dimitrijev. »Ich hoffe, dieser Ort hier ist passend für unser Gespräch.«

»Sehr passend«, antwortete der Abgeordnete der Provinz Santa Cruz de Tenerife. »Mein Ressort ist zwar nicht die Kultur, aber das heißt nicht, dass ich kulturlos bin.« Jetzt quälte er seinem unbewegten Pokerface sogar ein Lächeln ab. »Herr Dimitrijev, Sie wurden mir als Vertreter der ehrenwerten Familie Martínez genannt. Ich komme gleich zur Sache. Wir, aber auch Roderik Martínez, haben großes Interesse an Ihren inoffiziellen, sagen wir mal, diskreten Beobachtungen zur Aufklärung des Mordfalls Martínez. Ganz offen gesprochen hat ein reibungsloser Ablauf des Bauprojekts oberste Priorität. Für meine Regierung, für unsere Insel bedeutet die Hotelanlage einen außerordentlichen wirtschaftlichen Mehrwert. Nun wissen Sie aber auch, dass Álvaro Martínez Mitbegründer der neuen liberalen Partei Spaniens war. Er war auch einige Jahre Abgeordneter im Spanischen Nationalparlament. Die Vorstellungen der liberalen Partei und vor allem seiner früheren Parteivorsitzenden sind auf unseren Inseln nicht angesehen. Die antiregionalen und zentralistischen Ansichten richten sich gegen das politische Interesse der Kanarischen Inseln. Es könnten also durchaus radikale regionale Motive Gründe einer politischen Attacke gewesen sein. Obwohl Álvaro Martínez aus der Partei wegen ihres zunehmenden Rechtsrucks ausgetreten ist, könnte er von politischen Gegnern der Ciudadanospartei ermordet worden sein. Es gab in den letzten Jahren immer wieder tätliche Angriffe auf Vertreter dieser Partei. Es ist zumindest nicht auszuschließen. Wir wollen einfach sichergehen, dass es kein politischer Mord war. Das hätte in diesen ohnehin instabilen Zeiten verheerende Auswirkungen.«

»Herr Abgeordneter, ich werde Sie gerne informieren.«

»Haben Sie schon vorläufige Ergebnisse?«

»Nach meinen bisherigen Recherchen gibt es kein Indiz für einen politischen Mord. Álvaro Martínez war zwar durch das Bauprojekt im Fadenkreuz einer Umweltgruppe, die ist aber eher antikapitalistisch als parteipolitisch motiviert. Auch andere Verdächtige sind nicht im politischen Kontext zu sehen. Ich stehe allerdings tatsächlich erst am Beginn meiner Recherchen.«

»Herr Dimitrijev, hier haben Sie meine private Telefonnummer. Sobald irgendetwas in die befürchtete Richtung deutet, bitte ich Sie um Ihren sofortigen Anruf. Gehen Sie bitte sehr diskret vor«, insistierte der Abgeordnete der PSOE, der sozialistischen Regierungspartei der Kanarischen Inseln.

»Sie können sich darauf verlassen, Herr Abgeordneter«, versicherte Dimitrij.

Sie gaben einander wieder steif und förmlich die Hände, und der Politiker verließ rasch die Buchhandlung.

Enrique sah ihm etwas verdutzt nach, denn der Herr würdigte ihn keines Blickes und ließ die Türe sperrangelweit offen stehen. Der andere war geblieben und hatte sich inzwischen in dem gerade neu erschienenen Buch »Silverview« aus Le Carrés Nachlass festgelesen. Nachdem der Mann seine Lektüre beendet hatte, ließ er sich das Buch von Enrique als Geschenk verpacken.

Enrique sah ihm nach, während er die Straße vor der Buchhandlung überquerte, und wusste, Naira würde sich ärgern, wenn er ihr von dem seltsamen Besuch erzählte, den sie versäumt hatte.

Pablo Torres kauerte teilnahmslos im Polizeiwagen hinter Gabriel, der am Steuer saß und darauf wartete, losfahren zu können. Manchmal glitt ein Grinsen über sein Gesicht, das mehr einem nervösen Zucken glich. Dann fiel es wieder in seinen verschlagenen Grundausdruck zurück.

Der Krankenwagen mit Zambada war längst in Richtung Spital unterwegs. Zambada hatte gezetert und geschimpft, und nur die Schmerzenslaute hatten seine Tiraden über die Unfähigkeit der Polizei, den Mörder Torres und die Gesellschaft, die einen Journalisten ungeschützt den Feinden überließ und damit die Demokratie aufs Spiel setzte, unterbrochen. Eines musste man ihm lassen, dachte Pedro: Er war in seinem Selbstmitleid ein richtiger Poet. Ein Zornespoet! Ein Cervantes für Arme.

Pedro stand neben dem Auto und überlegte, was er mit Torres machen sollte. Das hier war mit Sicherheit kein Überfall und auch kein Mordversuch gewesen, wie Zambada behauptete, sondern ein Unfall. Was hatte Zambada überhaupt auf der Finca von Torres gewollt? Der Reporter hatte sich noch auf der Tragbahre liegend in Widersprüche verwickelt. Allerdings konnte es dem Bananenbauer auch nicht schaden, einmal in die Mangel genommen zu werden. Natürlich rein verbal.

Pedro setzte sich auf den Beifahrersitz, öffnete das Fenster, und Gabriel fuhr los.

»Señor Torres«, begann Pedro förmlich, »Sie sind wegen schwerer Körperverletzung und unterlassener Hilfeleistung vorläufig festgenommen.«

Von Torres kam kaum ein verständliches Wort, er murmelte erbost vor sich hin, irgendwas von »reich werden« und »alle fertigmachen«, von »Schweinen«, die sich noch wundern würden, und von »denen da oben«, denen er es zeigen würde.

Während der seltsamen Fahrt überlegte Pedro, ob hier der Mörder von Martínez mit ihnen im Auto saß. Natürlich konnte er es gewesen sein, unkontrolliert, aggressiv, stark und voller Hass, wie er war. Aber ein Motiv hatte er eigentlich nicht. Er war stur geblieben und hatte sein Land nicht verkauft, er hatte den ungleichen Kampf also gewonnen. Dass er Álvaro nicht mochte, hatte er der Welt mehrfach lautstark mitgeteilt. Die Art der Tötung konnte in ihrer Rohheit und Ungeplantheit durchaus auf Torres schließen lassen, aber warum sollte er ausgerastet sein? Martínez hatte ihn sicherlich nicht provoziert, während Zambada das vermutlich ganz gezielt getan hatte. Es passte nichts zusammen. Der Reporter würde in seinem Boulevardblatt jedenfalls mit Sicherheit scharf schießen. Gegen Pablo Torres, gegen die Unfähigkeit der Polizei – und gegen ihn, Pedro, im Besonderen. Aber als Polizist geehrt und gelobt zu werden war ohnehin eine sehr seltene Ausnahme. Obwohl jeder nach der Polizei rief, wenn er sich bedroht sah, fühlte sich jeder angegriffen, wenn die Polizei ein Strafmandat oder Schlimmeres gegen ihn oder sie verhängte. Trotzdem mochte er seinen Job. Er hatte sich eine dicke Haut zugelegt.

Auch jetzt schüttelte er seinen Anfall von Selbstmitleid ab und vergewisserte sich, dass das Fenster auf seiner Seite wirklich ganz geöffnet war. Pablo Torres hatte gehustet.

Nach einem kurzen Fußweg am Friedhof von El Paso vorbei wanderte Ben den schmalen Pfad bergab in die Schlucht. Noch eine Biegung, und schon öffnete sich der kleine, von der Natur geschaffene Platz vor ihm.

Mit dreizehn Jahren war Ben zum ersten Mal allein hier an diesem besonderen Ort gewesen. Seine Eltern hatten die Felsgruppe mit den rätselhaften Gravuren gerne als Fixpunkt und Pausenplatz bei ihren Wanderungen eingeplant. Hier, vor Ort, hatten sie mit Yaiza und ihm über ihre Vorfahren, die diese Zeichen in die Steine geritzt hatten, gesprochen. Und auch darüber, dass niemand wirklich wusste, welche Bedeutung die Zeichen hatten. Es gab Vermutungen, dass sie den Sonnenstand und die Jahreszeit anzeigen sollten, aber auch die Theorie, dass es sich um Kultstätten gehandelt habe.

In schwierigen Situationen hatte Ben hier immer wieder Trost und Kraft gesucht und irgendwie auch gefunden. Er schloss die Augen und atmete tief durch. Die anderen Felsen mit Benahoaritas-Zeichen lagen viel versteckter in der grünen Wildnis. Hier aber standen die meterhohen Felsbrocken mit den bis heute nicht wirklich erklärbaren Felsgravuren im Halbkreis, wie in einer Arena. Auch nach seiner Flucht aus Madrid hatte Ben hier gestanden und versucht, sich im Leben neu zurechtzufinden.

Er spürte die Kraft, die durch ihn hindurchströmte, öffnete die Augen und sah Naira vor sich. Sie hatten diesen Ort als Treffpunkt vereinbart.

»Ist es für dich in Ordnung, wenn wir ein Stück wandern?«, fragte Naira nach einer kurzen Begrüßung. Sie wusste, welche Bedeutung dieser Ort für Ben hatte; oft hatte er ihr davon erzählt.

Ben löste sich aus seinen Erinnerungen und nickte. Eine Weile gingen sie schweigend durch den Barranco de Tenisca. Schon bald waren sie bei der Abzweigung nach La Fajana angelangt und bogen in den schmalen Ziegenpfad bergauf. Nach kurzer Zeit lagen die Bäume hinter ihnen. Der Blick reichte von hier weit über den Atlantik.

Naira brach das Schweigen und erzählte Ben von Ciscas Besuch in der Buchhandlung. Der rothaarige Wirbelwind hatte in kürzester Zeit einen Bücherturm an der Kasse aufgebaut und dann einen persönlichen Abholplatz außerhalb des normalen Abholfaches für ihre Buchbestellungen gefordert. Nicht nur, weil ihr Buchstapel sehr schnell umfangreich würde, sondern auch, weil sie vorhabe, viele Ansichtsbestellungen zu tätigen.

»Eine ungewöhnliche Person, mit so einer Art von Humor, als ob sie jede negative Erfahrung einfach weglachen könnte«, meinte Naira beeindruckt.

»Ich bin schon neugierig, wie sie sich mit der Macho-

Truppe von Pedro verstehen wird. Aber sag, was denkst du über diese Geschichte mit Zambada und Torres?«, fragte Ben.

»Total verrückt. Wie geht's dem Herrn Reporter jetzt?«

»Der liegt mit hoch gelagertem Bein im Spital. Komplizierter Bruch im Sprunggelenk.«

»Autsch! Der Arme tut mir ausnahmsweise fast wirklich leid«, sagte Naira schmunzelnd.

»Pedro hat sich Torres geschnappt und wird ihn vermutlich auseinandernehmen.«

»Eigentlich hat er sich damit jetzt noch verdächtiger gemacht, oder?«

»Pedro glaubt nicht, dass Pablo Torres der Mörder ist. Er glaubt auch nicht an einen Überfall auf Zambada, sondern denkt, dass sich hier einfach zwei besonders verhaltensoriginelle Typen gefunden haben. – Wollen wir zu den Felsgravuren von La Fajana weitergehen?«

»Ja, machen wir das. Wenn wir schon bei den Verdächtigen sind, Ben: Ist Garrida nicht auch einer?«

»Nein, das denke ich nicht. Garrida hat zwar überall herumerzählt, Martínez wolle ihm eine stattliche Summe zur Verwaltung übergeben, was eindeutig nicht stimmt, aber ich sehe kein Motiv. Garrida hat immer wieder mit seinem guten Kontakt zu Álvaro Martínez geprahlt. Es hat sie aber keiner miteinander gesehen, außer bei einem Besuch von Martínez auf der Sternwarte. Ich habe Pedro gebeten, in Martínez' Handy nach Terminen mit Garrida zu suchen. Sie haben keinen einzigen gefunden. Er ist ein schlechter, jämmerlicher Lügner. Aber ein Mörder? Ich denke, nein. Und dieser Diego Díaz, der Projektleiter, hat zwar letztendlich vom Tod seines Chefs profitiert, aber erstens hat er das nicht wissen können, und zweitens hat er ein Alibi.«

»Und die Umweltgruppe? Kann es nicht einer von denen gewesen sein?«

»Von denen ist niemand gewaltbereit, außer vielleicht Dolores, aber die scheint mir eher eine Verbal-Terroristin zu sein. Sie prahlt zwar mit ihren internationalen Kontakten zur Anarchistengruppe von Giannis Michailidis, aber wahrscheinlich gilt auch für sie: Bellende Hunde beißen nicht.«

Mittlerweile standen sie vor dem Felsensemble »La Fajana«. Zu den Petroglyphen, den Felszeichnungen hier, gehörte auch eine Sonnenzeichnung, die die Wissenschaft vor ein Rätsel stellte, weil sie sonst nirgendwo auf der Insel vorkam.

Für Naira und Ben hatten vor allem die seltsamen spiralförmigen Zeichen auf den Felsen immer wieder etwas Besonderes. Spiralen, die unendlich lange parallel liefen, ohne einander zu berühren.

17. August 2021, 16 Uhr

Gespräch mit Pablo Torres, Bananenfincabesitzer, nach seiner tätlichen Auseinandersetzung mit Señor Zambada, Reporter bei »imagen«. Weitere Anwesende: Comisario Pedro Fernández, Comisario Gabriel Sánchez.

Señor Torres, Señor Zambada gibt an, Sie hätten ihn brutal in Ihre Abfallgrube gestoßen.
    Ich kenne den Mann gar nicht!

Aber Sie haben ihn bedroht und dann in die Grube geworfen.
    Das ist eine Lüge, eine Lüge ist das!

Was ist denn dann passiert? Was hat er zu Ihnen gesagt, dass Sie ausgerastet sind?
    Ausgerastet?

Na, dass Sie zornig geworden sind.
    Zuerst hat er von Marcos gesprochen, und dann wollte er, dass ich zugebe, dass ich den feinen Herrn umgebracht hab. Und dann ist er von der Bank gerutscht, nach hinten gegangen und in die Grube gefallen.

Wer ist Marcos?
    Ein Schwein.

Noch einmal: Wer ist Marcos?

Marcos hat mir viel weggenommen. Viel Geld gestohlen. Ich mag nicht über ihn reden.

Unterbrechung der Vernehmung mit Pablo Torres.

Nicht nur seinen Dienstwagen konnte er zur Generalreinigung bringen, dachte Pedro, auch dieser Raum hier war nun wohl für einige Zeit unbrauchbar. Der Kerl stank wie die Pest.

Der Bananenbauer spuckte auf den Boden. Also würde man hier nicht nur eine Woche lüften müssen, sondern auch noch den Boden desinfizieren.

Pedro ließ Pablo Torres alleine und schloss den Verhörraum hinter sich ab. Er brauchte frische Luft. Draußen vor der Eingangstür der Polizeistation machte er einige tiefe Atemzüge. Die frische Meeresluft war wie eine Erlösung, aber irgendwie war er am Ende mit seinem Latein. Welche Rolle spielte dieser Marcos? Auf alle Fälle war klar, dass Zambada Torres provoziert hatte.

Pedro hatte zwar das unbestimmte Gefühl, dass sich hinter dieser dumpfen Verstocktheit von Torres noch irgendetwas anderes verbarg, aber es gab nur eine einzige Arrestzelle auf der Polizeistation, und wenn er Torres hier unterbrachte, würde das bedeuten, die Zelle für lange Zeit unbrauchbar zu machen. Außerdem war er überzeugt, dass es sich bei der Zambadageschichte um einen blöden Unfall handelte.

Er öffnete die Tür zum Verhörzimmer und steckte seinen Kopf hinein, während er versuchte, so wenig wie möglich einzuatmen. »Sie können gehen, Pablo Torres. Halten Sie sich aber zu unserer Verfügung – und bitte: Waschen Sie sich doch einmal. Meine Kollegen werden Sie nach Hause bringen.«

Pablo Torres sah ihn verunsichert an, stand auf und schlurfte an Pedro vorbei, der drei Schritte zurücktrat.

Der Comisario riss alle Türen und Fenster auf. Er setzte sich in sein kleines Büro, nahm sein Handy vom Schreibtisch und rief Bens Schwester an.

»Hola«, tönte eine Stimme aus dem Handy, die nicht die von Yaiza war.

»Hier spricht Pedro. Hola, Elena, ist deine Mutter da?«

»Pedro, das reimt sich! Elena, ist deine Mutter da! Du bist ein Dichter«, sagte Elena lachend und gab das Handy an Yaiza weiter.

Naira und Yaiza waren für Pedro wandelnde Enzyklopädien der Inselbevölkerung. Wenn die beiden jemanden nicht kannten, dann gab es ihn ganz einfach nicht!

»Hola, Pedro, gibt's eine neue Leiche? Oder hast du den Mörder?«

»Nein, ich hab ganz einfach nur eine Frage. Kennst du einen Marcos?«

»Marcos … der Name sagt mir was … In welchem Zusammenhang?«

»Im Zusammenhang mit Pablo Torres, dem Bananenbauer. Er scheint diesen Marcos regelrecht zu hassen.«

»Ah ja, der … Das ist der ehemalige Partner von Pablo. Er hat mit ihm die Plantage aufgebaut, sich dann aber nach ein paar Jahren von ihm getrennt und ihm seinen Anteil zu einem stark überhöhten Preis verkauft. Dann ist er von der Insel verschwunden. Pablo hat mich damals angerufen, um von mir bestätigt zu bekommen, dass er viel zu viel Geld an Marcos bezahlt hat. Leider stimmte es. Er hat eine Mordswut gehabt. Apropos Mord: Hast du schon in diese Richtung gedacht? Martínez und Pablo Torres?«

»Ja, hab ich, Yaiza, aber es passt nicht zusammen.«

»Und wie kommst du jetzt ausgerechnet auf Marcos?«

»Zambada, der Schmierfink, war bei Pablo und wollte ihm ein Geständnis entlocken. Dazu kam es aber nicht. Er hat nur kurz Marcos erwähnt, und schon hat er in der Abfallgrube gelegen!«

»You made my day«, prustete Yaiza.

Im Hintergrund hörte er Elena, die unbedingt von ihrer Mutter wissen wollte, was sie so zum Lachen brachte.

»Heute wegen Konzert von Enrique Gomez ab achtzehn Uhr geschlossen.«

Naira befestigte den Zettel über dem Plakat mit der Konzertankündigung an der Eingangstür, trat hinaus und schloss ab. Draußen auf der Straße wartete bereits Ben, der sich mit dem Polizisten Manuel unterhielt. Die beiden unterbrachen sofort ihr Gespräch.

»Das steht dir aber gut!«, sagten sie fast gleichzeitig.

Naira freute sich über das Kompliment. Sie fühlte sich in ihrem neuen dunkelroten, figurbetonten Kleid sehr wohl, obwohl sie es heute zum ersten Mal trug. Dazu hatte sie ein in verschiedenen Rottönen gefärbtes Seidentuch locker um die Schultern drapiert. Ihre langen Haare trug sie diesmal nicht zu einem Zopf geflochten, sondern zu einer aparten Frisur hochgesteckt. An ihrer Halskette aus dunklem Leder hing ein Lavastein, in den eine Benahoaritas-Spirale geritzt und weiß ausgemalt war.

Die anderen Freunde wollten sie vor der Escuela de Música treffen, die Karten hatte Enrique an der Abendkasse hinterlegt. In wenigen Minuten erreichten sie die Plaza de San Francisco, die von gut erhaltenen Beispielen kanarischer Baukunst aus dem sechzehnten Jahrhundert gesäumt war. Die Musikschule lag direkt neben dem wunderbar altmodischen Museo Insular de La Palma, das in einem alten Franziskanerkloster residierte.

Die Bänke zwischen den Tulpenbäumen auf der Plaza waren belegt, auf dem Brunnenrand und auf den Stufen zur Kirche saßen bereits einige Gruppen. Eine davon bestand aus Tweedle Dee und Tweedle Dum im Mittelpunkt, daneben Pedros Tochter Juanita mit ihrem tagesaktuellen Boyfriend, und – Überraschung – Maria und Cristina, zwei junge Frauen aus Granada, waren auch gekommen.

Kaum hatte Naira Ben und Manuel der Gruppe vorgestellt, wurden sie auch gleich von Juanita und ihrem Begleiter in ein Gespräch verwickelt. Sie unterhielten sich über das Instrument, das Enrique heute spielen wollte: die Timple. Dieses kanarentypische Saiteninstrument, das wie eine kleine Gitarre aussah, bekam man nämlich gar nicht so oft in einem Konzertsaal zu hören. Doch dank Benito Cabrera, einem begnadeten Musiker und Komponisten für die Timple, griffen mittlerweile immer mehr Gitarristen zumindest gelegentlich zu diesem besonderen Instrument.

Enrique hatte angekündigt, er werde heute auf dem »wohlklingenden Kamelchen« eine der bekanntesten Kompositionen von Cabrera spielen, nämlich »Nube de Hielo«. Dieses Musikstück war auf den Inseln ungemein beliebt und galt bereits als Volkslied. Naira erzählte von ihrem beeindruckenden Konzerterlebnis mit Benito Cabrera einige Jahre zuvor im Auditorio auf Teneriffa und meinte, nun sei sie sehr neugierig auf Enriques Interpretation.

Wie auf ein Stichwort erschien Enrique an einem Fenster im ersten Stock. »Viel Freude beim Konzert, liebe Freunde!«, rief er und winkte ihnen zu. »Danach gehen wir gemeinsam auf einen Drink!« Ohne eine Antwort abzuwarten, war er auch schon wieder verschwunden.

Das Eingangstor wurde geöffnet, langsam bewegten sich die Menschen auf den Einlass zu.

Kurz war die Plaza de San Francisco fast menschenleer, die Bänke füllten sich aber rasch wieder, denn das Konzert war auch hier draußen gut vernehmbar, und von den zufällig Vorübergehenden hielt so mancher inne und setzte sich dann und hörte zu.

Eine gute Stunde später war die Plaza wieder voll mit buntem Leben, darunter Naira und ihre Freunde, die begeistert aus dem Konzert gekommen waren und das Ensemble und natürlich speziell Enrique lobten.

»Und wo gehen wir jetzt hin?«, fragte Ben.

Auf Naira konnte man sich immer verlassen, und natürlich hatte sie auch diesmal schon vorher mit Enrique ein Lokal vereinbart, unten an der Avenida Maritima, nicht weit von der Plaza und mit Blick auf den Atlantik. Enrique würde später nachkommen. Juanita und ihr Freund verabschiedeten sich, Tweedle Dee und Tweedle Dum sagten unisono, sie würden mitgehen, aber nur auf einen Drink, Maria und Cristina kamen ebenfalls gerne mit. Manuel plauderte mit den jungen Frauen aus Granada, und Ben schlenderte mit Naira an der Spitze der Truppe Richtung Meer.

Naira war aufgefallen, dass sie zu wenig Plätze reserviert hatte, aber sie kannte die Besitzer des Lokals recht gut, die fast jedes neu erschienene Bar-Buch bei ihr gekauft hatten. Und so tauchten, wie aus dem Nichts, weitere Sitzgelegenheiten auf, und unter viel Gelächter wurden Tische und Sessel herumgeschoben, bis es für alle passte.

Was für ein wunderbarer Abend, dachte Ben, der neben Naira saß. Das Rauschen der Wellen und der sternenübersäte Nachthimmel gaben eine atemberaubende Kulisse ab. La Palma zeigte sich von seiner besten Seite.

Fast hätte man vergessen können, dass nur wenige Tage zuvor hier, auf dieser paradiesischen Insel, ein Mensch auf brutale Weise sein Leben verloren hatte.

Mittwoch

Auf seiner Terrasse, einen Becher Tee und den Laptop vor sich, las Ben seinen Artikel über Álvaro Martínez in der Onlineversion von »Tenerife & La Palma weekly«. Er hatte den Artikel nach den drei Maximen des Journalismus, »Check, Re-Check, Double-Check«, abgefasst. Wie altmodisch, wenn man an die Wahrheitsvorstellungen von »imagen« dachte, für die Zambada arbeitete.

Das Konzert am Vorabend hatte ihm gutgetan; mit Freunden unterwegs zu sein war sowieso immer eine Freude. Manuel hatte bei dem anschließenden Lokalbesuch mit Maria und Cristina geflirtet, Naira hatte sich entspannt und heiter mit Enrique unterhalten, und all den anderen schien es ebenfalls sichtlich gut zu gehen. Es war ein gelungener Abend gewesen.

Der Berbertee mit marokkanischer Minze war nicht mehr warm. Ben trank ihn trotzdem genüsslich aus. Dann klappte er den Laptop zu.

Ob es drüben in Santa Cruz auch noch so sonnig war? Oder würden ihn, wie öfter auf der Ostseite, graue Wolken erwarten?

Von ihrem Schreibtisch in der »Biblioteca de Babel« hatte Naira sowohl den Eingang als auch den ersten Verkaufsraum im Blick. Die von ihr nicht geliebten Buchhaltungsarbeiten standen an, und sie wollte den meist ruhigen Vormittag dafür nutzen.

Sie hatte ihre dunkelblaue, weit geschnittene Leinenhose und dazu eines ihrer Lieblings-Baumwollshirts in Zartblau angezogen. Wenn sie schon längere Zeit am Computer sitzend verbringen musste, dann wenigstens bequem. Die Rechnungen, die bezahlt werden sollten, waren vorbereitet und neben ihrem Computer abgelegt, die Kaffeetasse stand in etwas kritischer Nähe zur Tastatur. Sie begann mit der Eingabe der Zahlungen in ihrem Onlinebanking-Programm.

Als das Handy klingelte, fand sie es unter einem der Ordner, die auf dem Boden lagen. Die Einkäuferin der kleinen Stadtbibliothek kündigte eine Bestellung an, bat aber darum, die Rechnung erst im nächsten Monat auszustellen. Naira war nicht überrascht, das kam öfter vor. Die Erscheinungstermine der Bücher waren nicht mit den Budgeteinteilungen der Kunden abgestimmt. Da die Nachfragen in der Bibliothek, ebenso wie bei ihr, aber immer gleich mit den ersten medialen Erwähnungen begannen, lieferte Naira auch vor der Rechnungslegung. Buchsüchtige brauchten ihren Stoff schließlich so schnell wie möglich!

Die zwei jungen Männer, die mit einem fröhlichen »Buenos días!« eintraten, gingen zielstrebig zum Regal mit kanarischer Geschichte. Die beiden kamen jede Woche und schmökerten in den Neuerscheinungen. Sie lasen viel, nicht nur Sachbücher, sondern auch Romane. Diesmal entschieden sie sich schnell und ließen sich Chirbes' »Der Fall von Madrid« als Geschenk einpacken. Sie erzählten, dass sie einen Freund treffen würden, der ihnen vor Kurzem in einem Gespräch gestanden hatte, noch nie etwas von Chirbes gelesen zu haben! Das würde sich nun also ändern ... Drei- bis viermal im Jahr baten sie Naira um einen besonderen Kochbuchtipp für ihre Mütter. Naira dachte immer bereits beim Vorbestellen, also Monate bevor die neuen Kochbücher tatsächlich erschienen, daran und hatte so schon einige Male für Begeisterung gesorgt. Die Mütter der beiden waren Freundinnen seit ihrer Grundschulzeit und wohnten seit ihrer Eheschließung fast nebeneinander. Ihre Kinder waren im selben Jahr zur Welt gekommen und seit der Sandkastenzeit enge Freunde. Mittlerweile hatten sie eine gemeinsame EDV-Firma gegründet.

Naira war noch in Gedanken, als die Tür wieder aufging und eine aparte, chic gekleidete Frau die Buchhandlung betrat.

»Adriana, ich glaub es nicht! Bist du es wirklich?!«

»Du hast mich sofort erkannt, also kann unser letztes Zusammentreffen noch nicht so lange zurückliegen!«, erwiderte Adriana lachend.

»Was machst du auf La Palma? Urlaub?«

»Leider nicht, ich schaue mich nach einem passenden Geschäftslokal um. Aber das erzähle ich dir gerne alles bei Gelegenheit. Hast du heute Zeit? Ich bin auch morgen noch in Santa Cruz, am Abend fliege ich dann nach Teneriffa zurück.«

»Ach, wenn ich das gewusst hätte!« Naira seufzte. »Enrique, meine Unterstützung, ist erst morgen wieder da. Aber komm, wir stellen uns an meine Theke dahinten, ich mach uns Kaffee! Für dich immer noch extrastark?«

Adriana nickte und folgte ihr. »Du hast dich in all den Jahren nicht verändert! Immer noch derselbe Wirbelwind!«

Beim Kaffee erzählte die Freundin Naira von ihrem Projekt. Ihr Mann, mit dem sie auf Fuerteventura lebte, hatte eine Aloe-Finca und produzierte inzwischen erfolgreich Cremes, Gels und andere Aloeprodukte. Adriana unterstützte ihn dabei, vor allem in Sachen Marketing. Sie erzählte, dass sie nun auch eine Filiale in Santa Cruz eröffnen wollten und sie deshalb hier sei. Sie hatte von einem angebotenen Laden in der Calle O'Daly gelesen und einen Besichtigungstermin vereinbart. Ob Naira vielleicht noch weitere strategisch gut liegende freie Läden kenne?

Naira überlegte kurz. Viele leere Geschäftslokale gab es nicht in Santa Cruz, aber sie hatte eine Stammkundin aus der Immobilienbranche, die auf Geschäftslokale spezialisiert war. Sie warf einen kurzen Blick in ihren Computer, tippte ein paar Zeilen, und schon war die Info-E-Mail an Adriana unterwegs.

»Du kannst ihr vertrauen, ich kenne sie schon einige Jahre. Und du kannst dich gerne auf mich berufen. Magst du noch einen Kaffee?«

»Ja, sehr gern! Du kennst mich ja, ich bin ein Kaffeeholiker«, meinte Adriana, und Naira füllte erneut zwei Kaffeetassen. Ihre geliebten Gofiokekse mit Mandeln standen sowieso immer auf der Theke bereit.

»Aber sag, ich habe gehört, Álvaro Martínez ist hier auf La Palma ermordet worden? In der Nähe des Bauplatzes vom neuen Luxushotel?«

»Ja, er wurde erschlagen, auf der anderen Seite der Insel. Eine schreckliche Geschichte. Wir wissen noch nicht, wer es war.«

»Hoffentlich findet man den Mörder bald! Ich hab ja den Plan, wenn es mit der Filiale hier klappt, auch eine Verkaufsstelle in diesem neuen Superhotel zu eröffnen. Das wäre genau das richtige Umfeld für unsere Produkte. Am geplanten Hotelbau wird sich doch nichts ändern, oder was meinst du?«

»Nein, so wie es jetzt aussieht, ist es nur noch eine Frage von Tagen, bis die Baugenehmigung auch schriftlich erfolgt. Die hiesige Umweltgruppe hat zwar einige Änderungen erreicht, aber gebaut wird. Deine Idee mit der Verkaufsstelle im Hotel finde ich sehr gut: Aloeprodukte sind ja ein wunderbares Kanaren-Souvenir!«

»Ah, es freut mich, dass du das auch so siehst! Ein weiterer Vorteil meiner Filiale wäre, dass wir zwei uns wieder öfter sehen würden, weil ich dann zumindest einmal im Monat nach Santa Cruz käme!«

»Und wenn du dich rechtzeitig ankündigst, können wir sogar einen Termin ausmachen«, meinte Naira augenzwinkernd.

»Ja, das mach ich! Ich wollte es ohnehin diesmal auch, aber es war so stressig in den letzten Tagen – und jetzt muss ich auch schon wieder los. Ich komm aber vielleicht morgen noch einmal vorbei. Deine Maklerin versuch ich jetzt gleich zu erreichen. Wenn sie zufällig in der Stadt ist, könnten wir uns ja treffen. So, aber jetzt lass ich dich weiterarbeiten! Herzlichen Dank für den Kaffee, die Kekse und den guten Tipp! Ich halte dich auf dem Laufenden!«

Hugo Garrida schrie seine Mitarbeiterinnen selten an, er konnte sich meistens beherrschen. Toben und Brüllen galt ja allgemein als Schwäche. Das war ihm zwar grundsätzlich egal, aber die Mehrheit gegen sich zu haben war nicht ratsam. Als Führungspersönlichkeit musste man aufpassen. Er operierte lieber mit Eiseskälte, sprich Liebesentzug. Doch wenn jemand so blöd war wie seine neue Mitarbeiterin, Frau Dr. Maria Castro, die immer mit ihrer Ausbildung prahlte, dann konnte man seine Führungsseminare und moralischen Leitlinien leicht vergessen.

»Was heißt, Sie wissen nicht, wo die Akte ist?«, herrschte er seine Assistentin mit dem Doktortitel an.

Zugegeben, sie hatte sowohl in Sachen Astronomie als auch in Wirtschaftswissenschaft einiges vorzuweisen und genau die Dinge studiert, die hier im Observatorium gebraucht wurden. Das hatte er, Hugo Garrida, nicht zu bieten, und schon deswegen musste er dafür sorgen, dass sie nicht übermütig wurde. Als Frau hatte sie sowieso nicht viele Chancen, dachte er. Aber trotzdem, sie war leider schon einige Male bei den Chefs, dieser Sternenglotzer-Bande, positiv aufgefallen. Diese Himmels-Eunuchen hatten ihn sowieso wegen der Martínez-Angelegenheit im Fadenkreuz. Oder sollte man sagen, im Teleskop? Hahaha!

Sie zeigte auf seinen Schreibtisch. »Aber da ist die Akte ja, Señor Garrida.«

»Dann haben Sie sie bestimmt gerade erst da hingelegt, Sie …« Er rang nach Worten. »Seit Sie hier sind, machen Sie nur Probleme!«

Er hatte nicht darum gebeten, eine Hilfe zur Seite gestellt zu bekommen. Vor allem nicht so eine Frau Doktor. Aber die Sternenpinguine hatten eben so entschieden. Er strich sich wütend seine strähnigen Haare aus der Stirn.

Maria Castro wirkte erstaunlich wenig beeindruckt. Wäre Hugo Garrida ein aufmerksamer, empathischer Beobachter gewesen und nicht der eingebildete Fatzke, der er nun einmal war, dann hätte er sich über den Gesichtsausdruck seiner Assistentin gewundert. Doch er hatte schon zuvor ihr mitleidiges Lächeln übersehen, als sie die neue »Tenerife & La Palma weekly« fast demonstrativ in ihre Umhängetasche gesteckt hatte.

Hatte er es nötig, sich mit so etwas abzugeben? Er, Hugo Garrida, Finanzgenie und Freund der Mächtigen? Doch jäh wurde er aus diesen süßen Gedanken herausgerissen.

»Señora Castro und Señor Garrida, bitte ins Sitzungszimmer«, tönte es blechern aus dem Lautsprecher.

Er hatte keine Zeit mehr, darüber nachzudenken, weshalb er mit seiner Assistentin zu den Pinguinen gerufen wurde. Es fiel ihm nicht einmal auf, dass die Reihenfolge, in der sie genannt wurden, nicht zu ihrer hierarchischen Ordnung passte.

So saßen wenig später Maria Castro und Hugo Garrida vor den großen Drei des Observatoriums. Es lag eine unangenehme Stille in der Luft. Die drei Pinguine, eine Wortschöpfung von Hugo, sahen ihn kalt und ruhig an. Dann zogen sie, als hätten sie diese Choreografie einstudiert, drei Zeitungen aus ihren Aktentaschen. Es war dreimal die neueste Ausgabe von »Tenerife & La Palma weekly«. Auf dem Schreibtisch von Garrida lag sie noch ungelesen, die Post hatte er heute wieder einmal verspätet erhalten. Er hatte sie noch nicht einmal kurz angeschaut, das hatte er später in aller Ruhe und mit Genuss tun wollen. Jetzt bereute er diesen Entschluss.

»Señora Castro, bitte lesen Sie Ihrem Kollegen die angestrichenen Zeilen vor«, sagte die Dame in der Mitte, die Vorsitzende des Observatoriums Roque de los Muchachos, zu Hugo Garridas Assistentin und reichte ihr die Zeitung.

Was passiert hier?, dachte Garrida. Was soll das alles? Eine Ahnung ließ ihn erstarren.

Maria Castro begann, aus einem Artikel von Beneharo Rodríguez vorzulesen.

»Das Ministerium für Wissenschaft und Forschung berichtet von einem interessanten Abkommen mit dem vor wenigen Tagen ermordeten Unternehmer und Förderer Álvaro Martínez. Das Unternehmen Martínez erklärt sich bereit, drei Jahre lang eine/n zusätzliche/n spanische/n Astronomen/Astronomin für das Observatorium Roque de los Muchachos zu finanzieren. Álvaro Martínez hat den Vertrag vor zwei Wochen unterschrieben. In Erinnerung an Álvaro Martínez wird dieses Stipendium zur Erforschung der Milchstraße Álvaro-Martínez-Stipendium genannt. Weitere

Einzelheiten werden demnächst bei einer Pressekonferenz bekannt gegeben.«

»Danke, Frau Dr. Castro. Der Journalist Beneharo Rodríguez hat darauf verzichtet, das Interview, das er mit Ihnen, Señor Garrida, geführt hat, in dieser Ausgabe zu veröffentlichen. Es gebührt ihm dafür Dank, denn er hat dadurch öffentlichen Schaden von unserem Observatorium abgewendet. Ich bitte jetzt Sie, Señor Garrida, um eine Stellungnahme.«

Hugo Garrida, der erfahrene Netzwerker und Freund der Mächtigen, spürte plötzlich Schweiß auf seiner Stirn. Sein Sprachzentrum war wie gelähmt, und seine Angst wuchs. Er saß da, fühlte sich wie aufgespießt von diesen vier Augenpaaren und brachte kein Wort heraus.

»Sie haben uns belogen und unser Vertrauen missbraucht«, sprach die Vorsitzende weiter, als sein Schweigen quälend wurde. »Sie haben die Reputation des Observatoriums aufs Spiel gesetzt. Eines muss man Ihnen allerdings lassen: Ihre Lügen waren außergewöhnlich. Nämlich außergewöhnlich dumm! Wir hatten Ihnen erst vor Kurzem eine letzte Chance eingeräumt. Die wäre nun beinahe in einem Fiasko geendet. Deshalb haben wir Frau Dr. Maria Castro gebeten, Ihre bisherige berufliche Position zu übernehmen. Wir sind überzeugt, dass sie nicht nur seriös, sondern auch innovativ arbeitet. Hugo Garrida, Sie sind hiermit von Ihren Aufgaben entbunden, wir entlassen Sie fristlos. Sie haben ab sofort Hausverbot in allen Anlagen des Observatoriums. Bitte räumen Sie jetzt Ihren Schreibtisch, und nehmen Sie

Ihre persönlichen Sachen mit. Frau Dr. Castro wird Sie begleiten.«

Hugo Garrida stand wie ferngesteuert auf. Als er den Raum verließ, hörte er noch die Stimme der Doktorbitch, die sich bedankte und ihm dann in sein Büro folgte.

In sein Büro? Langsam drang es in sein Bewusstsein: in ihr Büro!

Eine schlanke, dunkel gekleidete Person bewegte sich vorsichtig durch die Bananenstauden. Wie ein gefährliches Raubtier, Schritt für Schritt, steuerte die Schattengestalt auf die Rückseite des alten, baufälligen Gebäudes zu, die Finca des Pablo Torres, Plantagenbesitzer und neuerdings auch Mordverdächtiger. Die Bananenstauden sahen mit ihren vom Wind zerfetzten Blättern wie eine Armee von Vogelscheuchen aus. Sie passten zu den dunklen Wolken, die sich am Himmel zusammenzogen und nichts Gutes verhießen.

Die schwarze Gestalt schien sich auszukennen, rasch öffnete sie die hintere Tür.

Überall in der Finca roch es stark nach Pablo, und das war nun wirklich keine freundliche Begrüßung – ganz im Gegensatz zu dem hochzufriedenen Ausdruck auf dem breiten, zerfurchten Gesicht des Bauern, das wie in Olivenöl gebadet glänzte.

Mit einem gebrummten »Trinken?« bot er alles an Höflichkeit auf, wozu er fähig war. Pablo hatte selten Besuch und schon gar nicht so einen.

Sein Gast war nicht an Small Talk interessiert, zog nicht einmal die Lederhandschuhe aus, aber einem Getränk stimmte er notgedrungen zu. So tranken sie stehend billigen Rum aus zerkratzten Wassergläsern.

»Damit ist unser Geschäft abgeschlossen«, beschwor die dunkle Gestalt den Plantagenbesitzer und holte dazu aus ihrer Aktentasche Geld. Eine Menge Geld! Obwohl es große Scheine waren, türmte sich bald ein ordentlicher Haufen auf dem dreckigen Holztisch, wo auch das scharfe Werkmesser für die Bananenarbeit lag.

»Viel Geld«, sagte der Bauer grinsend, »aber ich will noch mehr!« Triumphierend beugte er sich über den Tisch, fing an zu zählen und murmelte: »Viel Geld, aber zu wenig!«

»Du Troll, das war so ausgemacht!«

»Du musst mir mehr geben, sonst sag ich's der Polizei!«, schrie Torres und lachte wie irre.

Plötzlich wurden sein Kreischen und Lachen zu einem Glucksen und Röcheln. Das scharfe Arbeitsmesser des Bananenbauern lag nicht mehr auf dem Tisch, es fuhr in seinen Rücken, immer und immer wieder. Ein Schwall Blut ergoss sich aus seinem Mund auf die Geldscheine. Pablo Torres hielt sich erstaunlich lange aufrecht, als wollte er immer noch das viele Geld bestaunen, das vor ihm lag, bis er über dem Tisch zusammenbrach und die Scheine unter sich begrub.

»Maldito gilipollas«, zischte sein Mörder, der wie ein Racheengel im Raum stand und auf den Sterbenden blickte, in dessen Rücken noch das Messer steckte. Der Geruch des Blutes breitete sich penetrant im Raum aus und vermischte sich mit Pablos Gestank zu einem Odeur des Grauens.

Obwohl die Person nicht besonders groß oder kräftig

war, gelang es ihr, den schweren Körper auf die Seite zu wälzen. Der Sterbende fiel seitlich vom Tisch und landete mit dem Rücken auf dem Boden. Die schreckliche Fratze mit den brechenden Augen starrte zur Decke. Hektisch begann die Gestalt nun, das Geld wieder einzusammeln und in die Tasche zu stopfen. Blutig oder nicht, das Geld musste wieder mit.

Der Gestank war unerträglich geworden. Dunkle, unruhige Augen sahen sich noch einmal hektisch um. Dann flüchtete die Gestalt, als würde sie von den Apokalyptischen Reitern höchstpersönlich verfolgt.

Fluchend hob Ramón, Tagelöhner der »finca bananera«, seine Zigarettenschachtel vom Boden auf. Er dachte an seine Frau, die ihm immer dann das Leben zur Hölle machte, wenn kein Geld da war. Der Sohn war längst aus dem Haus, aber trotzdem mussten sie ja von etwas leben.

Sein Chef Pablo Torres zahlte nur einen kleinen Lohn und seit ein paar Wochen sogar noch weniger als sonst, nämlich gar nichts. Ramóns Frau hatte ihm gedroht, ihn zu verlassen, wenn er seinen Boss nicht zur Rede stellte. Also war er jetzt auf dem Weg zu Señor Torres. Der war in letzter Zeit noch seltsamer geworden, es war kaum noch auszuhalten. Nichts konnte man ihm recht machen, aber wenn er nicht gerade vor sich hin fluchte, lachte er wie irre und meinte, er werde ihm bald das Doppelte zahlen können. Mit solchen Versprechungen war Ramóns Frau jedoch nicht zufriedenzustellen. Wenn Torres heute nichts rausrücke, solle er einfach abhauen, hatte sie gefordert. So einen Job würde er allemal finden.

»Du musst ihm drohen!«, hatte sie gesagt, und genau das würde er machen. Er würde ihn anschreien und, wenn nötig, auch seine Fäuste sprechen lassen.

Zu dem dringenden Verlangen, seinen Boss endlich »Arschloch« zu nennen, überkam ihn bei seinem Disput mit sich selbst noch ein anderes dringendes Bedürfnis. Er suchte eine schöne dicke Staude im dichten Bananenfeld. Die Finca vor Augen nestelte er an seiner Hose.

Plötzlich hörte er einen lauten Schrei, wie von einer Frau. Eine Gestalt rannte aus dem Haus, ihm entgegen und knapp an ihm vorbei, schien ihn aber nicht zu bemerken. Er duckte sich sofort hinter seiner Staude. Ja, es war eine Frau, schlank, klein und mit einem lila Haarschopf. Die Art, wie sie lief, sah für den Landarbeiter sehr sportlich aus. So liefen sie im Fernsehen bei den Wettbewerben. Was wollte so eine bei seinem Chef?

Er erledigte sein Vorhaben und machte die drei Knöpfe seiner Hose zu. Dann ging er langsam in Richtung Haus. Sein Herz schlug heftig, seine Knie waren seltsam weich.

Die Tür stand sperrangelweit offen. Den Anblick des blutüberströmten Torres, der auf dem Boden lag, die toten Augen weit offen, würde er so schnell nicht mehr vergessen. Der Gestank, der aus dem Raum kam, ließ ihn gar nicht erst auf die Idee kommen, länger zu verweilen.

Er war ziemlich durcheinander, als er all das dem freundlichen Polizisten erzählte. Vor allem die Frau musste er genau beschreiben. Während Menschen in Schutzanzügen und Plastikhandschuhen in der Hütte ein und aus gingen und er berichtete, was er gesehen hatte, dachte er zufrieden, dass am Ende jeder das Seine vom Herrgott bekam. Er steckte seine Hand vorsichtig, damit man kein Knistern hörte, in die rechte Hosentasche und befühlte die drei Scheine. Verdammt noch mal, die fühlten sich vielleicht gut an. Er stellte sich das Gesicht seiner Frau vor, wenn er ihr die Scheine gab.

»Hola, Ben, ich ruf dich vom Tatort Nummer zwei an!«, meldete sich Pedro.

»Nummer zwei? Was ist los?«

»Pablo Torres wurde erstochen, von hinten. Zwei Fünfhunderteuroscheine lagen unter ihm auf dem Boden. Ein Landarbeiter hat die Leiche gefunden, nach den ersten Untersuchungen ziemlich kurz nach der Tat, und wäre fast mit einer Person zusammengestoßen, die aus dem Haus von Torres flüchtete.«

Ben war kurz schockiert. »Wahnsinn. Konnte er die Person beschreiben?«

»Ja. Eine Frau, so um die dreißig, klein, schlank. Und sie hatte einen auffallenden lila Kopf.«

»Lila Kopf? Könnte das eine gefärbte Haarsträhne sein?«

»So genau hat der Arbeiter das nicht gesehen, außerdem ist er in Frisur-Feinheiten vermutlich nicht auf dem neuesten Stand. Sag bloß, du kennst jemanden, auf den diese Beschreibung passt?«

»Ja, kenne ich tatsächlich. Diese Beschreibung trifft auf Dolores Suárez zu, ein Mitglied der Umweltgruppe, die gegen das Hotelprojekt kämpft. Was die allerdings mit einem Mord an dem Bananenbauern zu tun haben soll …«

»Danke, Ben, wir gehen dem sofort nach. Ich ruf dich wieder an«, unterbrach Pedro ihn und legte auf. »Ramón, warten Sie bitte noch einen Moment!«, rief er dem Tagelöhner nach.

Der blieb stehen und drehte sich verunsichert um. »Was gibt es denn noch?«

Pedro bat um einen Augenblick Geduld, er hatte sein Handy noch in der Hand und suchte im Internet die Homepage der Umweltgruppe »La Palma vivará«. Dann hielt er Ramón das Handy hin, auf dessen Display jetzt ein Gruppenfoto zu sehen war. »Sehen Sie hier die Person, die vorhin weggelaufen ist?«

Ramón nickte, ohne lange zu zögern. »Ja, sagte ich doch schon: die mit dem lila Kopf.« Pedro rief noch ein Einzelfoto von Dolores Suárez auf, und Ramón nickte wieder zustimmend. »Ja, ja, genau: Die war es!«

Pedro machte sich auf den Weg ins Büro, die Fahndung sollte so schnell wie möglich anlaufen. Die Tatortsicherung konnte seine Truppe allein fertigstellen, er musste herausfinden, wo Dolores Suárez war.

Als der Freund Stunden später wieder anrief, war Ben gerade nach Hause gekommen. Auf der Bank im Vorraum sitzend, hatte er versucht, sich auf die einprasselnden Informationen zu konzentrieren. Sein linker Arm steckte noch im Ärmel des Sakkos, den rechten Schuh hatte er in die Ecke gepfeffert.

Nach dem Telefonat mit Pedro legte er das Handy zur Seite. Er hatte kein gutes Gefühl im Bauch. Für den Polizisten war der Fall gelöst. Seine Zentrale in Madrid hatte ihm bereits telefonisch zur Aufklärung des Falles gratuliert und ihm noch Glück für eine rasche Festnahme der Täterin gewünscht. Ben hätte sich gerne mit seinem Freund über den Erfolg gefreut, aber er war nicht so überzeugt wie Pedro, dass Dolores Suárez wirklich die Mörderin von Álvaro Martínez und Pablo Torres war.

Pedro hatte ihm zur Untermauerung der Mordthese erzählt, dass die Suárez kein unbeschriebenes Blatt sei: Sie hätten soeben herausgefunden, dass es mit ihr schon einige Male Probleme wegen Widerstands gegen die Staatsgewalt gegeben hatte. Und bei Demonstrationen sei sie in den Reihen von gewaltbereiten Gruppen fotografiert worden. Ben sah sie vor sich: klein, drahtig, aggressiv, bedrohlich, aber auch irgendwie komisch mit ihrer antiquiert wirkenden Ausdrucksweise. Als würde sie sich an ihre Worthülsen klammern, um sich dahinter zu verstecken.

Als Ben seinen zweiten Schuh dem ersten hinterhergeschossen und sein Sakko an die Garderobe gehängt hatte, stellte er als Erstes einen Topf mit Wasser auf den Herd, um sich einen starken Tee zu brauen. Den hatte er jetzt dringend nötig.

Sein Freund Carlos, der beim Verfassungsdienst für »Innere Sicherheit« arbeitete, rief Ben zurück. Er hatte ihm versprochen, alles über die radikale Umweltschützerin herauszufinden. Nun berichtete Carlos, dass Dolores Suárez Mitglied der kleinen Splittergruppe »Canaria para Canarios« sei, eine rechte, lokalpatriotische Gesinnungsgemeinschaft mit linken Phrasen. Diese Gruppe wolle die Kanaren zu einem unabhängigen Verbund der »Freien Kanarischen Inseln« machen, möglichst auf Basis einer klassenlosen Gesellschaft. Ben schüttelte den Kopf. Das war also eine Spielart der Diktatur des Proletariats mit nationalistischer Prägung. Er bedankte sich und versprach seinem Informanten, ihn bei seinem nächsten Madridbesuch auf ein Bier einzuladen.

Konnte Dolores' Engagement bei den harmlosen Umweltschützern als Tarnung gedacht gewesen sein, um den Bauunternehmer umzubringen und so dem Kampf gegen das Kapital eine neue Dimension zu geben? »Nur Gewalt kann die Antwort auf die Macht der Besatzer sein«, lautete Forderung Nummer eins des Manifests der »CpC«. Insofern war es logisch, den Baulöwen als Besatzer ins Visier zu nehmen. Aber warum dann den armen Torres?

Es war höchste Zeit, dass Naira und er sich mit Pedro zusammensetzten, für den der Fall offenbar schon abgeschlossen war. Dabei gab es allerdings einen Schönheitsfehler: Dolores Suárez war noch frei und irgendwo auf La Palma unterwegs.

Abrupt blieb Dolores stehen. Sie bekam keine Luft mehr, spürte Panik in sich aufsteigen. Was war nur passiert?

Sie hatte noch den Gestank von Pablos Hütte in der Nase und sah das blutige Messer vor sich. Den Arbeiter hinter dem Baum hatte sie sehr wohl wahrgenommen, und sie war sich sicher, dass die Bullen bald die Hunde auf sie hetzen würden.

Ihr graute es bei der Vorstellung, einfach aus ihrem Leben gerissen und weggesperrt zu werden. Wenn sie sie jetzt schnappten, würde es ihr so ergehen wie allen politischen Gefangenen: Sie würden ihr den Prozess machen und sie viele Jahre lang in politischer Haft schmoren lassen. Wie die Genossen damals in Stammheim.

Wenn es Gerechtigkeit in der Gesellschaft geben würde, müsste sie jetzt nicht davonlaufen wie ein gehetztes Tier. Sie spürte Tränen und schüttelte den Kopf. Nein, Tränen waren in dieser Situation nicht angebracht. Sie brauchte eine Fluchtstrategie oder einen Angriffsplan. Ihre Gedanken schweiften ab, und sie begann wieder zu laufen. Sie musste jetzt stark bleiben.

»Die Revolution ist kein Deckchensticken«, hatte der große Revolutionär Mao gepredigt. Sie spürte eine neue Kraft in sich und gleichzeitig eine neue Angst. Álvaro Martínez stand plötzlich vor ihren Augen. Er zeigte mit dem Finger auf sie. Sein Kopf war voller Blut. Nein! Der Tod des Bauunternehmers war gerecht. Er war ein notwendiges Opfer der Volksfront, sagte sie sich. Wo gibt es eine Volksfront auf La Palma?, hörte sie gleichzeitig eine spöttische Stimme in ihrem Kopf. »Dann müssen wir sie eben erschaffen«, stieß sie keuchend hervor. Sie lachte laut auf und verspürte plötzlich Triumph. So stellte sie sich den Anfang aller Revolutionen und die Geburt aller Revolutionärinnen vor.

Sie dachte an ihre starke Freundin. Ach, Ulrike, was

würde sie ihr jetzt wohl raten? Sich der Polizei stellen? Oder die Insel schnell verlassen? Es war nicht leicht, von La Palma zu fliehen. Flughafen und Fähren wurden sicher bereits überwacht. Eine Insel war nun mal eine Insel. Sie blieb wieder stehen, um Luft zu holen, und ging dann langsam weiter. Laufen schien ihr hier zu auffällig, sie hatte den Ortsrand erreicht. Der Schlüssel in ihrer Tasche hatte ihr längst den Weg gewiesen. Es war der Schlüssel zur Wohnung ihrer Freundin, die sich gerade bei einer Tagung der Berliner Autonomen befand. Dort würde sie sich verstecken, bis Ulrike zurückkam. Dann würden sie einen guten Plan schmieden und lachen und bis zum Morgengrauen Kampflieder singen.

Uli und sie waren bei den Genossen in Mailand gewesen, und die hatten ihnen das Lied »Bella ciao« beigebracht. Das Lied des italienischen Widerstandes und der Partisanen gegen Mussolini und Hitler. »Una mattina mi son svegliato, stamattina mi sono alzato, oh bella, ciao, bella, ciao, bella, ciao, ciao, ciao.« Im Jahr zuvor hatten sie am fünfundzwanzigsten April gemeinsam an der großen antifaschistischen Kundgebung teilgenommen und den Tod aller Faschisten und Imperialisten beschworen.

Dolores öffnete Ulrikes Wohnung, schloss die Tür hinter sich und warf sich auf das Sofa im Wohnzimmer. Sie spürte wieder Tränen in ihren Augen. »Oh partigiano, portami via, ché mi sento di morir.« *Oh, Partisan, nimm mich mit dir, weil ich spüre, dass ich sterbe.*

Vor Erschöpfung schlief sie sofort ein. Che Guevara sah

gütig vom Riesenposter an der Wand auf sie nieder. Er nuckelte genüsslich an seiner Zigarre.

Der Tag zog sich endlos dahin, zumindest hatte Naira diesen Eindruck. Ein Grund dafür konnten die Buchhaltungsarbeiten sein. Einen großen Kundenansturm hatte sie heute auch nicht zu bewältigen. Sie streckte sich, absolvierte zwei Yogaübungen, band ihren Zopf neu und ließ abschließend die letzten Zeugen ihrer ungeliebten Arbeit in einer Schublade verschwinden. Jetzt wollte sie sich damit belohnen, ein Schaufenster umzugestalten.

Flott räumte sie die Bücher aus dem Fenster neben der Eingangstür und stapelte sie zu den passenden Genres. Das Einordnen würde sie später erledigen. Energisch griff sie nach Staubtuch und Holzpflegemittel. Das Kiefernholz der Schaufenster sah dank ihrer beständigen Pflege immer noch wie neu aus. Sie überlegte kurz, holte sich den Glasreiniger und putzte anschließend auch gleich das Fensterglas – immer wieder unterbrochen vom Zuwinken vorbeischlendernder Bekannter.

Naira war mit sich zufrieden. Sie suchte die neuen Bücher für ihre Auslage zusammen und stapelte sie auf einem Hocker neben dem Fenster. Sie überlegte, wo die Javier-Marías-Plakate sein konnten, denn dort, wo sie hingehörten – in der Plakatschachtel –, waren sie nicht. Hatte Enrique sie irgendwo anders verstaut? Egal, diese ruhige Zeit musste genutzt werden, also begann sie mit der Gestaltung.

Ihre Gedanken flatterten zu Ben und von Ben zu dem Mord an Álvaro Martínez. Zambadas Unfall war ebenfalls eigenartig. Was, wenn Torres doch der Mörder war und Ben und sie falschlagen?

Plötzlich glaubte sie, ein Geräusch aus dem letzten Raum wahrzunehmen. Hatte sie die hintere Tür abgeschlossen? Nein, wieso denn auch, das machte sie doch nie, wenn sie in der Buchhandlung war. Aber sie hörte schon wieder etwas, oder? »Nein«, sagte sie laut zu sich selbst. Es war ja außer ihr niemand hier, und sie hätte es doch bemerkt, wenn jemand hereingekommen wäre. So, den Javier Marías würde sie in der Mitte stapeln, damit er auffiel.

Wieder vernahm sie ein seltsames Geräusch. Sollte sie vielleicht doch nach hinten gehen und nachschauen? Blödsinn, da konnte niemand sein! Da, schon wieder! Nicht laut, mehr wie ein Rascheln. Mäuse? Nein, die hatte es hier noch nie gegeben. Aber da räumte doch jemand bei den Kartons herum – war da nicht ein Schatten? Ihr Herz begann, hörbar zu klopfen. Naira nahm vorsichtshalber den schweren Band »Die Geschichte Spaniens« – tausendzweihundert Seiten und in Leder gebunden – in die Hand und bewegte sich damit vorsichtig in Richtung des hintersten Raumes. Sie war schon fast im Durchgang, da flogen ihr etliche der leeren Kartons entgegen – und eine knöchelhohe, ziemlich kugelige Gestalt schoss durchs Bild.

»Das gibt's ja nicht, wie bist denn du hier reingekommen?«, fragte Naira die schwarzbraune Katze, die sie vom übernächsten Geschäft »Moda para ti«, wo sie meist schlafend im Korbsessel lag, kannte. Erleichtert aufseufzend öffnete sie ihr die Tür. Mit einem großen Sprung war die Katze auf der Gasse und aus dem Blick. Naira musste über sich selbst schmunzeln.

Auf dem Weg in den Verkaufsraum hörte sie ihr Handy klingeln. Sie schaute sich suchend um, ging dem Ton nach, fischte es aus dem Schaufenster, wo sie es eben abgelegt hatte, und freute sich: Der Anrufer war Ben.

GESUCHT wegen Mordes:

Dolores Suárez, 1,62 Meter groß, 35 Jahre alt, schlank, olivfarbene Haut, dunkles, langes Haar mit lila gefärbter Strähne, sportlich. Spricht Spanisch, Englisch, kann bewaffnet sein. Bitte um dringende Verständigung der Polizei, wenn die Gesuchte gesehen wird. Keine Eigeninitiative, die Flüchtende ist gefährlich.
Nachstehendes Fahndungsfoto ist eine aktuelle Aufnahme.

Pedro betrachtete das Foto von Dolores Suárez und wartete auf weitere Informationen über sie aus der Zentrale. Er hatte sie zweimal gesehen und zweimal wieder vergessen, beide Male im Zusammenhang mit der Umweltgruppe, und die hatte ihn nicht sehr interessiert. Ein Haufen Weltverbesserer, nicht einmal unsympathisch. Er zuckte mit den Achseln.

Wie eine Mörderin sah sie allerdings nicht aus. (Natürlich erinnerte er sich genau jetzt an den Vortragenden mit dem buschigen Schnauzer in der Polizeischule: »Kriminelle sehen meist nicht wie Kriminelle aus.«)

Naira und Ben hatten erneut mit ihrem Sherlock-Holmes-Spiel begonnen, diesmal per Telefon.

Was für ein Motiv könnte Dolores haben? War sie fähig, einen Mord zu begehen? Sie hatte einmal bei Naira ein Buch über die Organisation der RAF bestellt. War sie eine Terroristin? Den reichen Bauunternehmer ausschalten, okay. Das war zumindest ideologisch vorstellbar. Aber warum Torres? Der stand ja auf der Seite der Ausgebeuteten, um in der Sprache von Dolores zu bleiben. Ben und sie kamen irgendwie auf keinen grünen Zweig. Wie eine Mörderin wirkte Dolores jedenfalls nicht.

Ben dachte über den Zusammenhang zwischen den beiden Morden und die Einzeltäter-Theorie nach. Oder waren es eben doch zwei verschiedene Täter oder Täterinnen? Er hatte mit Naira die Situation analysiert. Irgendetwas kam ihnen beiden seltsam vor. Der Mord an Pablo schien ziemlich klar, Dolores war als die Person, die vom Tatort weggelaufen war, identifiziert worden … Aber Pedro hatte auch gesagt, dass auf dem Messer keine Fingerabdrücke zu finden waren.

Yaiza war betroffen. Sie kannte Dolores kaum, hatte aber Respekt vor ihrer Ernsthaftigkeit. Sie schien in der Umweltgruppe die einzig wirklich politische Aktivistin zu sein. Das wurde ihr jetzt zum Verhängnis. Politischen Fanatismus konnte man ihr bei einem Prozess leicht als Motiv unterstellen. Und fanatisch hatte sie bei den Zusammenkünften tatsächlich oft gewirkt. Allerdings meist dann, wenn es um Martínez gegangen war.

Mit dem Mord an Torres konnte Yaiza sie dagegen irgendwie nicht zusammenbringen. Sie hatte einmal ein Gespräch zwischen den beiden beobachtet, bei dem Dolores den einfachen Bananenbauer Torres im wahrsten Sinne des Wortes aufgehetzt hatte. Sie hatte ihm von Fesseln erzählt, aus denen sich die Unterdrückten der Erde befreien müssten. Pablo Torres hatte sie angestrengt angeschaut, als ob sie ihm die Relativitätstheorie erklären wollte. Zwar war ihm das Verhalten des weiblichen Geschlechts offensichtlich meist sowieso nicht geheuer, aber hier schien er sich geschmeichelt zu fühlen. So viel freundliche Ansprache erhielt er in seinem Leben selten.

Yaiza betrachtete das Fahndungsfoto im Internet. Nein, so sah keine Mörderin aus.

Herta machte zwischen ihren Telefonaten eine kleine Pause. Was für eine Sensation! Das mussten alle auf ihrer Freundesliste sofort wissen. Ihre Umweltgruppe würde berühmt werden! Ob sie ein Buch schreiben sollte? Sie hatte sich zwar nie gut mit Dolores verstanden, aber das musste ja nicht im Buch stehen.

Voller Verachtung sah sie sich nochmals das Fahndungsbild an. Genau so sah eine typische Mörderin aus.

Ben saß auf seiner Terrasse, die Füße auf dem Steintisch abgelegt. Daneben lag sein in rotes Leder gebundenes Notizbuch. Es war aufgeschlagen und zeigte ein Durcheinander an Zahlen, Linien und Wörtern.

Er versuchte, Ordnung in das Wirrwarr seiner Gedanken

zu bringen. Seine Geschichte der Kanarischen Inseln in sieben Kapiteln: La Palma, Teneriffa, Gran Canaria, Lanzarote, Fuerteventura, La Gomera, El Hierro. So stellte er sich das vor. Zuerst hatte er nur über die Ureinwohner der Inseln und die grausamen Eroberungen schreiben wollen, aber Naira meinte, er solle sein Buch auf die Entwicklung nach den Eroberungen durch die Spanier ausweiten, bis in die Gegenwart. Ihre Meinung hatte für Ben Gewicht. Und sie hatte ihm dieses rote Notizbuch geschenkt. Für Einfälle, überraschende Erkenntnisse, einfach alles, was mit den Kanarischen Inseln zu tun hatte. Aber auch für seine Ermittlungen, hatte sie mit einem schelmischen Lächeln hinzugefügt.

Seine Ermittlungen? Es war einfach so: Wenn er mit Naira darüber redete, kamen sie oft auf verblüffende Ideen, die schließlich durchaus zur Auflösung von Fällen führen konnten.

Er wechselte die Position der Beine. Dolores kam ihm in den Sinn. Sie tat ihm irgendwie leid. Die Vorstellung, dass sie womöglich unschuldig irgendwo isoliert und allein in der Gegend herumirrte – oder hatte sie ein geheimes Versteck? –, bewegte ihn. Aber wenn sie keine Mörderin war, warum dann die Flucht? Und immer wieder die Frage: Wenn es Dolores nicht gewesen war, wer hatte dann Álvaro Martínez und Pablo Torres umgebracht? Oder war sie doch die Mörderin, und Pedro hatte recht mit seinem geradlinigen Polizeibeamtendenken?

Bens Handy unterbrach seine Gedanken. Seine Nichte hatte auf ihrem Gerät nicht genug Speicherplatz für ihre aufwendigen Spiele und brauchte den Rat ihres Onkels. Das war einfach und schnell erledigt.

Als er den Anruf beendet hatte, versuchte er wieder, einen klaren Überblick über die letzten Tage zu gewinnen. Der Tod von Torres schien ihm dabei das größte Rätsel zu sein. Der Zusammenstoß mit Zambada war ja eher komisch, aber was hatte Torres verheimlicht? Was hatte er gewusst, und was daran war so gefährlich, dass ihn jemand deswegen getötet hatte?

Es musste einen Zusammenhang zwischen den Morden an Martínez und Torres geben. Alles andere ergab keinen Sinn.

Wie in einer Vision sah er eine dunkle Person, die mit einem Stein den Unternehmer Martínez erschlug, und gleichzeitig eine andere, die genau das beobachtete. Ja, das Bananenfeld konnte durchaus die Beobachtungsposition gewesen sein. Was, wenn Pablo Dolores beim Mord an Álvaro beobachtet hatte? Man hatte große Geldscheine am Tatort gefunden – im Haus des notorisch unter Geldmangel leidenden Torres. Das roch für Ben nach Erpressung. Aber dass der Bananenbauer Dolores erpresst hatte, war wohl auszuschließen, weil Dolores kein Geld hatte. Und wenn sie die Terroristin wäre, als die sie jetzt gesucht wurde, hätte sie sich auch nicht erpressen lassen.

Aber wenn nicht Dolores, wer hatte Torres dann erpresst? Von wem stammte das Geld? Diese seltsame Angelegenheit mit dem Spendenmanager des Observatoriums passte auch nicht ins Bild. Warum hätte Garrida Álvaro Martínez umbringen sollen? Außerdem wusste Ben von Pedro, dass neben Diego Díaz auch Hugo Garrida ein wasserdichtes Alibi hatte.

Natürlich konnte der Mörder oder die Mörderin auch jemand aus dem Umfeld von Álvaro Martínez sein, der auf die Insel gekommen war, um hier eine Rechnung zu begleichen.

Warum fiel ihm jetzt eigentlich Dimitrij ein? Ben schüttelte unwillig den Kopf. Er kam nicht weiter mit seinen Denkspielen. Irgendetwas übersah er offenbar – oder es gab nichts zu übersehen. Er musste unbedingt mit Naira reden. Mit ihr konnte er Dinge klären und Lösungen finden, die ihm allein nicht in den Sinn kommen wollten.

Seine Beine waren eingeschlafen, und beim Versuch, sie in ihrer Gefühllosigkeit wieder auf den Steinboden seiner Terrasse zu stellen, fegte er das rote Notizbuch zu Boden. Während in seinen Füßen das lästige Kribbeln einsetzte, hob er sein Notizbuch auf und war wieder bei der Geschichte der Kanarischen Inseln. Er musste unbedingt noch einmal die zweifelhaften Dokumente durcharbeiten, die aus der Position der Konquistadoren belegen sollten, dass Tanausú, der angeblich unbeugsame Fürst von Aceró, freiwillig mit dem Eroberer de Lugo nach Madrid gesegelt war, um Verhandlungen über sein Land zu führen.

Nachdem die Invasoren aus Kastilien es verstanden hatten, fast alle Spuren der Benahoaritas zu vernichten, diente diese Darstellung wohl dazu, die Eroberer in einem freundlicheren Licht erscheinen zu lassen. Tanausú sei, so die dubiosen Dokumente, bei der Überfahrt eines natürlichen Todes gestorben. Weiter stand in den Unterlagen: Der dem

Benahoaritasfürsten vor seinem Tod in den Mund gelegte Ausspruch »Vacaguare – ich will sterben« sei wohl einer rückschrittlichen Mythenbildung zuzuschreiben.

Unglaubwürdig, dachte Ben. Ein typischer Fall von Kriegspropaganda der Sieger.

Fernández de Lugo, Francisca Gazmira und Juan de la Palma, das waren wenigstens klar erwiesene Fieslinge und Verräter. Nicht wie die Akteure des aktuellen verzwickten Kriminalfalls, bei dessen Analyse einem die Beine einschliefen.

Donnerstag

Naira wachte sehr früh auf. Tocki sprang wie aufgescheucht vom Bett und lief schnurstracks in die Küche zu seinem Futternapf. Naira streckte sich und hörte das eindringliche Miauen eines fast verhungernden Katers. Sie wollte sich schwungvoll aus dem Bett drehen, verhedderte sich aber in ihrem langen Nachthemd und wäre beinahe flach auf dem Bettvorleger aus Ziegenfell gelandet.

»Was ist denn das heute für ein Start in den Morgen«, murmelte sie vor sich hin und tapste Tocki hinterher. Während sie seine Futterschüssel füllte, saß der Kater, immer noch anklagend miauend, daneben. Nach einem Blick auf die Uhr stellte sie verblüfft fest: Sie war eine Stunde früher aufgestanden als üblich. Das kam sehr selten vor, und sie überlegte, was sie so früh munter gemacht haben könnte. Rundherum war es ruhig, ein Sonnenaufgang wie im Bilderbuch.

Sie goss einen Kräutertee in ihrer riesigen Guten-Morgen-Teetasse auf, setzte sich damit auf die Bank auf ihrer Küchenterrasse und blickte über den Atlantik. Im Gegensatz zu der entspannten Stimmung um sie herum wirbelten ihre Gedanken durcheinander. Dass Dolores Suárez den Mord an Pablo Torres begangen haben sollte, war auch für sie nicht wirklich schlüssig. Da stimmte irgendetwas nicht ...

Naira überlegte, ob sie davon geträumt hatte, konnte sich aber nicht daran erinnern. Dolores. Nun war sie untergetaucht, auf der Flucht. Wo könnte sie sich auf der Insel verstecken? Oder war das alles vorbereitet gewesen, und sie hatte La Palma längst verlassen? Vielleicht hatte sie Komplizen mit einem Boot? Andererseits: Dolores kam ihr eher wie eine typische Einzelgängerin vor. Damals, bei dem Gespräch in der »Biblioteca de Babel«, als Dolores die RAF-Geschichte abgeholt hatte, hatte Naira von ihr den Eindruck eines jungen Mädchens gewonnen, das eine Gebrauchsanweisung für die Welt suchte. Vielleicht auch eine Art von Heimat? Nie hatte sie über ihre Familie gesprochen, über ihre Herkunft – mit wem war sie eigentlich außerhalb der Umweltgruppe befreundet?

Naira schrie erschrocken auf. Tocki hatte sich herangeschlichen und sie, als er keinerlei Aufmerksamkeit erhielt, in den großen Zeh gebissen.

»Herr Graf, benehmen Sie sich!«, ermahnte sie ihn, während sie sich auf Verletzungen untersuchte.

In der Bäckerei roch es nach frischem Gebäck. Dolores fühlte sich in der Wärme und dem Wohlgeruch zu Hause. Als Kind hatte sie es geliebt, für ihre Familie die Brötchen für das Frühstück zu besorgen. Das helle Licht der Bäckerei bildete einen scharfen Kontrast zum Halbdunkel des erwachenden Morgens. Der Duft des frischen Brotes umhüllte sie.

Für einen Augenblick fühlte sie sich in Sicherheit, alles schien so normal. Die Verkäuferin packte ihr die gewünschten Croissants und das Brot ein. Sie bestellte noch einen Coffee to go dazu. Der vertraute Geruch des Kaffees ließ sie ihre verzweifelte Lage fast vergessen.

Sie war erschöpft. Ihre müden Augen waren wohl der Grund, warum sie die Fahndungsplakate auf ihrem Weg zurück in die Wohnung ihrer Genossin nicht wahrnahm. Wäre sie wach und aufmerksam gewesen, hätte sie vielleicht auch den attraktiven Rotschopf bemerkt, der relativ gelangweilt hinter ihr die Schaufenster betrachtete und dann fast synchron seine Schritte an die ihren anpasste.

Ulrikes Wohnung lag im zweiten Stock, langsam stieg sie die Treppen hoch. Die Einkaufstüte und den Kaffee hielt sie fest in ihrer Linken, um mit der anderen Hand die Tür aufsperren zu können. Die war aber gar nicht verschlossen.

Bevor sie sich darüber wundern konnte, wurde sie bereits von der Rothaarigen zu Boden gestoßen. Ihr Kopf knallte mit einem heftigen Aufprall auf die Dielen, der Kaffee ergoss sich über den Holzboden, das Gebäck flog in weitem Bogen durch den Vorraum der kleinen Wohnung. Dolores nahm nicht wahr, wie viele Personen es waren, die sie fixierten und ihr die Arme nach hinten rissen. Handschellen klickten. Tränen schossen aus ihren Augen, es mochte der Schreck sein oder die Demütigung durch die harte polizeiliche Behandlung. Vielleicht war auch ihre Nase gebrochen.

»Dolores Suárez, ich verhafte Sie wegen Mordes an Álvaro Martínez und Pablo Torres.« Sie hörte die Worte von Pedro Fernández wie aus weiter Ferne. Sie wollte einfach nur noch raus aus diesem Albtraum.

Sie rissen und zogen sie hoch, zerrten sie dann die zwei Stockwerke hinunter. Durch ihre Tränen hindurch nahm sie die Bewohner der benachbarten Wohnungen wahr, die im Treppenhaus standen und sie angafften.

Die Männer der Spezialeinheit brachten sie zum Polizeiwagen, der in einer Seitengasse verborgen gestanden hatte und jetzt quietschend vor der Haustür hielt. Sie wurde ins Auto gestoßen und leistete keinen Widerstand. Die Autotür schloss sich hinter ihr.

Als sich die Hand der rothaarigen Polizistin, die bereits im Auto saß, auf ihren Arm legte, tat ihr das absurderweise gut.

»Wir haben sie!«, triumphierte Pedros sonst so sachliche Stimme laut in Bens Ohr. »Wir haben die Mörderin von Álvaro Martínez und Pablo Torres! Die Terroristin Dolores Suárez von den Umweltbewegten sitzt in der Zelle. Wir konnten ihre Überraschung ausnutzen: Sie war nämlich gerade Croissants einkaufen. Ist die cool: Bringt zwei Menschen um und will in aller Ruhe frühstücken!«

»Freut mich für dich, Pedro! Du, ich bin in circa zwei Stunden in Santa Cruz. Vielleicht ist eine Kaffeepause bei dir drin? Melde dich einfach, wenn du ein freies Zeitfenster hast.«

»Ja, klaro, ich rufe dich an und ...«

»Übrigens«, setzte Ben nach, »die ›imagen‹ hat gerade

die Polizei in der Mangel. Habe es vorhin online gelesen: Zambadas großer Artikel über die unfähige Polizei, die den Mörder von Álvaro Martínez, nämlich Pablo Torres, wieder freigelassen hat.«

Ein lautes Lachen war die Antwort. Pedro klang überdreht. »Ja, ja …« Und weg war er.

Ben blieb nachdenklich mit dem Handy in der Hand stehen. Dann rief er Naira an.

»Hola, Ben«, tönte es aus dem Handy.

»Hola, Chica«, begrüßte er sie, obwohl sie das hasste. »Pedro hat Dolores verhaftet. Sie hat keinen Widerstand geleistet und sitzt schon in ihrem Umhang des Elends im Gefängnis.«

»Wie bitte? Umhang des was?«

»Ach, vergiss es.« Er seufzte. »Ich bin einfach nicht sehr glücklich mit der Geschichte.«

»Bin ich auch nicht, aber vielleicht treibt einen der Fanatismus zu solchen grausam blöden Aktionen? Wissen wir es?«

»Und jetzt? War es das?«

»Woher soll ich das wissen?«

»Machen wir weiter? Denken wir weiter darüber nach, reden wir weiter?«

»Ja, klar«, gab sie zurück.

»Also nehmen wir zunächst einmal die Theorie eines politisch motivierten Mordes von außen«, dachte Ben laut nach. »Wenn es ein politischer Mord wäre, der von einer Gruppierung vom Festland verübt oder in Auftrag gegeben wurde, müsste es doch auch deutliche Anzeichen dafür geben, oder? Irgendjemand müsste sich damit brüsten, sich dazu bekennen. Wenn es ein Zeichen einer politischen Gruppe wäre, um ›Álvaro, den Renegaten‹ zu bestrafen, dann … Nein, ein solcher Mord würde keinen Sinn machen, wenn er nicht zur Abschreckung anderer möglicher ›Verräter‹ öffentlich gemacht würde. Außerdem war er kein Renegat. Er ist ganz regulär aus der inzwischen nicht mehr liberalen Partei der Ciudadanos ausgetreten. Das hat ihm dort keine Freunde gebracht, aber er hat die Parteifreunde auch nicht öffentlich bloßgestellt.«

»Warum ist er eigentlich ausgetreten, Ben?«

»Álvaro Martínez war ein Liberaler durch und durch. Die Ciudadanos waren ursprünglich eine Gruppierung der Mitte und haben sich immer stärker nach rechts entwickelt. Sie werden von anderen Parteien mittlerweile sogar als faschistisch und gewaltbereit bezeichnet. Inzwischen sind sie zu einer Tumultpartei im Parlament geworden. Aber trotzdem: Ein derartiger Mord bringt der Partei doch keinen Mehrwert.«

»Leichen im Keller, alte Geschichten und so?«

»Vielleicht, da müsste ich sein Leben noch mal genauer durchleuchten. Bei meinen Recherchen zum Nachruf ist mir nichts aufgefallen. Allerdings habe ich auch nicht gezielt danach gesucht.«

»Ben, ich muss weiter Bücher verkaufen, wir sehen uns heute Abend. Aber wir dürfen jetzt nicht lockerlassen!«

In den letzten Tagen hatten sich die Ereignisse überschlagen. Für Pedro war der Fall Álvaro Martínez und Pablo Torres gelöst, die Verhaftung war dramatisch, aber erfolgreich gewesen. Eher außergewöhnlich für ihn, das gestand er sich selbst ein, weil er solche Aktionen nicht gerade jeden Tag erlebte. La Palma war eine ruhige, sehr friedliche Insel, Dramen spielten sich hier eher im Bereich der Naturgewalten ab.

Dolores Suárez saß verstockt und schweigend in ihrer Zelle. Die ersten Gespräche mit ihr waren ergebnislos verlaufen, aber er würde schon noch ein Geständnis von ihr bekommen. Sie verlangte nach einer Anwältin, und zwar nach Yaiza, der Schwester von Ben. Offensichtlich vertraute Dolores ihr.

Ben saß mit Pedro, der sich eine kurze Pause gönnte, auf der Plaza de la Alameda. Ben trank Minztee und Pedro seinen Cortado. Yaiza war bei einem Gerichtstermin und würde erst am Nachmittag zur Polizeistation kommen können.

Pedro schilderte Ben die Verhaftung, die im Morgengrauen stattgefunden hatte. Es war nicht schwer gewesen, die Wohnung ausfindig zu machen. Die Adressen von Dolores' Mitstreiterinnen waren in ihrer Akte zu finden, und Ulrike Becker war eine enge Freundin von ihr. Sie wussten, dass diese in Berlin war, und hatten vermutet, dass Dolores Suárez sich in deren Wohnung versteckt hielt.

Sie sahen das offene Fenster und das Licht in der Wohnung und beschlossen abzuwarten. Als sie sie dann aus dem Haus treten sahen, folgten sie ihr. Die Wohnung wurde okkupiert, und sie konnten in aller Ruhe auf die Verdächtige warten.

Der Rest war Routine. Dolores war unbewaffnet gewesen und hatte keine Probleme gemacht. Sie hatte sogar fast ein wenig erleichtert gewirkt.

Die Boulevardzeitung »imagen« hatte derweil mit einer dicken Schlagzeile und einer nicht weniger dick aufgetragenen Story zu Bens und Pedros Heiterkeit beigetragen. Die beiden beschlossen, Zambada einen spontanen Besuch abzustatten. Der immer gut informierte Reporter hatte zwar mitbekommen, dass der Bananenbauer aus dem Gewahrsam der Polizei entlassen worden war, aber alle weiteren Ereignisse, einschließlich des Todes von Pablo Torres, wurden Zambada im Spital offensichtlich vorenthalten. Er musste der Kollegin in der Redaktion noch am Tag zuvor sein Pamphlet diktiert haben:

Unfähige Polizei lässt Mörder laufen

Der wie immer für unsere Leserschaft unermüdlich recherchierende Reporter Zambada hat unter Lebensgefahr Pablo Torres, der mit hoher Wahrscheinlichkeit der Mörder von Álvaro Martínez ist, gestellt. Er wollte ihn des Mordes überführen und der Polizei ausliefern. Bei dieser Gelegenheit wurde Zambada lebensgefährlich verletzt. »Das«, sagte nach einer Notoperation der unerschrockene Journalist Zambada unter Schmerzen, »war ich meinen Lesern und der gesamten Bevölkerung der Insel La Palma schuldig. Ein Monster dieser Dimension darf nicht frei herumlaufen.«

Was aber macht unsere Polizei? Sie gefährdet das Leben der palmerischen Bevölkerung. Comisario Pedro Fernández lässt den Mörder unseres verehrten Álvaro Martínez einfach wieder frei.

Wir von der Zeitung »imagen« fordern die sofortige Entlassung des unfähigen Beamten Pedro Fernández sowie die unverzügliche Inhaftierung von Pablo Torres. Dieser Mann ist sehr gefährlich und zu mehr als einem Mord fähig. Wir ersuchen um tätige Mithilfe der Bevölkerung.

Die beiden Freunde betraten das Hospital in Brena Alta, unweit von Santa Cruz, und fragten bei der Anmeldung nach Señor Zambada. Dann machten sie sich auf den Weg zum rasenden Reporter in Zimmer dreizehn.

Als sie eintraten, konnten sie kaum ernst bleiben: In dem großen Spitalbett begrüßte sie das »Attentatsopfer« mit erhobenem Gipsfuß. Zumindest hätte man mit viel Fantasie von einer Begrüßung sprechen können. Offensichtlich musste der komplizierte Bruch im Sprunggelenk ruhiggestellt werden. Leider nur der Fuß. Denn sobald Zambada Ben und Pedro erkannte, begann er zu schimpfen und, trotz seiner eingeschränkten Möglichkeiten, zu toben. Während seine Stimme den Raum füllte, legten Ben und Pedro Schokolade und Blumen auf dem Beistelltisch neben dem Bett ab und versuchten mit unbeweglichen Mienen, dem Schwall der sich überschlagenden Stimme inhaltlich zu folgen.

Allmählich ging Pedro das Gezeter von Verklagen, Schadensersatz und Skandal auf die Nerven. Er versuchte, den Reporter mit scharfen Worten zu bremsen.

»Señor Zambada, Ihr Artikel ist eine glatte Aufhetzung zur Lynchjustiz, ist Ihnen das eigentlich bewusst?«

»Wir Bürger müssen uns gegen unfähige Beamte wehren! Verlassen Sie mein Zimmer, Sie werden noch von uns hören. Ihre Vorgesetzten in Madrid sind verständigt, ist *Ihnen das* bewusst?«, zischte Zambada mit hasserfüllter Schadenfreude in der Stimme. »Ich fordere Sie noch einmal auf, mein Krankenzimmer sofort zu verlassen, sonst hole ich die Polizei!«

Die beiden Freunde sahen sich an und unterdrückten mühsam einen Lachanfall. Ben nahm die Schokolade und Pedro die Blumen von Zambadas Nachttisch.

»Der von Ihnen als Mörder diffamierte Plantagenbesitzer Pablo Torres wurde gestern Nachmittag in seiner Hütte erstochen aufgefunden«, sagte Pedro ganz ruhig, aber mit einer Stimme, mit der man Glas hätte schneiden können. »Eine des Mordes an Álvaro Martínez und Pablo Torres verdächtige Person wurde verhaftet. Wie meinten Sie vorhin so treffend? Sie werden von uns hören.«

Bevor sie langsam die Tür hinter sich zuzogen, genossen Ben und Pedro den Gesichtsausdruck des Reporters wie den letzten Schluck eines besonders schmackhaften Weines, sozusagen im Abgang. Laut zu lachen begannen sie erst im Erdgeschoss, dann allerdings ausgiebig. Offensichtlich hatte das Blatt seinen Starreporter noch nicht über die neuesten Ereignisse in Kenntnis gesetzt.

Die junge Frau, die an der Rezeption saß, sah ihnen verwundert entgegen. Zwei gut aussehende Señores in bester Laune waren nicht oft im Hospital zu sehen. Doch das Lachen der beiden war anstreckend und herzlich, und sie stimmte mit ein, ohne zu wissen, worum es ging. Einer der beiden legte ihr mit verschmitztem Lächeln eine Packung Schokolade auf die Theke. Noch erstaunter war sie aber, als ihr der andere, der ihr bei der Anmeldung seinen Polizeiausweis gezeigt hatte, einen wunderschönen Blumenstrauß überreichte, den sie reflexartig annahm.

Die beiden Männer winkten ihr verschwörerisch zu und lachten noch immer, als sie das Hospital verließen.

Ben war gerade zu Fuß auf dem Weg zu Naira, als ein Anruf seine Gedanken unterbrach: seine Schwester Yaiza. Er setzte sich auf eine der Holzbänke an der Plaza de España und ließ sich von der Sonne bescheinen.

»Hola, Yaiza!«

»Hola, Ben!« Ihre Stimme klang angespannt, ernst und besorgt. »Du bist auf dem Laufenden?«

»Ja, Pedro hat mir vom aktuellen Stand berichtet. Wir waren heute gemeinsam bei Zambada im Spital. Wie geht's Dolores? Hat sie gestanden?«

»Sie ist in einem seltsamen Zustand, Ben. Sie sitzt in ihrer Zelle und weigert sich zu sprechen. Sie redet nur mit mir. Im Verlauf unseres Gesprächs hat sie dann urplötzlich den Entschluss gefasst, ein Geständnis abzulegen. Davon konnte ich sie mit Müh und Not abhalten.«

»Warum denn das, Yaiza?«

»Weil ich nicht glaube, dass sie die Mörderin ist. Sie redet wirres Zeug und will die ›Attentäterin der Liquidierungen‹ sein. Ihre Operationen seien der Situation angepasst gewesen und das Einzige, was das Volk noch aufrütteln könne. Sie könne nicht zulassen, dass das Hotelprojekt durchgeführt wird. Das Blut der Toten werde das Volk zum Widerstand aufrufen und so weiter ...«

»So einen Schwachsinn hab ich noch nie gehört«, brach es aus Ben heraus. »Was konnte denn der arme Torres für das Hotelprojekt, das er selbst abgelehnt hat? Und warum sollte der Tod eines Unternehmers einen Aufstand des Volkes und ...«

»Beruhige dich, Ben«, unterbrach seine Schwester ihn. »Dolores ist total durcheinander. Was sie von sich gibt, ist eine wirre Mischung aus ideologischen Phrasen. Sie kann ja nicht einmal irgendwelche Fakten zu ihren angeblichen Taten angeben. Die Frage, warum sie Torres umgebracht hat, beantwortet sie erst gar nicht. Dolores braucht dringend psychologische Hilfe. Pedro ist auch bereit, ihr diese zukommen zu lassen, sie lehnt das aber vehement ab. Sie weist auf die Psychofolter an ihren Genossinnen in Stammheim hin und fühlt sich angeblich der RAF zugehörig. Ich hab aber den Eindruck, dass Dolores bei der Entdeckung des grauenhaften Mordes an Pablo Torres einen Schock erlitten hat und ihre wirren Aussagen dieser aktuellen Extremsituation geschuldet sind. Sie hat keinen der beiden ermordet. Ich kann das nicht beweisen, aber ich bin mir sicher: Dolores ist unschuldig.«

»Yaiza, ich sehe das ähnlich wie du. Ich treffe mich jetzt gleich mit Naira, und wir werden überlegen, was wir tun können. Ich ruf dich später an, okay?«

»Klar, Ben. Aber ich bitte dich inständig: Hilf mir, Dolores zu helfen!«

Naira kam gerade mit einem Stapel Bücher aus den hinteren Räumen, als Ben die Buchhandlung betrat. Sie legte die Bücher auf das kleine Tischchen im Verkaufsraum und umarmte ihn. Sie spürte seine Unruhe.

»Tee? Kaffee? Wein?«

»Bitte einen Kaffee. Mein Kopf braucht alle Wachheit dieser Welt.«

Während die kleine Kaffeemaschine geräuschvoll zwei Café expreso produzierte, schaute Naira ihren Freund fragend an.

»Was ist los? Hat man dir deine Altkanarierbibliothek gestohlen?«

Ben schüttelte lachend den Kopf. »Nein, so schlimm ist es auch wieder nicht.«

Während er kleine belebende Schlucke aus der Tasse mit dem Aufdruck »Venceremos« nahm und den Duft des Espressos genoss, erzählte er Naira vom Telefonat mit seiner Schwester.

»Yaiza ist überzeugt, dass Dolores gar nichts mit den Morden zu tun hat. Und ich bin das eigentlich auch. Aber Tatsache ist, dass Álvaro Martínez ideologisch betrachtet ihr Feind war und Dolores für seinen Tod kein Alibi, aber sehr wohl ein Motiv hat. Und sie wurde dabei beobachtet, wie sie in Panik aus der Hütte des soeben ermordeten Pablo Torres stürmte. Damit ist der Fall gelöst, und wir können entspannt und zufrieden zu unserer Benahoaritasforschung zurückkehren.«

»Das glaubst du ja selber nicht, Ben. So weit kenne ich dich nun wirklich …«

»Du hast ja recht, es lässt mir absolut keine Ruhe. Meine Schwester hat mich um Hilfe gebeten, und am besten können wir ihr helfen, indem wir den wirklichen Mörder finden. Pedro ist der Meinung, dass der Fall abgeschlossen ist. Die Zentrale in Madrid hat ihm zur Festnahme der Terroristin gratuliert, und die Medien haben ihr Urteil ebenfalls schon gesprochen. Die Story ist ja auch super, damit kann man noch einige Zeitungsausgaben lang die Leser bei Laune halten ...«

»Nicht so zynisch, Ben! Lass uns lieber alles in Ruhe noch einmal durchgehen: Álvaro Martínez wird ermordet, obwohl die Baubewilligung längst durch ist. Dass der Hotelkomplex gebaut wird, steht außer Frage. Es gibt einige Menschen auf dieser Insel, die etwas dagegen haben. Also ein Mord aus Rache? Bringt das irgendjemandem irgendetwas? Und warum erschlägt der Mörder ihn mit dem nächstbesten Stein? Das sieht nicht nach einem geplanten Mord aus, genau wie bei dem armen Torres. Wenn man es so betrachtet, können wir also wahrscheinlich doch in beiden Fällen von demselben Täter ausgehen.«

»Oder derselben Täterin, Naira. Weißt du eigentlich irgendetwas Neues zu Garrida?«

»Hugo Garrida hat die Insel bereits verlassen. Er will angeblich auf dem Festland ein Unternehmen gründen. Irgendwas mit Marketing. Denkst du, Garrida könnte der Mörder sein?«

»Na ja, er kannte Torres gar nicht, und einen potenziellen Geldgeber wie Álvaro Martínez umzubringen hätte bedeutet, die goldene Gans zu schlachten. Die wahren Förderpläne von Martínez kannte er zum Zeitpunkt des Mordes ja noch nicht.«

»Herta Artinger?«, schlug Naira vor.

»Herta Artinger kann mit ihrem unsinnigen Dauergequassel bestimmt jeden zu Tode bringen«, erwiderte Ben lachend, »aber ich fürchte, das stimmt in unserem Fall nicht mit den Verletzungen der Opfer überein.«

Bens Klingelton unterbrach ihre Überlegungen, und da auf dem Display seines Handys »Elena« stand, hob er ab.

»Hola, Onkel Ben. Ich hab eine dringende Bitte an dich.«

»Die da wäre, Elena?«

»Das große Kreuzfahrtschiff kommt nächste Woche wieder, und es soll auch wieder ein Feuerwerk geben! Diesmal ein noch längeres, stand in der Zeitung. Es ist wieder am Donnerstagabend. Ich möchte es so gerne von Tazacorte aus sehen, vom Hafen! Mama hat keine Zeit, aber ich hab ja dich, nicht wahr? Also – danke, Onkel Ben!«

»Wann ist denn das genau?«

»Ich schreib dir eine Nachricht! Ich umarme dich, liebster Onkel!«

Bens gute Laune kehrte allmählich wieder zurück. Er war immer gerne mit Elena zusammen, und das Feuerwerk auf dem Kreuzfahrtschiff wollte er sich ohnehin ansehen. Vielleicht ergab das einen Artikel für sein Inselmagazin – immerhin war das letzte Feuerwerk offenbar so spektakulär gewesen, dass sogar Diego Díaz davon geschwärmt hatte. Und der war ja sonst eher nicht so der emotionale Typ. Er hatte Ben sogar Fotos vom letzten Donnerstag gezeigt und überlegt, wie man das mit dem Hotelprojekt koordinieren könnte. Die Reedereien veranstalteten Feuerwerke üblicherweise eigentlich nur zu Silvester, aber da die Branche ein schlechtes Image bekommen hatte, probierten sie nun alles Mögliche aus …

Während Bens Gedanken abschweiften, hatte sich sein Blick in den schönen dunkelbraunen Augen der schweigenden Naira verloren, und während er sich überlegte, nach wie viel Sekunden ein unschuldiger Blick in den Flirtmodus wechselte, schoss ihm ein Gedanke durch den Kopf – ein Gedanke wie ein plötzlich alles erhellender Blitz.

Er griff zum Handy, das er auf dem Tisch abgelegt hatte, und rief seine Nichte zurück.

»Ja, Onkel Ben?«

»Elena, sag mir: Wann genau war das Feuerwerk auf dem Schiff?«

»Letzten Donnerstag!«

»Klar, aber um welche Uhrzeit?«

»Um halb neun. Es hat ungefähr zehn Minuten gedauert, dann war es leider schon wieder vorbei. Deswegen müssen wir nächste Woche auch pünktlich sein.«

»Ja, gut – danke!«

Ben legte auf und schlug sich unsanft mit der Hand gegen die Stirn. Naira beobachtete ihn.

»Was ist los?«, fragte sie stirnrunzelnd.

»Naira, das Alibi von Diego Díaz stimmt nicht! Er hat angegeben, dass er zum Zeitpunkt des Mordes mit seinem Geschäftspartner, diesem Baustoff-Lieferanten, essen war. Ziemlich genau zur gleichen Zeit war dieses Feuerwerk auf dem Kreuzfahrtschiff, drüben im Westen – und das hat Díaz gesehen. Er hat mir sogar Fotos davon gezeigt. Das Lokal, in dem er um diese Zeit angeblich essen war, ist das El Ingeniero, aber das ist auf der Ostseite, bei Santa Cruz. Von hier nach dort brauchst du doch mindestens eine Stunde! Er kann also zu diesem Zeitpunkt nicht im Osten der Insel gewesen sein und gleichzeitig das Feuerwerk gesehen haben, und das heißt: Diego Díaz war dort, wo das Kreuzfahrtschiff sein Feuerwerk gezündet hat – und wo Álvaro Martínez ermordet wurde!«

Naira wurde langsam von Bens Nervosität angesteckt.

»Wurde sein Alibi von dem Lokal eigentlich bestätigt?«, hakte sie nach.

»Offensichtlich ist es nicht überprüft worden ...«

An dieser Stelle wurden sie von Enrique unterbrochen, der, mit seiner Gitarre auf dem Rücken, direkt vom Unterricht gut gelaunt zum Dienstantritt in die Buchhandlung kam.

»Komm, Naira«, rief Ben, »wir beide fahren jetzt sofort nach Breña Alta in dieses Lokal. Wir müssen herausfinden, wann die beiden wirklich dort gewesen sind!«

Da Enrique jetzt da war, konnte Naira, nachdem sie ihn kurz informiert hatte, problemlos aufbrechen. Eilig verließen sie die Buchhandlung.

Eigentlich hätten wir dort auch einfach anrufen können, dachte Naira bei sich, aber erstens war man in Restaurants dieser Preisklasse üblicherweise sehr diskret, was Auskünfte über Gäste betraf, und zweitens war ihr dieser kleine Ausflug mit Ben ganz und gar nicht unangenehm. Ob es ihm ebenso ging?

Elena schüttelte den Kopf. Ihr Onkel Ben wurde eindeutig alt. Jetzt vergaß er schon, sich zu verabschieden, bevor er auflegte! Sie wollte sich gerade wieder in ihr Handy-Universum hineinversetzen, als sie das Türschloss hörte. Schnell verschwand das Handy unter einem Kissen, und ebenso schnell lag ein Buch auf ihren Knien.

Ihre Mutter betrat die Wohnung. Sie sah erledigt aus. Elena stürmte auf sie zu, umarmte sie und sah sie fragend an. Seufzend erzählte Yaiza ihr die Geschichte von Dolores' Verhaftung und vom Gespräch mit ihr. Elena kannte Dolores vom Sehen – Yaiza hatte sie gelegentlich zu den Treffen der Umweltaktivisten mitgenommen –, aber sie war nie mit ihr warm geworden. Dolores war so uncool. Irgendwie sonderbar.

Elena hatte genug gehört, sie wollte jetzt lieber weiterspielen, hatte aber kein Guthaben mehr, um neue Spielelemente dazuzukaufen. Sie hatte mit ihrer Mutter und ihrem Onkel einen Deal geschlossen. Yaiza interessierte sich für Elenas digitale Ausflüge nicht im Geringsten, wollte aber trotzdem informiert sein. Und hier kam Onkel Ben ins Spiel: Er konnte ihre Kaufanfragen bestätigen oder auch nicht. Wobei: Es war nicht schwer für sie, Ben um den Finger zu wickeln.

Yaiza war inzwischen in ihr bequemes blaues Kleid geschlüpft und saß an ihrem Schreibtisch. Elena hatte ihr Buch weggelegt. Sie liebte Bücher, aber sie liebte auch ihr Handy, das ihr Onkel Ben zum Ende des Schuljahres geschenkt hatte. Was sie am liebsten auf der ganzen Welt hatte, waren natürlich ihre Mutter und ihr Onkel. Aber direkt danach kam schon ihr Lieblingsspiel: Roblox.

»Wir essen in ungefähr einer Stunde«, rief ihr Yaiza zu.

Elena wechselte mit ihrem Handy auf den Liegestuhl auf der Terrasse. Dass sie von hier einen wundervollen Blick auf den Atlantik hatte, interessierte sie wenig. Allerdings freute sie sich aufs Abendessen, denn Yaiza hatte ihr Papas arrugadas, die Runzelkartoffeln mit der Salzkruste, versprochen. Dazu gab es wie immer grüne und rote Mojos, die beiden so unterschiedlichen Soßen. Elena liebte vor allem die rote, scharfe Mojo mit viel Knoblauch.

Sie sprang bald wieder auf und ging Richtung Küche.

»Mama, arbeite du nur weiter, heute koche ich die Papas. Ich kann das!«, erklärte sie der erstaunten Yaiza.

In der Küche holte sie die kleinen Kartoffeln, Papas bonitas, aus dem Korb, wusch sie gründlich unter fließendem Wasser und legte sie in einen Topf. Den füllte sie mit Wasser, bis die Kartoffeln ungefähr zur Hälfte bedeckt waren. Anschließend streute sie vier Esslöffel sehr grobes Meersalz aus den Salinas de Fuencaliente darüber und schwenkte den Topf kurz, damit sich das Wasser mit dem Salz gut vermischte. Kaum stand der Topf auf dem Herd, den Deckel hatte sie ganz richtig nur halb aufgesetzt, schaltete sie die Kochfläche ein, setzte sich daneben auf die Arbeitsfläche und überwachte nebenbei den Kochvorgang, während ihr Spiel weiterlief.

Nach etwa zwanzig Minuten, als das Wasser schon fast ganz verdunstet war, schaute sie wieder in den Topf und freute sich: Ja, die wurden genau richtig! Nun musste sie ihr

Handy aber weglegen, denn jetzt war das Papas-Spiel spannender. Der Herd blieb für weitere zwanzig Minuten auf niedriger Stufe eingeschaltet, und Elena rüttelte regelmäßig am Topf, damit die Kartoffeln nicht anbrannten, aber schön runzelig wurden und eine gleichmäßige Salzkruste erhielten. Noch bevor Yaiza in die Küche kam, hatte Elena schon die Mojo-Gläser aus dem Vorratsschrank genommen und in kleine Schüsseln umgefüllt. Elena war stolz auf sich: Heute hatte sie ganz allein das Abendessen zubereitet!

Yaiza war angenehm überrascht: Die Küche glich keinem Schlachtfeld, und die Papas arrugadas waren perfekt gekocht.

»Großartig, Elena, so schön und gleichmäßig werden sie bei mir selten! Ich decke den Tisch für uns auf der Terrasse, die Wassergläser nehme ich auch gleich mit. Das hast du wirklich sehr gut gemacht!«

Ben und Naira saßen nebeneinander im Auto, schwiegen aber die meiste Zeit. Sie spürten beide eine starke Anspannung. Das Gefühl, knapp vor einer entscheidenden Wendung in ihrem Mordfall zu sein, ließ sie kaum klar denken.

»Wir werden bestenfalls einen Platz an der Bar kriegen, das Restaurant ist ja immer ausgebucht. Hinter dem großen Tresen liegt das Buch mit den Reservierungen. Wir versuchen, einen Blick hineinzuwerfen. Und dann werden wir uns schnell wieder aus dem Staub machen. Was meinst du, Watson?«, schlug Ben vor.

»Watson?«, protestierte Naira. »Wenn hier jemand Watson ist, dann du!«

»Das geht nicht. Wir können nicht beide Watson sein. Ich bin Sherlock Holmes!«

Sherlock Holmes parkte auf dem Parkplatz des Restaurants ein, einem Tempel für Freunde des guten Essens und Trinkens der gehobenen Klasse in einem alten, perfekt restaurierten Bauernhof. Sie betraten das anheimelnde Lokal und wurden von einem freundlichen Kellner begrüßt, der, als er hörte, dass sie nicht reserviert hatten, jedoch bedauernd abwinkte. Er könne ihnen höchstens einen schnellen Drink an der Bar anbieten, für etwa eine halbe Stunde, dann sei auch dieser Platz reserviert.

Sie bestellten zwei Gläser Sauvignon blanc, prosteten einander zu und nahmen einen Schluck. Dann schlenderte Ben in Richtung der Toiletten, vorbei an dem großen breiten Tresen aus sehr dunkler Kiefer, an dessen Ende das Reservierungsbuch aus rotem Leder lag. Ben verlangsamte seinen Schritt und begann, wie zufällig darin zu blättern. Das war nicht leicht, weil es so unhandlich war. Er suchte das entsprechende Datum und fuhr mit dem Finger an den eingetragenen Uhrzeiten und Namen entlang. Dabei wurde er immer wieder von Gästen angestoßen, denen er im Weg stand, aber durch das Gedränge um ihn herum fiel er auch nicht weiter auf. Sein Finger stockte. Feliciano, der Name von Díaz' Geschäftspartner, zwei Personen, zwanzig Uhr, stand da. Die Tinte war leicht verwischt.

Er war verwirrt. Wenn die beiden tatsächlich um diese Zeit da gewesen waren, konnte Diego Díaz nicht gleichzeitig auf der anderen Seite der Insel gewesen sein ...

»Können Sie mir sagen, was Sie hier machen?«, riss ihn

eine scharfe Stimme aus seiner Versunkenheit. Der hochgewachsene, breitschultrige Mann, offensichtlich der Geschäftsführer des Hauses, funkelte ihn bedrohlich an.

Da erklang eine Stimme, und für Ben klang sie wie die seines ganz persönlichen Schutzengels: »Leon, ganz ruhig, ich kann dir das alles erklären.«

»Naira! Wer ist das – und was soll das?«

»Könnten wir uns vielleicht in einer anderen Umgebung unterhalten?«

Mehrere Gäste, eigentlich auf dem Weg zur Toilette, waren stehen geblieben. Der Herr im grauen Anzug wollte offenbar weiteres Aufsehen vermeiden, ging voran und winkte Ben und Naira in einen Raum hinter dem Tresen, dessen Tür mit dem Schild »Solo para Empleados«, nur für Mitarbeiter, offen stand.

»Ich sage meinen Leuten immer, sie sollen das Buch in die Schublade legen«, brummelte er vor sich hin. »Naira, ich bitte um Auskunft.« Er räusperte sich. »Du weißt, ich bin dir sehr verbunden, aber jetzt bin ich auf eine gute Erklärung gespannt!«

Er übersah Ben noch immer, während er Naira ein Küsschen auf die Wange gab. Dann deutete er auf zwei Stühle vor einem Mahagonischreibtisch und setzte sich selbst dahinter. Naira stellte die beiden Herren einander vor und versuchte dann, ruhig und sachlich zu erklären, dass es sich um die Überprüfung eines Alibis handle. Sie könne ihm aber nicht viel mehr sagen, weil eine polizeiliche Ermittlung laufe. Sie und Ben hätten, weil Eile geboten sei, gedacht, dass sie in diesem Fall einfach unbürokratisch …

»Und wieso bist du mit deinem Anliegen nicht einfach zu mir gekommen?«, unterbrach Leon de Montoya sie.

Naira lachte. »Wenn ich gewusst hätte, dass du das El Rincon verlassen hast und jetzt hier der Chef bist, hätte ich dich garantiert gefragt.«

»Okay, ich bin erst seit einer Woche hier, das konntest du noch nicht wissen. In der stressigen Phase der letzten Wochen war deine Buchhandlung tatsächlich nicht mein erster Anlaufpunkt.«

»Aber es war wahrscheinlich sowieso sinnlos«, seufzte Ben.

»Warum?«, fragte de Montoya, der inzwischen versöhnlicher wirkte.

»Weil der eingetragene Termin das Alibi bestätigt.«

De Montoya runzelte die Stirn, stand auf und kam mit dem Reservierungsbuch zurück.

»Ein Termin, der in diesem Buch steht, ist auf Papier geschrieben, aber nicht in Stein gemeißelt«, meinte er und zwinkerte Naira zu. Irgendwie verbesserte dieses Zwinkern nicht Bens Laune.

Leon de Montoya ließ sich den Eintrag, um den es ging, von Ben zeigen und dachte nach. »Wartet kurz!« Er stand auf und verließ mit dem Buch eilig sein Büro.

Naira und Ben sahen einander etwas verunsichert an, schwiegen aber, obwohl Sherlock Holmes gerne gefragt hätte, woher Watson diesen feinen Schnösel eigentlich kannte.

Nach einigen Minuten kam Leon zurück, setzte sich ihnen wieder gegenüber und hatte tatsächlich etwas zu berichten.

»Ich erinnere mich an diesen Herrn Feliciano, und mein Oberkellner, mit dem ich gerade gesprochen habe, ebenso. Der war tatsächlich um zwanzig Uhr hier. Allein. Er wurde nach etwa einer halben Stunde unruhig, die zweite Person war noch nicht da. Da bekam er einen Anruf, der ihn offenbar ein wenig verunsicherte. Er sagte meinem Mitarbeiter, sein Geschäftspartner sei kurzfristig verhindert, käme aber in etwa einer Stunde nach. Er würde inzwischen essen und auf seinen Partner warten. Der kam dann endlich kurz vor zweiundzwanzig Uhr, wirkte abgehetzt und extrem angespannt. Er habe keinen Hunger, meinte er, stürzte aber drei Gläser Champagner hinunter. Sie unterhielten sich im Flüsterton und verließen nach etwa einer halben Stunde das Lokal.«

De Montoya betrachtete die Gesichter von Naira und Ben. Die beiden strahlten.

»Freut mich, dass ich euch helfen konnte«, sagte er, während er sich erhob. »Leider muss ich nun dringend zu meinen Leuten zurück. Eines möchte ich Ihnen, Ben, jedoch noch schnell sagen: Ich schätze Ihre Artikel sehr. Es wäre mir eine große Freude, Sie beide als meine Gäste ins El Ingeniero einladen zu dürfen. Allerdings wünsche ich mir dafür eine lückenlose Aufklärung dieser Geheimniskrämereien!«

Naira und Ben saßen im Auto. Als er endlich startete, sah Naira ihn von der Seite an. Sie lachte.

»Erstens, was sagen Sie nun, Watson? Und zweitens, nein, Leon ist nicht mein Liebhaber!«

Ben brachte Naira nach Hause. Sie schlug vor, noch ein Glas Wein auf ihren gemeinsamen Ermittlungserfolg zu trinken, und Ben stimmte gerne zu. Sie fanden problemlos einen Parkplatz in der Nähe ihres Häuschens.

Naira trug einige Kissen nach draußen und richtete dann schnell Taralli und Manchego-Käse auf einem Teller an. Ben nahm inzwischen die Flasche aus dem Kühlschrank und folgte ihr mit Wein und Gläsern auf die Terrasse. Der nächtliche Blick aufs Meer mit dem funkelnden Sternenhimmel entspannte ihn. Tocki strich beiden abwechselnd um die Beine, obwohl er seinen Futternapf schon aufgefüllt bekommen hatte.

»Jetzt wäre ein Gespräch mit diesem Geschäftspartner von Diego Díaz der nächste Schritt. Wenn der zugibt, dass er Díaz ein falsches Alibi gegeben hat, könnte Pedro eine Hausdurchsuchung erwirken. Aber der Typ muss erst mal ins Boot geholt werden. Und ich muss Pedro davon überzeugen, dass seine Terroristin nur eine verwirrte Seele ist und keine Mörderin«, dachte Ben laut nach.

Ben und Naira nahmen beide einen tiefen Schluck. Die Anspannung ließ nach, ihre Energie kehrte zurück. Die leichte Säure des Vijariego blanco gab diesem Wein von Matías i Torres eine erfrischende Note.

»Danke für deine Hilfe, Naira«, sagte Ben und warf ihr einen liebevollen Blick zu. »Ohne dich wären wir nie auf die Spur des falschen Alibis gekommen! Wir sollten keine Zeit verlieren. Ich werde jetzt gleich Pedro anrufen. Mein

Freund ist ein hartnäckiger Fall, wenn er sich in etwas verbissen hat. Es wird etwas mühsam werden, ihn zu überzeugen, aber das wird uns jetzt auch noch gelingen.«

»Hola, Pedro, wie geht's voran?«

»Hola, Ben, danke, noch etwas zäh. Aber das macht nichts. Auch wenn die Terroristin noch nicht gestanden hat, wird sie verurteilt werden. Ich bin heilfroh, dass dieser Fall so schnell gelöst werden konnte.«

»Yaiza ist der Meinung, dass Dolores die Morde nicht begangen hat.«

»Sie ist ihre Anwältin.«

»Auch Naira ist dieser Meinung.«

»Und das heißt jetzt was?«

»Dass auch ich der Meinung bin, dass Dolores die Morde nicht begangen hat.«

»Ich kenne dich schon lange, Ben, aber dass du dich so leicht beeinflussen lässt, wusste ich noch nicht.«

»Pedro, mein Freund, es gibt überzeugende Argumente dafür ...«

»Ben, mein Lieber, ich bin nicht mehr der Jüngste. Deshalb bitte ich dich, einen alten Mann zu schonen. Ich hab nur noch siebenundzwanzig Jahre bis zur Rente.«

»Pedro, ich meine es ernst. Schenkst du mir zehn Minuten deiner Zeit und hörst mir einfach zu?«

»Du gibst ja sonst eh keine Ruhe ... Also, ich höre!«

Und Pedro hörte zu.

»Ben, du hast es wieder einmal geschafft«, seufzte er wenig später. »Was soll ich sagen? Ich war so froh, dass die Geschichte beendet ist. Trotzdem danke für deine Hartnäckigkeit und dein Vertrauen.«

»Du bist mein Freund.«

»Ja, aber du könntest das Ganze locker für dich nutzen. Einen Artikel darüber schreiben. Einen Polizisten mit seinen vorschnellen Aktionen und Trugschlüssen vorführen. Als investigativer Reporter berühmt werden.«

»Du bist mein Freund«, wiederholte Ben ruhig.

»Danke, Ben. Aber bevor ich nun richtig sentimental werde: Was tun wir jetzt? Was schlägst du vor?« Pedro klang zerknirscht.

»Wir haben einen Wissensvorsprung. Diesen Vorteil müssen wir nutzen. Díaz wird nicht zu einem Geständnis zu bewegen sein, so ganz ohne Beweise. Besonders jetzt, wo er das Geschenk bekommen hat, dass Dolores als Täterin verhaftet worden ist. Er wähnt sich vermutlich in Sicherheit. Er nimmt an, dass sein falsches Alibi akzeptiert worden ist, und denkt vermutlich nicht einmal im Traum daran, dass das noch einmal überprüft werden könnte. Dieser Feliciano hat mit großer Wahrscheinlichkeit nichts mit den Morden zu tun. Aber irgendwie steckt er mit Díaz unter einer Decke, sonst würde er ihm kein Alibi verschaffen.«

»Er ist Lieferant für Baustoffe … Im Baugeschäft hat es schon genug Betrugsfälle gegeben. Diese beiden könnten durchaus irgendwelche krummen Geschäfte verbinden«, meinte Pedro.

»Vielleicht hat Álvaro etwas bemerkt? Der war ein Fuchs.«

»Gut vorstellbar!«, gab Pedro zurück.

»Für eine Verhaftung aber etwas dürftig, oder? Zuerst müssen wir Feliciano zum Reden bringen. Wenn er das zugibt, was wir vermuten, hätten wir ein Argument für deinen Staatsanwalt. Wenn Díaz der Mörder ist, werdet ihr hoffentlich bei ihm irgendetwas Belastendes finden. Aber dafür braucht ihr einen Durchsuchungsbefehl, und zwar schnell, bevor Díaz etwas mitbekommt. Wenn der erst einmal aufgescheucht ist, wird er alles verschwinden lassen, was ihm gefährlich werden könnte. Also gilt es, erst mal Feliciano zu überrumpeln. Wenn er kein Mittäter ist, was ich annehme, wird er seinen Kompagnon schnell fallen lassen.«

»Ich hab es geschafft!«, rief Ben erleichtert lächelnd Naira zu, die eben mit einem Nachschub an Taralli, Manchego und diesmal auch noch Jamón aus der Küche kam. »Ich konnte meinen starrsinnigen Freund überzeugen. Wir haben morgen in aller Frühe ein Date mit Feliciano, von dem der allerdings noch nichts weiß.«

Naira lächelte. »Gratulation! Ich war mir sicher, dass dir das gelingt. Du fährst jetzt aber nicht mehr nach Hause, Ben. Ich werde dich im Gästezimmer unterbringen, und du kannst dann im Morgengrauen weiterziehen. Nach einem guten Frühstück, versteht sich.«

Ben überlegte nicht lange. »Das ist eine gute Idee. Da kann ich ja noch entspannt ein Glas Wein mit dir trinken!«

Er rief Pedro noch einmal an und bat um Abholung am nächsten Morgen bei Nairas Adresse. Das zögernde Erstaunen in der Stimme seines Freundes bemerkte er mit einer gewissen Zufriedenheit.

Tocki hatte sich inzwischen neben Ben eingerollt und schlief. Naira und Ben saßen noch eine ganze Weile beisammen, lachten und erzählten sich abwechselnd Szenen aus dem Restaurant. Ben zog Naira mit ihrer ganz offenbar innigen Beziehung zu diesem Gastronomen auf, die sie ihm bislang verschwiegen hatte, und sie versuchte, seinen Gesichtsausdruck nachzuahmen, als er beim Blättern im Gästebuch erwischt worden war.

Leicht beschwipst lag Ben schließlich im Gästezimmer und überlegte, ob Sherlock Holmes nicht vielleicht einen kleinen Ausflug zu Watson unternehmen sollte. Doch bevor er diese Frage lösen konnte, schlief er schon tief und fest.

Freitag

Der schrille Wecker kam gar nicht zum Einsatz, Naira wachte fünf Minuten vorher auf und entschärfte ihn schnellstens. Sie spitzte die Ohren, doch aus dem Gästezimmer war nicht das geringste Geräusch zu hören. Tocki war wieder einmal etwas irritiert, so früh stand seine Futterlieferantin normalerweise nicht auf.

Naira wollte zuerst bei Ben anklopfen und ihm dann das Badezimmer überlassen. Während sie noch überlegte, ob sie klopfen, laut singen, einfach hineingehen oder ihn lieber auf dem Handy anrufen sollte, bemerkte sie, dass Ben längst im Badezimmer war und versuchte, extraleise zu sein. Sie schmunzelte und machte sich auf in die Küche. Tocki folgte ihr wie ein Schatten und bekam sofort seine Schüssel aufgefüllt. Dann schnell den Wasserkocher einschalten. Wo waren denn die Orangen? Ah, hier. Okay, auspressen. Naira hielt kurz inne und schüttelte den Kopf. Also, nervös musste sie wirklich nicht sein, es war doch noch nicht so lange her, dass sie regelmäßig Frühstück für zwei gemacht hatte ...

Die Tostadas con tomate, das getoastete spanische

Weißbrot, und ein Teller mit Jamón Ibérico waren schnell vorbereitet. Sie stellte alles auf ihrem massiven Küchentisch aus kanarischer Kiefer ab, die Teetassen und ihre Steingutteller gleich dazu. Ohne nachzudenken, legte sie ihre schönen Leinenservietten auf, obwohl sie meist Papierservietten benutzte. Draußen war es noch dunkel, doch der Himmel über dem Atlantik kündigte bereits den baldigen Sonnenaufgang an. Ob sie eine Tortilla machen sollte? Oder wollte Ben vielleicht lieber Joghurt mit Mango und Banane? Interessanterweise hatten sie noch nie gemeinsam gefrühstückt; sie wusste gar nicht, wie er normalerweise seinen Tag begann. Nur seine Vorliebe für Tee war ihr schon lange bekannt. Ach, das würde ein herausfordernder Tag für ihn werden, da war ein stärkendes Frühstück genau richtig.

Am liebsten wäre sie mit Ben und Pedro mitgefahren. Ob alles so gelingen würde, wie sie es am Vorabend besprochen hatten? Wie spät war es eigentlich? Ein Blick zur Uhr zeigte ihr, dass sie noch genug Zeit hatten, bis Pedro kommen würde.

Da stand Ben auch schon fertig angezogen neben ihr. »Guten Morgen, Naira! Sag, hast du zufällig Minztee im Haus?«

»Auch guten Morgen, du früher Vogel! Du warst ja schon vor mir auf. Und ja, ich habe sogar eine Berberminzteemischung hier.«

»Wunderbar, danke! Genau so muss der Tag beginnen!« Bens Augen strahlten. »Ich habe ausgezeichnet geschlafen, ich fühle mich trotz der kurzen Nacht beinahe ausgeschlafen. Und du?«

»Ausgeschlafen wäre etwas übertrieben, aber setz dich hin und sag mir: Was magst du denn frühstücken? Eier habe ich im Haus, eine Tortilla wäre schnell gemacht, nur der Gofiobrei wird nicht reichen ... Aber hier gibt es schon Tostadas und Schinken.«

Ben schmunzelte und erklärte, er sei mit allem, was hier schon vorbereitet war, mehr als zufrieden.

»Weißt du, eigentlich esse ich so früh nichts, ich brauche bloß immer mindestens zwei Tassen Tee. Aber deine Tostadas schauen so appetitlich aus, die koste ich doch.«

Naira lachte und sagte, dass sie die eigentlich nur für ihn gemacht habe, sie selbst frühstücke nämlich meist Müsli oder Joghurt mit Früchten.

Während Ben den Tee aufgoss und die Kanne auf den Tisch stellte, füllte Naira Joghurt in die Schale zu den Mangostückchen, schälte dann noch flott eine der kleinen kanarischen Bananen und schnitt sie in dünnen Scheiben dazu.

Ben schenkte die Teetassen voll und angelte sich eine Tostada ... und dann doch auch etwas Jamón dazu. Es war einfach schön, so verwöhnt zu werden.

Es war Punkt sieben Uhr früh, als Ben in Pedros Polizeiauto stieg. Sie wollten den Baustoffhändler Feliciano zur unschuldigsten Zeit des Tages überraschen.

Auf dem Weg nach Villa de Mazo gingen sie noch einmal die Punkte ihrer Theorie durch, die sie sich zusammengereimt hatten: Diego Díaz macht krumme Geschäfte mit Manuel Feliciano, die wahrscheinlich mit den Materialien für das Hotelprojekt zu tun haben. Der Bauunternehmer Martínez entdeckt diesen Deal. Er stellt Díaz zur Rede, direkt am Strand bei der Hotelbaustelle. Diego Díaz dreht durch: Er sieht den großen Stein, nimmt ihn und schlägt, ohne viel nachzudenken, zu. Seine Verabredung mit Feliciano hat Díaz, als ihn Álvaro Martínez dringlichst herbeizitiert hat, vergessen. Das Feuerwerk auf dem vorbeiziehenden Kreuzfahrtschiff lenkt ihn etwas von seinem Ausnahmezustand ab. Langsam schlägt seine Panik in eiskalte Klarheit um. Es muss wie eine Erscheinung für ihn gewesen sein. Da ermordet er einen Menschen, und Feuer regnet vom Himmel. Sehr biblisch. Seine Verabredung fällt ihm wieder ein, und er sieht die Chance für ein Alibi. Er muss nur Feliciano dazu bringen, im Lokal zu bleiben, bis er dazukommt. Keiner in diesem großen, geschäftigen Lokal wird sich später daran erinnern können, wann das genau war.

Und damit wäre er auch durchgekommen, weil die Polizei das Alibi nur durch den Anruf bei Feliciano überprüft, im Lokal aber nicht recherchiert hatte. Das war der Beginn einer Glückssträhne für den Mörder Díaz gewesen, der dann auch noch zum Bauleiter befördert worden war. Hätte er nicht vom Kreuzfahrtschiff und seinem Himmelsfeuer erzählt, würde Dolores für ihn auf dem Scheiterhaufen brennen.

Das Areal des Zulieferers mit den Baustofflagerhallen und Beladungsplätzen, Containern und einem einstöckigen, etwas heruntergekommenen Bürobau lag vor ihnen. Schnellen Schrittes betraten sie das Gebäude und gingen gleich zu einer Tür mit der Aufschrift »Oficina«. Nachdem sie geklopft hatten und ein unfreundlicher Laut von innen zu hören war – es war kein »Herein«, es war kein »Ja, bitte?«, es klang eher wie ein Bellen –, öffneten sie die quietschende Metalltür.

»Polizei!«, rief Pedro und hielt seinen Polizeiausweis wie einen Schild vor sich.

Manuel Felicianos Augenbrauen zogen sich zusammen, und er setzte sich noch aufrechter hin. »Bitte sehr, meine Herren, nehmen Sie Platz. Was kann ich für Sie tun?«, fragte er, nun betont höflich. Er wies auf zwei Sessel vor seinem unter Papierstapeln verborgenen Schreibtisch. An den Wänden waren Kartons aufgeschichtet, dazwischen lagen lange Eisenstangen.

»Wir sind wegen Ihres geplatzten Alibis im El Ingeniero hier. Letzten Freitag gaben Sie an, am Abend zuvor, am Donnerstag um zwanzig Uhr, mit Diego Díaz im Lokal gewesen zu sein. Das war eine Lüge, Señor!«

Der Unternehmer zuckte zusammen. Damit hatte er sichtlich nicht gerechnet. Nach einer Schrecksekunde versuchte er es mit einem Gegenangriff.

»Was fällt Ihnen ein? Natürlich war ich um zwanzig Uhr im El Ingeniero, das wird Ihnen jeder dort bestätigen!«

»Um diese Uhrzeit waren Sie aber nicht mit Señor Díaz im Lokal. Der kam nämlich erst gegen zweiundzwanzig Uhr. Aber bei der polizeilichen Befragung sagten Sie aus, bereits um zwanzig Uhr mit Ihrem Geschäftspartner dort gewesen zu sein.«

Der Bauhändler schluckte, klappte seinen Laptop zu und versuchte, gelassen zu wirken. Er dachte sichtlich angestrengt nach, wie er mit dieser Situation umgehen sollte.

»Ach so, es kann schon sein, dass ich mich bei der Ankunft von Diego geirrt habe«, sagte er schließlich.

»Um zwei Stunden, die Sie im Lokal auf Ihren Partner warten mussten? Das glauben Sie doch selbst nicht. Sie werden einen guten Anwalt brauchen, Señor Feliciano. Sie haben Ihrem Geschäftspartner ein falsches Alibi verschafft. Es handelt sich hier um Verschleierung und Beihilfe zum zweifachen Mord.« Pedros Ton war scharf wie ein Messer. Die Gelassenheit seines Gegenübers war inzwischen völlig verschwunden. Der Comisario leistete ganze Arbeit, seine Körpersprache und sein schneidender Ton verfehlten ihre Wirkung nicht. »Es kommt nämlich noch ein weiterer Mord dazu, der an Pablo Torres. Denn auch in den sind Sie verwickelt. Ihre krummen Geschäfte mit Díaz wurden von Martínez aufgedeckt.«

»Was soll ich mit zwei Morden zu tun haben? Ja, ich hab mich durchaus gewundert, dass Diego mich bat, stundenlang zu warten, um dann nach zwanzig Minuten wieder zu gehen.«

»Das liegt doch auf der Hand! Weil er mit Ihnen sein falsches Alibi konstruierte, und das haben Sie uns gegenüber auch noch bestätigt.«

»Sie können mir doch keinen Mord anhängen! Und mit Díaz hab ich gar nichts zu tun, außer dass wir die Planung im Detail besprechen wollten.«

»Ja, die Planung eines Materialbetrugs«, bluffte Pedro.

»Ich habe bisher noch gar nichts geliefert, also kann ich auch niemanden betrogen haben!«

»Inwieweit ein geplantes Verbrechen bereits ein Verbrechen ist, mögen die Juristen diskutieren. Ich bin Polizist und verhafte Sie wegen Beihilfe zum Mord und Betrug.«

Der Baustoffhändler Feliciano wurde blass und sehr still. Seine unruhigen Hände schoben die Papiere auf der Arbeitsfläche wahllos wie ein Hütchenspieler herum.

Ben hätte Feliciano eigentlich mehr Stehvermögen zugetraut. Aber die Überrumpelung war gelungen.

»Gut«, sagte er mit leicht zittriger Stimme, als Pedro und Ben aufstanden. »Ich gebe zu, dass ich mit Diego Díaz über Rechnungen gesprochen habe, die nicht den tatsächlichen Liefermengen entsprechen sollten – und dass wir Lieferungen von Baumaterialien vortäuschen wollten, die tatsächlich nie angekommen wären. Nachdem die Bewehrung sowieso im Beton verschwindet, wäre eine nachträgliche Überprüfung nicht mehr möglich gewesen. Irgendetwas hat aber nicht geklappt. Es gab seit unserem Treffen keinen Kontakt mehr, und der Herr Bauleiter Díaz ließ sich am Telefon verleugnen. Also ist gar nichts passiert! Wir haben nur darüber geredet! Sonst kann ich überhaupt nichts sagen, ich weiß von gar nichts.« Das klang jetzt ziemlich kleinlaut.

Pedro sah Ben an, Ben nickte Pedro zu.

»Señor Feliciano, Sie werden uns jetzt zur Polizeistation begleiten und Ihre Aussage zu Protokoll geben.«

Die Tür ging auf, Cisca und Gabriel betraten den Raum mit imponierender Körperhaltung, so als würden sie Don Giovanni mitten während der Opernaufführung abführen.

Feliciano, der kein Opernstar war, sondern nur ein kleiner Betrüger, ließ den Kopf hängen, seufzte und tappte, von den beiden in die Mitte genommen, resigniert nach draußen.

Für viele Menschen waren Kirchen ein Zufluchtsort, wenn sie fremde Städte besuchten und dort der Hektik und dem Lärm entkommen wollten. Für Ben waren es vor allem Buchhandlungen. Während er in Kirchen die Ruhe und Meditation erst für sich herstellen musste, umfing ihn in einer Buchhandlung das Flair der anderen Welt sofort. Mit dem ersten Blick auf das nächstbeste Buch fingen seine Gedanken an zu wandern. Er ließ sich dann einfach treiben im Kosmos der Autorinnen und Autoren und ihrer Themen.

So ging es ihm auch jetzt, als er Nairas Buchhandlung betreten hatte. Da Enrique in ein Gespräch mit einem Kunden vertieft und Naira im hinteren Teil der Buchhandlung verschwunden war, konnte er sich den Tisch mit den neuen Büchern in aller Ruhe anschauen. Sein Interesse wurde von einem druckfrischen Kriminalroman aus England geweckt. Darin trafen sich laut Beschreibung auf dem Buchrücken jeden Donnerstag vier Senioren im Puzzlezimmer einer Seniorenresidenz, um alte, ungelöste Kriminalfälle aufzuklären. Das erinnerte ihn an ihren eigenen ungelösten Fall, den ungeklärten Tod von José beim Schluchtenspringen. Die vier Senioren im Krimi würden das vermutlich in Windeseile aufklären.

Plötzlich spürte er Nairas Hand, die ihn zur Theke nach hinten zog. Er konnte gerade noch das Buch mitnehmen. Bevor er sich setzte, hielt er seiner Buchhändlerin und Komplizin die erhobene Hand hin.

»Dame cinco!« – Give me five! Dabei musste er lachen.

Naira schlug strahlend ein. Sie war derart neugierig auf seine Schilderung des Besuches bei Feliciano, dem Baustoffbetrüger, dass sie ihm nicht einmal einen Kaffee anbot.

Er musste sich setzen und sofort erzählen. Das tat er auch. Von der anfänglichen Unfreundlichkeit bis zum leichten Schock, von den Lügen bis zum Leugnen schmückte er das Geschehene aus und spielte dabei verschiedene Rollen. Sie lachten herzlich über seine theatralische Darstellung.

»Und wie geht's jetzt weiter, großer Detektiv?«

»Na ja.« Er wischte sich mit seinem Taschentuch über das verschwitzte Gesicht. »Jetzt braucht es noch den Durchsuchungsbefehl vom Staatsanwalt, und dann können wir – hoffentlich – unsere Hypothese bestätigt sehen. Also, unsere Hypothese, dass Díaz entweder in seinem Büro oder zu Hause Beweismaterial versteckt hat, mit dem er des Mordes an Álvaro überführt werden kann. Wenn das nicht der Fall sein sollte, haben wir vorerst eine Schlacht verloren. Denn er macht sich mit seinem falschen Alibi zwar sehr verdächtig, aber ein Mörder ist er deswegen noch lange nicht.«

»Und wenn ihn sein Kompagnon warnt?«, fragte Naira besorgt. Sie trommelte aufgeregt mit den Fingern auf die Theke.

»Deswegen muss alles sehr rasch gehen. Vorläufig sitzt der bei der Polizei. Aber allzu lange kann ihn Pedro auch nicht festhalten. Deshalb sollte der Durchsuchungsbefehl schnell ausgestellt werden. Pedro bemüht sich gerade darum.«

Naira machte das Victoryzeichen.

»Aber noch haben wir die Genehmigung zur Durchsuchung nicht«, seufzte Ben, der mindestens so nervös wie Naira war. So nervös, dass er vergaß, den Kriminalroman zu bezahlen, als Naira ihn sanft aus der Buchhandlung schob.

Sie lächelte ihn an. »Hinaus mit dir, wir sehen uns bald!«

»Kann ich bitte Staatsanwalt Costa Gomes sprechen? Hier ist Comisario Fernández vom Departamento de Investigación Criminal in Santa Cruz.«

»Um was geht's denn? Der Herr Staatsanwalt ist beschäftigt.«

»Es geht um einen dringlichen Durchsuchungsbefehl. Eigentlich geht es um Leben und Tod.«

»Ich hoffe für Sie, Comisario, dass das so stimmt. Staatsanwalt Gomes ist heute nicht nur sehr beschäftigt, er ist auch besonders schlecht gelaunt. Ich verbinde Sie.«

Ein erstaunlich freundlicher Staatsanwalt meldete sich, ganz im Gegensatz zur Vorwarnung seiner Sekretärin.

»Buenos días, Comisario Fernández. Zuerst einmal Gratulation zur erfolgreichen Verhaftung der zweifachen Mörderin. Warum es jetzt noch um Leben und Tod gehen soll, werden Sie mir allerdings erklären müssen, mein Lieber.«

Nachdem Pedro die Situation kurz geschildert hatte, hörte er eine Art Erdbeben mit anschließendem Vulkanausbruch. Das hatte es ja auf der Insel beides schon gegeben, bei einem Staatsanwalt hatte er es allerdings bisher noch nie erlebt. Nachdem die Explosion vorbeigezogen war, war es eine Weile still.

»Comisario Fernández«, erklang schließlich wieder die

Stimme des Staatsanwalts, die jetzt schneidend kalt war. »Nachdem Sie eine zweifache Mörderin dingfest gemacht haben, haben Sie nun allen Ernstes das Vorhaben, einem unbescholtenen Bürger diese Morde anzuhängen? Und Sie wollen mich als Komplizen Ihrer wirklich abenteuerlichen Spekulation auch noch lächerlich machen? Sie wissen, was passiert – und es wird passieren –, wenn Sie bei der Hausdurchsuchung nichts finden? Haben Sie schon einmal etwas von der Oberstaatsanwaltschaft gehört? Die telefoniert bei erfolglosen und peinlichen Eigenmächtigkeiten unendlich gerne mit Staatsanwälten.«

Im Hintergrund war eine Stimme zu hören, die einen Anruf vom Innenminister ankündigte. Dann war es still. Die Leitung war unterbrochen. So hatte Pedro sich das Gespräch nicht vorgestellt.

Cisca sah ihn mit ihren großen Augen aufmerksam an. Ihre Besorgnis war echt.

»Wollen Sie etwas trinken?«, fragte sie ihn in ihrem drolligen Spanisch. Das Läuten seines Telefons unterbrach diesen liebenswerten Vorschlag der österreichischen Austauschbeamtin.

»Gomes hier. Wenn Sie meine Sekretärin mit den entsprechenden Daten versorgen, bekommen Sie den Durchsuchungsbefehl umgehend per Mail. Ich gebe Sie an Señora Ruiz weiter. Sagen Sie jetzt bitte nichts.«

Mit offenem Mund hielt Pedro das Telefon in seiner Hand und betrachtete es ungläubig. Aus dem Gerät tönte plötzlich eine Frauenstimme, es war dieselbe, die ihn vorher verbunden hatte.

»Hola, Comisario Fernández. Wollen Sie mir die notwendigen Daten durchgeben?«

»Sofort, ich gebe Sie an meinen Mitarbeiter Gabriel weiter«, stotterte Pedro.

»Danke, Señor Comisario.«

Pedro verband Señora Ruiz mit Gabriel, nachdem er diesem kurz entsprechende Instruktionen erteilt hatte, und blickte dann Cisca an, die immer noch besorgt vor ihm stand.

»Ja, bitte, einen starken Espresso. Danke!«

Das farbenfrohe Los Llanos zeigte sich, wie so oft, von seiner charmanten Seite. Es war ein ruhiger, sonniger Nachmittag. Die meisten Menschen waren bei der Arbeit oder am Meer. Eigentlich war es die Zeit für ein Nachmittagsschläfchen im Schatten. Trotzdem herrschte in der Straße, in der die Firma Martínez lag, plötzlich eine merkwürdige Betriebsamkeit. Polizeiautos parkten vor dem Haus des Baubüros. Polizeiautos waren nie unauffällig, aber erst recht nicht, wenn ihr Blaulicht rotierte. Das war von Pedro auch so gewollt.

Ben wartete schon vor dem Haus, als die Autos vorfuhren. Ihre heulenden Sirenen legten einen Hauch von Netflix über die Szenerie.

Zwei weitere Polizeiautos trafen währenddessen ein paar Kilometer entfernt beim Wohnhaus von Diego Díaz ein. Dort überwachten Cisca und Gabriel, mittlerweile ein eingespieltes Duo, die Durchsuchung.

Die Aktion im Baubüro leitete Pedro selbst. Er hatte Ben

gebeten, als aufmerksamer Beobachter dabei zu sein. Eine Sekretärin, deren schöner brauner Teint leicht erblasste, als sie die Polizisten in Uniform erblickte, öffnete ihnen die Tür. Ja, der Herr Bauleiter sei hier, er telefoniere gerade mit Madrid und ...

Pedro, seine Kollegen und Ben betraten geräuschvoll den Vorraum der Schaltzentrale von Diego Díaz und öffneten abrupt die Tür zu seinem Büro. Díaz saß auf seinem neuen Ledersessel hinter dem ehemaligen Schreibtisch von Álvaro Martínez und bemühte sich, seinen Mund zu schließen. Seine Augen waren weit aufgerissen, er versuchte, Empörung zu mimen.

»Was wollen ...«

»Lassen Sie uns in Ruhe arbeiten, dann sind wir bald wieder über alle Berge«, unterbrach Pedro ihn und überreichte ihm den Durchsuchungsbefehl. »Ich muss Ihnen allerdings mitteilen, dass wir gleichzeitig auch in Ihrer Wohnung eine Durchsuchung vornehmen. Ihre Señora de la limpieza, die Putzfrau, wird Sie in Kürze davon in Kenntnis setzen.«

»Was suchen Sie denn, um Gottes willen?«

»Sie kennen das ja, Señor Díaz: Laufende Untersuchungen verlangen Stillschweigen. Im Übrigen wissen Sie, glaube ich, selbst am allerbesten, was wir suchen. Kooperation wäre wahrscheinlich das Klügste.«

Eigentlich wusste Pedro nicht im Entferntesten, wonach sie wirklich suchten. Aber irgendein Hinweis musste doch zu finden sein ... Seit die Welt eine digitale geworden war, hinterließ alles eine Spur. Eine, die nicht mehr zu löschen war.

Der Bauleiter sank in seinem glänzenden schwarzen Chefsessel zusammen. Er schaute kurz auf das Bild seiner Mutter und drehte es um. Wenn er jetzt doch bei ihr sein könnte, schien er zu denken. Ihm war offensichtlich zum Weinen zumute.

Die Beamten hatten die Computer heruntergefahren und sichergestellt, dann dem Bauleiter und seiner Sekretärin ihre Handys abgenommen und waren nun auf dem Weg nach draußen. Ben wunderte sich, dass die Aktion so schnell vorbei war.

Diego Díaz wirkte plötzlich erleichtert. Selbstvertrauen schien in seinen Körper zurückzukehren, und er richtete sich auf. Ben flüsterte seinem Freund etwas zu, der sich daraufhin auf den Weg ins Sekretariat machte. Als Pedro zurückkam, blickte er den inzwischen aufrecht hinter seinem Schreibtisch stehenden Diego Díaz fragend an.

»Ist das Ihr Tresor?«

»Wie würden Sie den Gegenstand Ihrer Betrachtung sonst bezeichnen?«, antwortete Díaz fast schon wieder frech.

Rechts vom Schreibtisch stand ein offener Tresor mittlerer Größe. Er war leer, die Beamten hatten ihn ausgeräumt und die Geschäftsordner bereits eingepackt. Doch es gab noch einen zweiten, versteckten.

»Könnten Sie mir den Schlüssel und die Kombination Ihres zweiten Tresors geben, Señor Díaz?«

Die Gesichtsfarbe von Diego Díaz wechselte wie die eines Chamäleons, das sich blitzartig einer weißen Wand anpasste. Er hasste seine Angestellte. Álvaro hatte einen kleinen Tresor für spezielle Dinge hinter einem der Bilder von César Manrique im Vorraum gehabt. Zitternd händigte der nun totenblasse Diego Díaz Pedro einen gezackten Schlüssel aus.

»07 022 012 ist die Kombination«, sagte Manuela Pérez, die Sekretärin, die das Geschehen beobachtete. Ein triumphierendes Lächeln umspielte ihren Mund.

»Das hätte ich …«, murmelte Diego und brach resigniert ab, warf ihr aber noch einen hasserfüllten Blick zu.

Es herrschte plötzlich eine merkwürdige Stille im Raum, als Pedro den Safe öffnete. Der war wirklich nicht groß und fast leer, bis auf eine etwas ramponierte Plastikeinkaufstüte vom Supermercado. Pedro holte sie aus dem Safe und öffnete sie. Er zog einige zerknüllte Fünfhunderteuroscheine aus der Tüte. Einige davon hatten eigenartige braune Flecken.

Der Bauleiter, der sich während der Aktion immer näher zum Ausgang bewegt hatte, war, als Pedro den Tresor geöffnet hatte, unbemerkt durch die Tür verschwunden. Jetzt kam er aber wieder herein – links und rechts flankiert von zwei Polizisten.

Pedro sah auf seinem Handy Ciscas Namen aufleuchten. Die triumphierende Stimme der Österreicherin war auch für die Umstehenden noch deutlich zu vernehmen.

Der Comisario hörte zu, bedankte sich und legte auf.

»Sie haben die fehlende Tasche von Álvaro Martínez mit

seinem Laptop und Geschäftspapieren in der Wohnung gefunden.«

Er drehte sich zu seinem Freund Ben um.

»Danke!«, raunte er ihm zu.

Nach dem Tohuwabohu der Bürodurchsuchung, der Entdeckung der blutigen Scheine und der Abfahrt der Polizisten, die den völlig verstörten Bauleiter mitgenommen hatten, war es plötzlich sehr ruhig im Büro der Firma Martínez geworden. In dieser Stille waren Ben Rodríguez und Manuela Pérez zurückgeblieben. Schweigend.

Ben dankte der Sekretärin kurz, gab ihr die Hand und verließ das Büro. Langsam ging er zur Plaza de España.

Yaiza war auf dem Weg zu Dolores Suárez. Die war in einer Zelle des Gefängnisses El Galeón in Santa Cruz untergebracht. Die offizielle Anklage war noch nicht erhoben, aber das würde nicht mehr lange auf sich warten lassen.

Yaiza hielt Dolores nicht für eine Mörderin, musste sich aber eingestehen, dass irgendetwas nicht mit ihr stimmte. Bei ihren Besuchen hatte sie den Eindruck, dass Dolores mit ihrer Rolle als Terroristin selbst nicht glücklich war, aber einfach nicht mehr zu ihrem wahren Ich finden konnte. Wenn der Begriff »gespaltene Persönlichkeit« auf irgendjemanden zutraf, dann auf diese Klientin.

Yaizas Hände umklammerten das Lenkrad. Als sie aus ihrem Auto stieg, verbarg sich gerade die Sonne hinter einer dunklen Wolke. Das Gefängnistor war plötzlich in Schatten getaucht. Sie hasste dieses Gefängnis. Sie hasste alle Gefängnisse dieser Welt, die ihr die Sonne aus dem Herzen verjagten. Bevor sie bei dem eisernen Tor angelangt war, trommelte ihr Handy »In-A-Gadda-Da-Vida«. Das Schlagzeugsolo riss sie aus ihren dunklen Gedanken.

»Hola, hier spricht dein Bruder Ben.«

»Ich weiß, Bruder, dass du Ben heißt. Fass dich kurz, ich muss ins Gefängnis.«

»Was hast du angestellt?«

»Ben, lass die Faxen, ich muss zu Dolores. Es wird bald sehr, sehr ernst für sie.«

Ein bestens gelaunter Ben hatte seiner Schwester einiges zu berichten.

Etwa zwanzig Minuten später betrat Yaiza strahlend das Gefängnis. Dolores würde psychologische Behandlung brauchen, aber nicht im Rahmen eines Strafvollzugs. Das war jetzt klar.

Plötzlich spürte Yaiza die Leichtigkeit des Seins.

Dass Ben seine Schwester unmittelbar vor dem Besuch bei Dolores erwischt hatte, hielt er für einen glücklichen Zufall. Jetzt brauchte er dringend einen Menschen, mit dem er das Erlebte teilen konnte: Naira!

Die Tür der Buchhandlung öffnete sich, und Naira, die ihn schon durch die Scheiben des Schaufensters gesehen hatte, kam heraus und umarmte ihn.

»Du siehst ja schon fast entspannt aus – und das in diesen abenteuerlichen Zeiten. Sicher hast du viel zu erzählen, und ich will alles hören!«

»Hast du denn überhaupt Zeit?«

»Ja, Enrique ist da. Magst du an unserer Theke eine Tasse Tee oder Kaffee trinken?«

»Nein, lass uns lieber ins Don Miguel gehen. Setzen wir uns unter dem Glasdach unter die Farne und lassen uns einen Café con leche servieren ... und dann erzähle ich dir alles.«

Sie gingen flotten Schrittes den kurzen Weg ins Café, entdeckten erfreut einen freien Tisch in der Ecke bei den Kaffeesäcken und nahmen Platz. Noch bevor der Kaffee und der berühmte Cheesecake, den sie dazubestellt hatten, auf dem Tisch standen, begann Ben zu berichten. Er schilderte Naira die spannendsten und überraschendsten Momente, erwähnte die Sekretärin, den versteckten Tresor mit dem Geld und das Auffinden von Álvaro Martínez' Aktentasche samt Laptop in Díaz' Wohnung.

Nun wollte Ben rasch das Wichtigste festhalten und die Rohfassung seines Artikels über die Ereignisse möglichst schnell fertigstellen. Er würde in Santa Cruz bleiben, denn Pedro hatte angedeutet, sie beide, Ben und Naira, könnten die Vernehmung von Díaz mitverfolgen. Wie das gehen sollte, wusste Ben noch nicht, aber sie waren bereit und könnten dann zusammen zum Kommissariat hinübergehen.

»Ach, ist das alles spannend«, seufzte Naira.

»Sag, kann ich vielleicht gleich in der Buchhandlung arbeiten?«, fragte Ben.

Naira schüttelte den Kopf. »Ich habe eine bessere Idee: Ich gebe dir meinen Schlüssel, und du setzt dich bei mir zu

Hause auf die Terrasse. Da sparst du Zeit und hast viel mehr Ruhe. Mein WLAN-Passwort kennst du ja schon.«

»Das Angebot nehme ich gerne an, danke!«

»Wenn du mich dann später anrufst, treffen wir uns gleich beim Museo Naval. Das liegt ja für uns beide auf dem Weg zu Pedro.«

Ben fand den Vorschlag großartig und schlug vor, danach gemeinsam zu Abend zu essen. »Was hältst du davon, Naira? Du hast doch heute Abend Zeit, oder?«

»Ben, da bin ich dabei!« Die Worte kamen schnell und überzeugend. »Selbst wenn ich etwas anderes vorgehabt hätte: Diese Vernehmung lasse ich mir nicht entgehen – und ein entspanntes Abendessen mit dir auch nicht! Gehen wir endlich wieder einmal ins Enriclai? Ich reserviere noch schnell einen Tisch, auch wenn wir nicht wissen, wann genau wir dort sein werden.«

Ben hatte seinen Laptop aus dem Auto geholt und ging den kurzen Weg zu Nairas Häuschen. In seinem Kopf hörte er die Stimme von Bob Dylan »the times they are a-changin'« singen. Er liebte die zweite Strophe, vor allem der Schluss hatte es ihm angetan, den er für sich so übersetzte: »Denn der jetzige Verlierer wird später gewinnen, denn die Zeiten ändern sich.«

Kaum hatte er die Eingangstür geöffnet, stand Tocki miauend vor ihm.

»Na, auf dich war ich jetzt nicht vorbereitet. Aber komm, wir gehen in die Küche, und ich sehe nach, ob ich Futter für dich finde!«

Tocki half sofort mit und miaute, wie Ben schnell bemerkte, den richtigen Schrank an. Den Fressnapf musste er nicht suchen, über den war er schon mehrfach bei Besuchen gestolpert. Tocki beobachtete Ben aufmerksam, und als der die gefüllte Schale auch noch auf den richtigen Platz stellte, sah der Kater beinahe zufrieden aus.

Naira hatte Ben auch ihren Schreibtisch angeboten und gemeint, die Papiere darauf könne er einfach zusammenschieben und den Stapel dann auf das kleine Tischchen daneben legen. Er betrachtete kurz das umfangreiche papierene Stillleben, dann beschloss er, sich auf die Terrasse zu setzen. Der Ausblick über den Atlantik war mindestens genauso schön wie bei ihm zu Hause.

Da saß er nun, nach all den turbulenten Ereignissen, entspannte sich und las noch einmal die letzten Zeilen seiner Reportage.

Als sein Handy läutete und er den Anruf annahm, ohne zu schauen, von wem er kam, staunte er nicht schlecht.

»Hola, Ben!«

»Hola, Dimitrij! Ich dachte, du bist nicht mehr auf der Insel?«

»Doch, Ben, doch, eine Angelegenheit hält mich hier fest.«

»Du gehst mir mit deiner Geheimniskrämerei allmählich ziemlich auf den Geist, lieber Dimitrij. Eine ›Angelegenheit‹ also! Gut und schön. Und was hab ich mit deiner ›Angelegenheit‹ zu tun?«

»Das will ich dir ja sagen, das ist auch der Grund meines Anrufs. Ich möchte dich um einen Gefallen bitten. Sag, können wir uns nicht einfach treffen? Ich bin ganz in der Nähe deines Hauses. Aber ich komm auch gerne woandershin, wo immer du willst.«

Ben seufzte. Ihm blieb gerade auch nichts erspart, dachte er mit einer Spur Selbstmitleid. »Es gibt ein kleines Problem: Ich bin gar nicht in der Nähe meines Hauses, sondern in Santa Cruz!«

»Macht auch nichts, ich muss später sowieso zum Flughafen. Wo können wir uns treffen? Vielleicht nicht gerade an einem Kiosco oder im Café. Wir sollten ungestört reden können. Überlege dir, wo, ich rufe dich noch mal an, wenn ich kurz vor Santa Cruz bin, okay?«

»Ja, machen wir es so.«

Ben dachte nach und rief dann Naira an. Er erklärte ihr die Situation und bat sie um einen Tipp.

Naira hatte sofort die Lösung parat. »Gib ihm einfach meine Adresse. Tee, Kaffee und Alkohol findest du ja auch ohne mich. Fühlt euch wie zu Hause, ungestört seid ihr da sicher ... Bloß Graf Potocki könnte grantig werden, wenn er sich von euch belästigt fühlt!«

»Danke, du Großzügige! So ist es natürlich am bequemsten für mich. Habe ich schon gesagt, dass du heute zum Abendessen eingeladen bist?«

Ben konnte eine gute halbe Stunde an seinem Artikel weiterschreiben, bevor Dimitrij wieder anrief. Er gab ihm die Adresse durch und fragte: »Kaffee oder Tee?«

»Danke, Ben, gerne Kaffee.«

Ben hatte bereits aufgelegt, als ihm der Gedanke kam,

ob es wirklich eine gute Idee gewesen war, den eigenartigen Señor Misterioso in Nairas Haus einzuladen.

Dann bereitete er den Kaffee für den Freund vor und stellte die Tassen auf ein Tablett, das er in der Küche gefunden hatte. Seinen Laptop verstaute er in seinem Rucksack und ließ ihn in der Küche am Esstisch stehen.

Immer wieder sah er auf sein Handy, um sicherzugehen, dass er den Anruf von Pedro nicht versäumte.

Dimitrij war schneller als vermutet da. Es läutete, und Ben öffnete schwungvoll.

Dimitrij umarmte ihn und überreichte ihm die neue Whisky-Kreation von Aldea. »Ich hoffe, Aldea ist immer noch deine Lieblingsdestillerie!«

»Danke, ja, immer noch. Aber was ist los mit dir? Jahrelang hör und seh ich nichts von dir, und jetzt meldest du dich schon fast täglich«, scherzte Ben. Langsam war er wirklich neugierig, was seinen Freund auf der Insel umtrieb.

»Es ist mir peinlich, Ben, aber ich brauch etwas von dir.«

»Komm, setzen wir uns in den Garten, der Kaffee ist schon fertig, und Whiskygläser gibt es hier sicherlich auch. Du wolltest doch die Insel bald wieder verlassen. Was hält dich hier fest, und was verschafft mir die Ehre?«

»Das ist ja ein kleines Paradies hier.« Dimitrij machte eine ausladende Handbewegung, die die Gärten der Nachbarn und den halben Atlantik mit einbezog. »Die Buchhändlerin ist eine gute Freundin von dir?«

»Ja, aber ich glaube, das ist jetzt nicht unser Thema, oder?«

»Nein, da hast du recht. Okay, zur Sache: Ich bin im Auftrag der Familie Martínez auf La Palma. Sie wollen wissen, warum und von wem Álvaro ermordet worden ist. Ich arbeite schon länger mit dem Martínez-Clan zusammen, ich genieße ihr Vertrauen, und sie haben mich gebeten, diese und andere Fragen zu klären. Du weißt, die Martínez sind nicht nur reich an Geld, sondern auch an Familie. Álvaro war der jüngste Sohn, ein Nachzügler, er hatte drei ältere Brüder und eine Schwester. Die Eltern sind alt und haben längst die Firma übergeben, sie kriegen nicht mehr viel mit. Álvaros ältester Bruder Roderik, der Patriarch der Familie, ist ein politisch sehr engagierter Mann. Nicht bei einer Partei, die du wählen würdest, lieber Ben ... Er mischt ordentlich mit bei der VOX, die ja ziemlich rechts ist. Auch Álvaro war politisch aktiv, allerdings bei der liberalen Bürgerpartei. Die war, wie du sicher weißt, ursprünglich in der Mitte, hat sich aber immer mehr nach rechts bewegt, und Álvaro hat sich wieder verabschiedet. Er war ein Mitgründer der Ciudadanos und absolut nicht einverstanden mit der Entwicklung.«

»Und warum erzählst du mir das alles?«, fragte Ben misstrauisch, nachdem er sich von seiner Verblüffung über den Vortrag langsam erholt hatte.

»Weil Roderik Martínez vor allem wissen will, ob es bei dem Mord an seinem Bruder politische Hintergründe gibt. Und weil du nahe an der Sache dran bist.«

»Ich erzähl dir doch keine geheimen Ermittlungsergebnisse!« Ben schüttelte empört den Kopf.

»Nein, Ben, die brauche ich auch nicht. Würde ich dich

aushorchen wollen, würde ich nicht so offen reden. Was ich von dir gerne wissen würde, ist, ob der Mord politisch motiviert ist. Du weißt schon, was ich damit meine. Gestern habe ich ein Mitglied der Regierungspartei der Kanarischen Inseln getroffen, das ebenfalls Interesse an dieser Frage hat.«

»Um den Tatbestand eines politischen Mordes dann zu verschleiern?«

»Die werden das wohl kaum verschleiern können. Nicht zuletzt, weil ich dich eingeweiht habe.«

»Okay ...?«

»Ben, ich bin zugegebenermaßen umtriebig, immer unterwegs, ich habe nicht nur auf dem Festland ein gutes Netzwerk, sondern auch auf den Inseln. Wenn ich dir bei Bedarf mit Informationen behilflich sein kann, lass es mich wissen. Du hast etwas gut bei mir, wenn du mir hilfst. Du bist Journalist, ich kann dir sicher noch nützlich sein.«

Ben musterte seinen alten Freund genauer. Nein, das war kein Trick, kein Spiel, das Dimitrij mit ihm trieb. Dazu agierte er tatsächlich zu offen. Er wollte einfach eine definitive Antwort über einen eventuell politisch motivierten Hintergrund des Mordes, die er an Roderik und die Politiker weitergeben konnte. Dimitrij würde dafür schon entsprechend entlohnt werden, da war sich Ben sicher. Er musste beinahe schmunzeln, er hatte ja tatsächlich alles, was Dimitrij offenbar so dringend brauchte – und was er vermutlich bald einer Zeitung entnehmen konnte ... Bens exklusive Information hatte einen kurzen Zeitwert, aber das musste er seinem Gast ja nicht auf die Nase binden.

Außerdem hatte er das unbestimmte Gefühl, dass er Dimitrij in der Zukunft tatsächlich noch brauchen könnte. Er setzte sein Pokerface auf und schenkte sich und dem Freund etwas Whisky ein.

»Also, Dimitrij, danke für deine Ehrlichkeit. Du musst die Information ja wirklich dringend brauchen, wenn du dich ausgerechnet an mich wendest – mich, den du immer als ›Gutmenschen‹ bezeichnet hast. Vermutlich hältst du mich auch noch für einen Provinzinsulaner.«

»Ben, bitte sei nicht so blöd, du weißt, dass ich dich sehr schätze!«

»Ja, ja, hör mir zu, Dimitrij: Ich kann dir verlässlich sagen, dass bei der Motivation für die beiden Morde keine Politik im Spiel war.«

»Und diese Terroristin?«

»Die ist eine verirrte Seele, aber ganz sicher keine Mörderin.«

»Und wer hat Álvaro und diesen Bananenbauer dann umgebracht?«

»Das darf ich dir noch nicht sagen. Es war jedenfalls weder ein ehemaliger Parteikollege noch ein linker Attentäter und ein rechter ebenfalls nicht.«

Dimitrij Dimitrijevs hellgraue Augen erhielten einen bestimmten Glanz, der mit seiner modischen Glatze korrespondierte. Den Schweiß auf der Stirn tupfte er diskret weg. Er stand auf und umarmte Ben. »Amigo«, sagte er sanft und legte noch ein »Muchas gracias!« nach.

Das verkraftete Ben ja noch, aber die Küsse links und rechts, die waren jetzt doch etwas zu viel für ihn.

Ben begleitete Dimitrij noch ums Haus herum zur Gartentür. »Was die große Liebe betrifft, die die Martínez ja sicher auch interessiert: Behandle Charlotte gut, hörst du?«, rief er ihm nach.

Dimitrij blickte sich um, lächelte verschmitzt, tippte mit der rechten Hand an seinen Kahlkopf und verschwand in Richtung Museo Naval.

Ben stand noch lange da und sah ihm nach. Dann räumte er ab, wusch das Geschirr und holte seinen Laptop hervor. Er ließ sich wieder auf der Terrasse nieder. Die Sonne stand schon tief, und das Licht tanzte mattgolden auf dem Meer.

»Hola, Naira! Ich habe gerade mit Pedro telefoniert, es ist so weit. Treffen wir uns in ungefähr zwanzig Minuten am Museo Naval? Passt das für dich?«

»Ja, das passt gut. Ich bin schon gespannt.«

»Ich auch … Und ich hoffe, Díaz plaudert wirklich.«

»Nach dem, was du von der Haus- und Bürodurchsuchung erzählt hast, bin ich mir da ziemlich sicher.«

»Ja, wahrscheinlich. Bis gleich!«

Ben verstaute das Handy in seiner Jackentasche, in der auch sein rotes Notizbuch steckte, räumte seinen Laptop in den Rucksack und stellte ihn unter dem Küchentisch ab.

»Hola, Dimitrij, ich habe deinen Anruf eigentlich schon früher erwartet.«

»Hola, Roderik! Wenn ich die gewünschte Information gehabt hätte, hätte ich dich auch schon früher angerufen.

Zu deinen Befürchtungen: Der schreckliche Mord an deinem Bruder ist nicht politisch motiviert. Davon können wir definitiv ausgehen. Das macht Álvaro leider nicht wieder lebendig und die Umstände nicht weniger fürchterlich, aber wie der Abgeordnete der PSOE, mit dem ich nach deiner Anweisung Kontakt aufnehmen sollte, sagte: ›Blut ist kein Argument in der Demokratie.‹ Übrigens, ich soll dich von ihm grüßen.«

»Pathetisch wie immer, diese Roten. Danke, Dimitrij, du hast deine Sache gut gemacht. Nächster Punkt: Wie verhält es sich mit der Beziehung meines kleinen Bruders zu der Künstlerin? Für ihn war es sehr ernst. Das hat er mir gesagt. Wie siehst du das bei ihr?«

»Genauso verhält es sich bei Charlotte Schneider. Sie hatte und hat kein Interesse an seinem Geld. Sie würde sich auch nicht im Traum vorstellen, irgendein Erbe anzutreten. Dafür war die Beziehung zu kurz, es würde auch keinen Rechtsanspruch geben. Aber so weit denkt sie gar nicht. Es war und ist bei ihr immer noch die große Liebe. Das haben meine Recherchen ergeben. Sie trauert ehrlich und tief. Die beiden wären ein schönes Paar geworden.«

»Dimitrij, Dimitrij, was höre ich da aus deinen poetischen Worten heraus? Wäre dir deine Karriere nicht wichtiger gewesen, gäbe es auch ein schönes Ehepaar Dimitrijev. Aber lassen wir das, mein Bruder soll über seinen Tod hinaus seinen Willen haben. Wir sind eine ehrenwerte Familie und stehen zu unserem Familienkodex. Ich danke dir für diese Recherche und die Information. Du weißt, du hast mein Vertrauen, und das ist viel in dieser politischen Welt der Hyänen. Bitte bleib noch auf den Kanaren, ich habe eine Aufgabe für dich und melde mich in Kürze. Grüße an den roten Abgeordneten. Die Autonomie der Kanarischen Inseln ist schädlich für unsere Nation. Diese Meinung teile ich mit General Franco, denn wir brauchen die Inseln noch stärker als finanziellen Ressourcenpool für unser Land. Leider sind die Falschen an den politischen Hebeln. Auf dem Festland genauso wie auf den Inseln. Aber das wird sich bald ändern, Dimitrij. Wir sehen uns in einigen Wochen in der Aufsichtsratssitzung der Martínez-Foundation. Adiós!«

Diego Díaz saß zusammengekauert auf einem Sessel vor dem Tisch im Verhörraum, ihm gegenüber der Comisario. Diegos Gesicht war grau, er wirkte kleiner als sonst und vollkommen gebrochen.

An der Seite bei der Tür saß Gabriel und beobachtete argwöhnisch Pedros Umgang mit dem Aufnahmegerät.

»Diego Díaz, Sie haben Álvaro Martínez und Pablo Torres getötet. Die Beweise sind eindeutig. Warum haben Sie das getan?«

Neben dem unglückseligen Diego saß sein Anwalt. Der flüsterte seinem Mandanten zu, dass er die Aussage verweigern könne. Díaz wischte den Rat mit einer Geste von sich, die besagte, dass es ohnehin keinen Sinn mehr hatte. Er richtete sich in seinem Sessel auf.

»Álvaro Martínez war ein guter Chef«, sagte er langsam mit tonloser Stimme. »Die Zusammenarbeit mit ihm war angenehm und partnerschaftlich. Die Vereinbarung mit Feliciano habe ich als Zusatzverdienst gesehen. Ich brauche

Geld für die Pflege meiner Mutter. Sie hat eine unheilbare Krankheit und wird nur noch wenige Wochen leben. Das weiß sie allerdings nicht, und sie soll es auch nicht wissen. Und sie soll auch nicht wissen, dass ihr geliebter Sohn ein Mörder ist. Ich flehe Sie an, das möglich zu machen.«

»Wie stellen Sie sich das vor? Sie können nicht damit rechnen, dass Sie freigelassen werden, auch nicht auf Zeit.«

Pedros Antwort kam ohne Zögern, er betrachtete dabei das Aufnahmegerät. Es war ihm fast nicht möglich, Díaz in die Augen zu sehen. Sein Mitleid hielt sich zwar in Grenzen, und er musste an Charlotte Schneider denken, an ihren Schmerz. Aber die Worte von Diego Díaz trafen ihn trotzdem ins Herz.

»Das tue ich auch nicht, aber es gibt eine Möglichkeit. Ich kann meiner Mutter mit Ihrer Hilfe glaubhaft machen, dass ich in Madrid bin, weil die Familie Martínez mich kennenlernen möchte. Ich kann sie davon überzeugen, dass ich in der Zentrale arbeiten werde. Sie würde glauben, dass ich an meiner Karriere arbeite. Und sie würde verstehen, warum ich nicht bei ihr sein kann ...« Seine Stimme erstickte in einem trockenen Schluchzen. »... wenn ihre letzten Tage gekommen sind.« Er stockte einen Moment, um sich zu fassen. »Ich weiß, dass ich kein Recht habe, irgendetwas zu fordern, aber ich möchte Sie herzlich bitten: Wenn es mit meiner Mutter zu Ende geht, lassen Sie mich noch einmal zu ihr.«

Pedro gab sich einen Ruck. Er sah zu dem großen Spiegel, hinter dem er die für die Anwesenden unsichtbaren Freunde Naira und Ben wusste. Und er wusste auch, was sein Freund Ben hinter dem Beobachterfenster jetzt zu ihm sagen würde.

Er räusperte sich. »Señor Díaz, ich will Ihnen nichts versprechen. Das kann ich gar nicht, und es wäre unseriös. Aber ich werde mich dafür einsetzen, dass Sie mit Ihrer Mutter telefonieren können. Ich werde mich auch bemühen, dass ein Besuch bei Ihrer Mutter, angesichts der besonders tragischen Umstände, zu gegebener Zeit möglich ist. Ich kann es aber nicht fest zusagen.«

»Danke, Comisario Fernández, mehr kann ich nicht erwarten ...« Diego seufzte. »Ich möchte jetzt mein Geständnis ablegen«, sprach er in gefasstem Ton weiter. »Wie ich schon sagte: Álvaro Martínez war ein fairer Chef. Warum habe ich ihn also getötet? Er hat mich in Gegenwart der schwarzen Wellen des Meeres, der Begleitmusik seiner vernichtenden Worte, zum Tod verurteilt. Offensichtlich hatte er auf dem Computer im Büro meine Korrespondenz und andere Belege meiner Zusammenarbeit mit Feliciano gefunden. Ich hatte nicht bedacht, dass er ein neugieriger Mensch war und einen gewissen Kontrollzwang hatte ... Na ja, nicht ganz zu Unrecht. Er hat mich an den Strand zur Baustelle bestellt und dann damit konfrontiert. Er hat mir keinen Ausweg gelassen. Álvaro war in diesem Moment kalt und klar. Meine berufliche Existenz sei vernichtet, das sagte er mir deutlich. Er war eben ein konsequenter Unternehmer. Ich selbst hätte an seiner Stelle vielleicht die gleiche Entscheidung getroffen. Ich dachte an meine Mutter, ihre tödliche Krankheit und den unermesslichen zusätzlichen Schmerz, den ihr diese Schande versetzen würde, und hatte plötzlich einen Stein in der Hand. Álvaro redete und redete. Wie enttäuscht er von mir sei. Er ging am Strand vor mir her, während er vor sich hin dozierte. Ich habe den Stein mit aller Wucht gegen seinen Hinterkopf geschlagen. Er fiel schwer in den Sand und war tot. Das erkannte ich sofort ...« Diego Díaz war sichtlich erschöpft, die Körpersprache seines Verteidigers verriet Unbehagen.

»Aber was hat das alles mit Pablo Torres zu tun? War er in den Betrug verwickelt?«

»Nein, aber Torres hatte meinen Anschlag auf Martínez zufällig beobachtet. Er mochte uns beide nicht, und er erkannte sofort seine Chance, an Geld zu kommen. Und die nutzte er – er hat mich erpresst. Es war sehr schwer für mich, seine Forderung von fünfzigtausend Euro so schnell zu erfüllen. Ich musste dafür einen Kredit aufnehmen. Als ich ihm das Geld brachte, lachte er mich aus, und mir wurde durch seine höhnischen Worte klar, dass er mich immer weiter erpressen würde. Ich drehte durch. Als ich wieder zu mir kam, war alles voller Blut. Das Geld habe ich wieder in die Tasche gestopft, konnte das aber nicht zu Ende bringen, weil ich hörte, wie sich jemand der Hütte näherte. Also bin ich, so schnell ich konnte, verschwunden.« Sein Körper sank in sich zusammen.

Diegos Anwalt schloss seine Aktentasche und wartete auf die erstbeste Möglichkeit zu gehen. Er war als Pflichtverteidiger hinzugezogen worden. Díaz selbst legte keinen Wert auf seine Verteidigung.

Hinter dem Spiegel saßen zwei angespannte Zeugen

dieses Verhörs. Hastig zog Ben seine Hand zurück, die er gerade unbewusst auf die von Naira gelegt hatte.

Die Erschütterung über das verpfuschte Leben von Diego Díaz und die tragische Geschichte seiner Mutter hielt Naira und Ben auch noch auf dem Weg in das Lokal, in dem sie zu Abend essen wollten, in ihrem Bann. Sie gingen langsam und fast schweigend die wenigen Gassen bis zum Teatro Chico entlang und bogen dann in die steile Calle Dr. Santos Abreu ab.

Vor der ersten Kurve lag rechts das winzige, aber sehr gemütliche Restaurant Enriclai. Es galt zu Recht als das kleinste Lokal der Insel. Sie stiegen die drei Stufen zur offenen Eingangstür empor. Kaum waren sie in den heimeligen Raum mit dem blau bemalten altkanarischen Holzdach eingetreten, kam die Wirtin hinter der Theke, die die Küche vom Gastraum trennte, hervor und umarmte Naira.

»Hola, Naira, wie schön, dass ihr da seid! Ich habe euch deinen Lieblingstisch in der Ecke frei gehalten.«

»Muchas gracias, liebe Carmen! Wir haben einen aufregenden Tag hinter uns und werden Leonardos Küche heute ganz besonders genießen. Aber zuallererst brauchen wir ein Glas Champán zum Anstoßen.«

»Sag, hast du auch eine Einladung zur Verleihung der berühmten OMR-Ehrenmedaille erhalten, Ben?« Mit dieser Frage stellte Naira ihr Glas mit dem perlenden Inhalt behutsam auf den Tisch zurück.

»Ja, habe ich, zusammen mit Yaiza und Elena. Weißt du mehr darüber?«

»Nein, ich dachte, du vielleicht.«

»Es wird zu Ehren von Álvaro Martínez geladen, aber Genaues weiß niemand. Aber wir mögen ja Überraschungen, nicht wahr, Naira?« Wieder ließen sie ihre Gläser klingen. Naira sah sich nach Carmen um, die den Blick schnell einfing und zu ihnen an den Tisch kam.

»Liebe Carmen, was gibt es heute?« Eine Speisekarte gab es im Enriclai nicht. Die außergewöhnliche Gastgeberin, María del Carmen Blanco Medrano, kurz Carmen genannt, erzählte stattdessen leidenschaftlich und mit schauspielerischem Talent von den tagesaktuellen Speisen, ihren Variationen und auch ihrer Herkunft. Denn auf die Herkunft achtete sie bei jeder Zutat, genau wie bei den dazu passenden Weinen, die fast alle von der Insel stammten. Ihr Weinsortiment war sehr besonders, und es waren dabei überproportional viele Winzerinnen vertreten.

Carmen setzte sich zu ihnen und legte los: »Also, wir haben heute – ganz frisch – Lenguado gebraten, mmhh, diese Seezunge ist ein Traum! Und dazu könnt ihr entweder Papas arrugadas oder fritas und/oder Gemüse haben. Wir haben, ebenfalls ganz frisch vom Bauern, Auberginen, Zucchini, grüne Bohnen oder Papaya und gebratene Bananen! Als Fleisch gibt es heute ... Ach, ich hab die Vorspeisen vergessen! Also: Tartar de atún, Ensalada de pulpo, eine Sopa de garbanza, Kichererbsensuppe, oder einen einfachen frischen Salat, gerne mit Papaya, direkt von unserem Salatfeld auf den Teller! Unsere täglich frische Pasta ist heute Garganelli mit Lachscreme oder aglio e olio.

Dann das Fleisch: Heute gibt es schöne Entrecotes, kurz gebraten, von den möglichen Beilagen habe ich euch schon erzählt. Aber: Lasst etwas Platz im Magen, denn unsere aktuellen Desserts sind: Mousse de Gofio, klassisch mit Mandeln, frisches Bienmesabe – das Mandelkaramell wird heute mit Vanilleeis und Mangospalten serviert – und, ich kann euch sagen, Leonardo hat sich selbst übertroffen: Budin de arroz con miel especial: süßer Reis mit Pistazien und Weißwein gekocht. Na, was wollt ihr?«

Naira und Ben waren von der appetitanregenden Menüpräsentation hingerissen.

»Carmen, nach deinem Vortrag fühle ich mich so hungrig«, erklärte Naira. »Welche der Vorspeisen ist am schnellsten auf dem Tisch?«

»Naira, bitte überlegt in aller Ruhe! Ich bringe erst einmal unser köstliches Brot und einen Gruß aus der Küche, damit ihr nicht vor der Bestellung verhungert!«

Ben schmunzelte. »Du solltest mich öfter zu Enriclai mitnehmen, es ist so erfrischend und entspannend hier. Aber jetzt musst du mir helfen: Was hat sie uns da alles aufgezählt? Ich war so von ihrer Darbietung fasziniert – ich fürchte, ich weiß noch maximal die Nachspeisen!«

Naira lachte. »Sobald ich ein paar Bissen in mir habe, gerne!«

Da brachte Carmen auch schon das Brotkörbchen und zwei Teller mit Ceviche vom Kabeljau.

Nachdem sie ihre Wahl getroffen und bei Carmen bestellt hatten, sahen sich die beiden selbst ernannten Ermittler lange an.

»Sei ehrlich, Naira: Es hat dir gefallen, den Mörder zu finden und zur Strecke zu bringen. Oder?«

Über Nairas Gesicht huschte ein Ausdruck von Befriedigung. »Du hast recht. Man weiß nicht, wie sich alles weiterentwickelt hätte, wenn wir nicht eingegriffen hätten. Wenn wir in unseren Sherlock-Holmes-Gesprächen nicht auf den Widerspruch in der Geschichte von Díaz gestoßen wären. Ja, es hat mir gefallen, den wahren Täter aufzudecken.«

»Mir geht's genauso. Wenn wir einen Fall gemeinsam besprechen, sehe ich die Dinge einfach klarer. Weißt du, was für mich das Schrecklichste war? Das war der Schmerz in Charlottes Gesicht ...«

In diesem Moment kam Carmen mit den Vorspeisen: für Naira die Ensalada de pulpo, für Ben Tartar de atún. In ihren Weingläsern befand sich längst der ausgesuchte Malvasia von Matías i Torres, und leise Jazzmusik unterstrich die entspannte Atmosphäre, die im ganzen Gastraum herrschte.

»Für mich war das Schönste an der Geschichte, dass wir Dolores retten konnten – aus ihrer eigenen Welt der blinden Ideologie und der hoffentlich vorübergehenden Geistesverwirrung. Aber auch aus der realen Gefahr einer langen Gefängnisstrafe. Weißt du, Ben, ich fürchte, wenn wir nicht gewesen wären, hätte sich auch Pedro in diese falsche Theorie verrannt. Er war ja auf dem besten Weg dorthin ...«

»Pedro hat trotzdem gute Arbeit geleistet. Dass er aufgrund der Beweise und Dolores' Parolen vorübergehend falschlag, ist irgendwie verständlich.«

Die vorzüglichen Entrantes verschwanden rasch von den Tellern. Ben und Naira probierten und lobten beide auch die jeweils andere Vorspeise. Der Malvasia passte perfekt dazu.

»Sag, Naira, weißt du eigentlich, wieso dieses Lokal Enriclai heißt? Ich habe schon oft überlegt, kann mir aber keinen Reim darauf machen.«

»Ja, frag nur Frau Sherlock, die sorgt für Aufklärung!«, scherzte Naira. »Aber vorher schenk uns doch bitte noch mal Wein nach.«

»Jetzt bin ich aber gespannt!« Ben füllte wie gewünscht die Gläser.

»Also, hör zu: In den 1940er-Jahren spielte der damalige Besitzer des Hauses, ein gewisser José Carballo, als Geiger in einem palmerischen Orchester. Und er galt als so gut, dass er nach dem berühmten amerikanischen Geiger Henry Clay den an die spanische Sprache angepassten Spitznamen ›Enriclai‹ erhielt. Dieser Enriclai wandelte sein Wohnhaus in ein Restaurant um, und so ist sein Name bis heute erhalten geblieben. Na, was sagst du jetzt, Watson?«

Ben staunte. »Woher weißt du das alles?«

»Weil ich die richtigen Bücher lese. Nein, Scherz beiseite: Weil ich neugierig bin und in meiner ›Biblioteca de Babel‹ mit vielen unterschiedlichen Leuten rede, die oft mehr wissen als ich.«

Bevor Ben antworten konnte, standen bereits die gebratenen Lenguado vor ihnen auf dem Tisch. Sie hatten sich beide für Gemüse als Beilage entschieden und teilten sich eine kleine Portion Papas. Sofort begannen sie, genüsslich zu essen, und es setzte ein andächtiges Schweigen ein.

»Deine Schwester ist nicht nur eine gute Anwältin, sondern auch ein sehr gerechter und sozialer Mensch«, sagte Naira, als die Teller leer waren. »Ist das bei euch eine Familieneigenschaft?«

»Danke, Naira, aber eigentlich müssten wir uns jetzt auf die Nachspeisen konzentrieren, die kommen sicher gleich.«

»Stopp, das geht mir zu schnell. Jetzt brauche ich erst mal eine Pause ...«

»Okay, aber der Wein ist ausgetrunken. Können wir damit wenigstens weitermachen?«

Die charmante Carmen war schnell zur Stelle. »Wollt ihr noch eine Flasche von diesem Malvasia oder vielleicht einen anderen probieren? Ich habe eine neue Entdeckung gemacht: ein Malvasia Orange von zwei jungen Frauen aus dem Norden. Sie haben den Weingarten, den sie geerbt haben, vor ein paar Jahren ganz auf Bio umgestellt. Ich finde ihren Wein ausgezeichnet, darum biete ich ihn seit Kurzem hier an. Wollt ihr wagemutig sein?«

Ben nickte. »Ja, das klingt interessant, ich habe schon von dem Wein gehört!«

»Ben?« Naira schaute ihn mit schräg geneigtem Kopf an.
»Ja?«

»Weißt du eigentlich, dass im Wein Alkohol ist?«

»Nein, Naira, wusste ich nicht. Ist das so?« Sein Gesicht strahlte Unschuld aus.

Die Wirtin lachte und öffnete die Flasche. Carmen war

einfach sehr überzeugend. Ben erwischte sich beim Gedanken an Nairas Gästebett.

Sie nahmen den ersten Schluck und sahen einander an. Etwas gewöhnungsbedürftig, aber ... der zweite Schluck schmeckte, und sie beschlossen, bei diesem Weinexperiment zu bleiben.

Naira seufzte. »Eigentlich schade, dass unser Fall vorbei ist.« Sie spürte eine gewisse Hitze im Gesicht und befürchtete, dass man diese auch wahrnehmen konnte – in Form einer verdächtigen Röte. Aber die dezente Beleuchtung hier verbarg hoffentlich einiges.

Jetzt brachte Carmen für Naira das Bienmesabe, das Mandelkaramell. Vor Ben stellte sie den Budin de arroz ab.

»Soll ich platzen?«, jammerte Naira.

»Nein, natürlich nicht, wirst du auch nicht. Aber weißt du, was ich glaube?«

»Was denn, Ben?«

»Dass das nicht unser letzter Fall war.«

»Obwohl ich leicht bedüselt bin und keine Aussagen ohne meine Anwältin machen sollte: Ich bin ganz deiner Meinung!« Naira kicherte.

»Denke nur an meinen persönlichen Fall mit dem sogenannten Schluchtenspringertod.«

»Den lösen wir, den lösen wir! Wir waren schon ein verdammt gutes Team, Ben, oder?«

Nein, das war noch kein Lallen, aber durchaus mit schwerer Zunge gesprochen.

»Wir waren ein gutes Team!«, bestätigte Ben.

»Wir sind ein gutes Team!«, sagte Naira.

Beide lachten, ohne Zweifel etwas zu laut.

»Und wir werden ein gutes Team sein«, sangen sie im Duett. Na ja, gesungen war es vielleicht nicht, aber zweistimmig war es allemal, und Carmen und alle noch anwesenden Gäste sahen die beiden verblüfft an.

Zwei Wochen später

Seit sie hier zu arbeiten begonnen hatte, wunderte sich Maria Castro darüber, dass ihr in dieser Höhe von mehr als 2.400 Metern nie schwindlig wurde. Sie stand auf dem schmucklosen Platz vor dem Zentralgebäude des Observatoriums und betrachtete die Sternwarten rundherum: das William-Herschel-Teleskop, das Dutch-Open-Teleskop, das Gran-Telescopio-Canaris und die vielen anderen großartigen Teleskope. Sie fühlte sich noch immer eigenartig befangen in der Gegenwart dieser gigantischen metallenen Apparaturen. Sie sahen aus wie riesige Metallskulpturen, die eine skurrile Szene über dem Wolkenmeer darstellten. Eine Ansammlung von futuristischen kleinen Weltraumstationen, die Frau Dr. Castro immer noch an die James-Bond-Filme erinnerten, die sie früher mit ihrer Zwillingsschwester im Kino gesehen hatte.

Sie war zuständig für die Organisation der feierlichen Verleihung der Roque-de-los-Muchachos-Observatoriums-Ehrenmedaille. Die wurde heute an die Familie Martínez überreicht, deren Mitglied Álvaro Martínez vor Kurzem so grausam zu Tode gekommen war. Maria Castro wusste nicht, wer von ihnen die begehrte OMR-Ehrenmedaille entgegennehmen würde. Dr. Ruiz, eine der leitenden Frauen des Aufsichtsrats, hatte Maria deshalb schon dreimal angerufen. Die Familie Martínez hatte nur mitteilen lassen, dass sie eine autorisierte Person entsenden würden. Diese würde die Medaille in Empfang nehmen.

Das Wetter versprach, sonnig zu bleiben, die Temperatur war angenehm, also hatten sie die Sesselreihen vor dem Zentraleingang aufgestellt. Eine kleine Tribüne mit einem Mikrofon war aufgebaut, und neben dem Platz für den offiziellen Teil der Veranstaltung warteten Bistrotische, an denen anschließend Champagner und Tapas mit Meeresfrüchten serviert würden. Alles war vorbereitet.

Die Sesselreihen füllten sich allmählich. Nur die zwei vordersten Reihen blieben noch frei, die waren reserviert für Gäste der Familie Martínez.

Die Liste der reservierten Plätze hielt Dr. Castro in Händen. Sie ließ ihren Blick über die Namen gleiten: Pedro, Rosalia und Juanita Fernández, Beneharo, Yaiza und Elena Rodríguez, Naira Calderón, Dimitrij Dimitrijev, Charlotte Schneider und etliche mehr. Die meisten waren inzwischen eingetroffen.

Ben unterhielt sich mit Naira über diese Himmelsszenerie hier. Über den Wolken zu sitzen, das war, wie aus dem Flugzeug zu schauen. Yaiza zischte Elena zu, sie möge endlich das Handy wegstecken. Die Familie Fernández setzte sich auf die für sie reservierten Plätze, verwundert, dass diese in der ersten Reihe waren. Juanita war so beeindruckt, dass sie sogar ihre telefonische Unterhaltung mit ihrem neuen Freund beendete.

»Was geht hier eigentlich vor?«, flüsterte Pedro Ben ins Ohr. »Warum gehören wir zu den VIPs der Familie Martínez?«

Ben sah ihn an und zuckte mit den Schultern. In diesem Moment ging ein Mann an ihnen vorbei und nahm dann in der dritten Reihe Platz. Er war ungefähr so groß wie Ben, trug einen grauen Anzug und musste auch in seinem Alter sein. Augenscheinlich war er einigen Leuten des Observatoriums, die an der Seite der geladenen Gäste standen, bekannt. Sie winkten und nickten ihm zu. Das war es aber nicht, was die Aufmerksamkeit von Ben auf den Herrn im unauffälligen Beamtenlook lenkte. Er kannte ihn nicht, er hätte sogar schwören können, ihn noch nie gesehen zu haben. Und doch verspürte Ben bei seinem Anblick eine seltsame Vertrautheit – und Unruhe.

Hinter ihm saß ein Wissenschaftler aus dem Forschungsteam des Roque-de-los-Muchachos-Observatoriums, mit dem Ben vor mehr als einem Jahr ein langes Interview geführt hatte. Er drehte sich zu dem Astronomen um und flüsterte ihm zu: »Señor Martin, kennen Sie den Herrn im grauen Anzug?«

Señor Martin rückte seine Brille zurecht und sah sich den Mann an. Dann lächelte er freundlich und flüsterte diskret zurück: »Ja, das ist Señor Ruiz. Roberto Ruiz, ein Mitarbeiter vom Teide-Observatorium auf Teneriffa. Ein sehr kooperativer und umgänglicher Kollege.«

Wie von einer Riesenfaust wurde Ben in seinen Besucherstuhl gedrückt. Er vergaß sogar, für die Information zu danken.

Zwei Plätze entfernt von ihm saß Charlotte, die sehr elegant aussah: Sie trug ein schimmerndes, schlicht geschnittenes dunkelblaues Kleid und um die Schultern ein Seidentuch im selben Farbton mit kleinen Stickereien, die wie Sterne aussahen. Sie wirkte wie nicht von dieser Welt. Obwohl der Anlass ihrem toten Geliebten galt, schien ihr Gesichtsausdruck beinahe glücklich zu sein, irgendwie entrückt, was zu ihrer Blässe und ihren aufgesteckten blonden Haaren perfekt passte.

Im eleganten weißen Anzug und mit Sonnenbrille saß Dimitrij wie ein Fremdkörper zwischen Ben und Pedro. Er nickte Ben zu, sprach aber mit niemandem.

Inzwischen waren alle Gäste eingetroffen.

Die Vorsitzende des Observatoriums trat in einem dunklen, eleganten Chanel-Kostüm auf das kleine Podium. Sie blickte auf die überschaubare Menge und klopfte kurz auf ihr Mikrofon.

»Sehr geehrte Damen und Herren, liebe Freunde des Observatoriums! Das Roque-de-los-Muchachos-Observatorium ist eines der weltweit größten ...«

Während die Vorsitzende weitersprach, sah Ben seinen Freund aus einer vergangenen Welt, Dimitrij, von der Seite an und versuchte zu verstehen, warum er hier war. Und Roberto Ruiz!

»... mehrere europäische Länder sind an der Anlage beteiligt, die, wie ich bereits ausführte, eine der wichtigsten dieser Art weltweit ist. Aber wir sind bei unserer ehrgeizigen Forschung auch über finanzielle Unterstützung von privaten Sponsoren äußerst dankbar. Dieser Abend heute ist einem unserer wichtigsten privaten Sponsoren und Astronomieliebhaber gewidmet, der leider nicht mehr unter uns weilt: Álvaro Martínez. Seine Familie, die Familie Martínez, Inhaber des bekannten Konzerns mit Sitz in Madrid, hat Álvaro Martínez' Unterstützung von drei Jahren auf zehn verlängert. In dieser Zeit soll ein spanischer Wissenschaftler und Forscher mit dem Spezialgebiet der Erforschung der Milchstraße für unser Observatorium arbeiten – im Gedenken an Álvaro Martínez.«

An dieser Stelle erhoben sich die Zuhörer und klatschten spontan Beifall.

Die Vorsitzende lächelte. »Sie wissen, unsere höchste Auszeichnung ist die OMR-Ehrenmedaille, und die verleihen wir heute posthum an Álvaro Martínez.«

Dr. Castro steckte der Vorsitzenden ein beschriebenes Blatt Papier zu.

Nachdem sie einen Blick darauf geworfen hatte, trat sie erneut zum Mikrofon. »Ich möchte jetzt Señor Dimitrij Dimitrijev auf das Podium bitten. Er spricht im Namen der Familie Martínez.«

Dimitrij stand auf und ging auf das Podium zu.

Pedro sah Ben fragend an, der zuckte mit den Schultern.

»Sehr geehrte Frau Vorsitzende, sehr geehrte Anwesende. Ich bin von der Familie Martínez gebeten worden, Ihnen in deren Namen den aufrichtigen Dank für die Ehre, die ihrem Familienmitglied Álvaro erwiesen wird, zu überbringen. Die Familie Martínez steht zu Álvaros Wort und damit zur Unterstützung dieses wichtigen Projekts zur Erforschung der Milchstraße, des Weltraums und der Sterne. Sie ist stolz, dass damit ihr geliebter Bruder, Sohn und Neffe ein adäquates Denkmal in seinem Sternenhimmel erhält. Ich darf nun Charlotte Schneider bitten, die OMR-Ehrenmedaille für Álvaro Martínez zu übernehmen. Das ist der Wunsch der Familie Martínez.«

Auf den ersten Plätzen entstand eine seltsame Unruhe. Charlotte stand auf, ging zu der kleinen Tribüne und schüttelte im Vorbeigehen Dimitrij, der an seinen Platz zurückkehrte, kurz die Hand. Sie lächelte ihm zu. Die Überraschung der Anwesenden, vor allem in der ersten Reihe, war deutlich spürbar.

Die Vorsitzende hielt die Ehrenmedaille hoch, die in eine kostbare kleine Schmuckschatulle, umrahmt von blauem Samt mit Sternenmuster, gebettet war.

Charlotte dankte dem Observatorium, der Vorsitzenden und allen Anwesenden. Man bemerkte ein Glitzern in ihren Augen. Diesmal waren es nicht die Sterne, es waren Tränen.

»Álvaro wäre jetzt sehr stolz. Wie er mir erzählte, war sein Lebensmotto immer schon ›Greif nach den Sternen‹, doch erst hier auf La Palma hat er seine Liebe zu den Sternen und vor allem zur Milchstraße wirklich entdeckt.« Sie rang um Fassung. »Ich danke Ihnen für Ihre Anwesenheit und damit auch für Ihre Wertschätzung für den Verstorbenen, meinen Verlobten Álvaro Martínez.«

Sie nahm die OMR-Ehrenmedaille gerührt entgegen. Die Kameras klickten. In der hintersten Reihe der Journalisten stand Zambada. An seinem Gesichtsausdruck war eine gewisse Überforderung zu erkennen. Vielleicht war es aber auch nur der Schmerz, der von seinem Bein ausstrahlte. Applaus brandete auf, und die Vorsitzende bat zu Champagner und einer kleinen Stärkung.

»Ich habe euch einiges zu erzählen«, sagte Charlotte Schneider zu ihren noch immer überraschten Freunden, und Yaiza umarmte sie innig.

Ben hatte die Veranstaltung zwar am Rande mitbekommen – aber konzentrieren konnte er sich kaum. Erinnerungen und Gedanken tobten wild durch seinen Kopf.

Roberto Ruiz war mehr als sechzehn Jahre älter geworden. Genauso wie er. Aus dem wilden Draufgänger war ein braver Bürger geworden, zumindest sah er so aus. Im Grunde auch so wie er. Der Unterschied war nur: Ein wilder Draufgänger war Ben nie gewesen.

Fast drei Wochen waren vergangen, seit er die alten Fotos herausgesucht und angesehen hatte. Es war nach dem letzten Salto-del-Pastor-Trainingstreffen und dem wieder einmal aufpoppenden Gespräch über den rätselhaften Tod von José gewesen.

Beim Betrachten der Fotos war er in die Welt von damals hineingezogen worden.

Auf dem Foto saß Roberto Ruiz auf der einen Seite der Bank, José, die blonde Unschuld, auf der anderen Seite. Die beiden umrahmten Maria, die strahlende Schönheit in der Mitte. Und dieser Roberto, ein Freund aus ihrer Clique, kam ihm jetzt buchstäblich aus der Vergangenheit entgegengesprungen.

Bens Hand krampfte sich um sein Champagnerglas, und er ging auf Roberto zu, der in einer Gruppe von Kollegen stand. Roberto und die anderen redeten, lachten und prosteten einander zu. Ben wurde klar, dass er nichts, aber auch gar nichts über Roberto wusste. Er hatte nicht geahnt, dass Roberto Astronom war. Hat er das damals schon studiert? Als er auf die Gruppe zusteuerte, begegnete er plötzlich dem direkten Blick von Roberto, der ihm nun ernst und gefasst entgegensah und ihm, dabei aus der Gruppe tretend, einige Schritte entgegenkam.

»Beneharo Rodríguez«, sagte Roberto mit rauer, belegter Stimme. »Mir war immer klar, dass dieser Moment einmal kommen würde. Nur wann, das wollte ich dem Schicksal überlassen.«

Ben schluckte und schwieg vorerst. Die beiden Männer, Freunde aus einer Zeit, in der noch mehr Zukunft als jetzt vor ihnen gelegen hatte, gaben sich die Hand. Zwischen ihnen stand ein Ereignis, über das sie nie gesprochen hatten.

Naira, die Ben schon einige Zeit beobachtet hatte, konnte sich vor lauter Neugierde nicht mehr im Hintergrund halten. Ben war froh, sie zu sehen, und stellte sie Roberto vor. Während des Small Talks der beiden fand er langsam wieder zu sich.

Bevor er Naira mit Roberto weiter über die Sterne und ihre Beobachtungstheorien plaudern ließ, fragte er ihn: »Wollen wir uns morgen Nachmittag, so gegen vierzehn

Uhr, auf der Plaza de España in Los Llanos bei unserem alten Kiosco treffen? Er existiert noch.«

Roberto erwiderte, er sei noch einige Tage auf La Palma, und sagte sofort zu.

Ben ignorierte Nairas fragenden Blick, wandte sich ab und widmete sich seiner Nichte. Elena war wahnsinnig gelangweilt, ihre Mutter hatte ihr Handy beschlagnahmt, und das drückte der Blick der Zehnjährigen auch ganz klar aus. Ben umarmte sie ganz fest, seine Ablenkungstaktik bei ihr, und gemeinsam steuerten sie auf eines der planetaren Kunstwerke in dieser Mondlandschaft zu.

Aus den Augenwinkeln sah er Dr. Martin, den er vorher nach Roberto gefragt hatte. Er steuerte ihn an und bat ihn, ihr »Reiseführer durchs All« zu sein. Ehe der freundliche Wissenschaftler sichs versah, war er schon in eine tiefe Diskussion mit Elena verwickelt, die ihn mit Fragen über Aliens attackierte.

Ben konnte sich in der Zeit über seine mindestens ebenso außerirdische Begegnung mit Roberto noch einige Gedanken machen. Mit Naira würde er später reden.

Am nächsten Tag

Als Ben beim Kiosco Aridane auf der Plaza de España in Los Llanos eintraf, saß Roberto bereits etwas abseits im Schatten eines Lorbeerbaums, vor sich eine Kaffeetasse.

Roberto wirkte blass, er wischte sich in kurzen Abständen immer wieder eine imaginäre Haarsträhne aus der Stirn. Er hatte wohl gerade telefoniert, sein Handy lag neben der Kaffeetasse, und auf dem Display war kurz noch das Foto einer fröhlich lächelnden Frau mit Kindern zu sehen. Ben nickte Roberto zu, setzte sich ihm gegenüber und bestellte sich ebenfalls einen Cortado.

»Wie hast du die Veranstaltung am Roque wahrgenommen?«, fragte Ben.

»Ein wenig traurig, aber auch sehr würdevoll, denke ich. Ich kenne die Beteiligten kaum bis gar nicht, habe aber die Haltung der Familie Martínez gegenüber Señora Schneider als sehr fair empfunden. Ich bin das von so typischen Vertretern des spanischen Kapitalismus nicht gewohnt. Die hätten auch anders reagieren können«, antwortete Roberto, sichtlich erleichtert, dass sie einen Anfang für ihr Gespräch gefunden hatten.

»Ich sehe das genauso. Außerdem hab ich immer gedacht, Álvaro sei das einzige humane Mitglied der hochwohlgeborenen Milliardärsfamilie. Hattet ihr noch ein gutes Gespräch, du und Naira?«

»Stell dir vor, Ben, ich war schon mal in ihrer Buchhandlung. Durch das hier ansässige Roque-de-los-Muchachos-Observatorium hat sie ja etliche Bücher über das Thema vorrätig. Es gibt da auch einen neuen Band über das ORM hier auf La Palma und das Teide-Observatorium in Teneriffa. Die Teleskope auf La Palma sind aber wirklich einzigartig«, schwärmte Roberto.

Ben unterbrach ihn, indem er direkt auf den für ihn eigentlichen Punkt zu sprechen kam: »Du bist vor sechzehn Jahren ziemlich überraschend und schnell von unserer Insel verschwunden, Roberto. Ich habe mich immer gefragt, warum – aber nie eine Antwort gefunden. Jetzt kann ich dich einfach selbst fragen.«

Aus Robertos Gesicht wich jede Farbe, und auf seiner Stirn bildete sich ein Schweißfilm.

»Na ja, du weißt ja, was passiert ist. José war tot. Ich war so erschüttert, dass ich einfach wegmusste. Außerdem erhielt ich zu dem Zeitpunkt die überraschende Möglichkeit, im Teide-Observatorium mitzuarbeiten.«

»Aber verabschieden hättest du dich von deinen Freunden schon können. Maria ist ja auch verschwunden – mit dir?«

»José war unser enger Freund. Sein Tod hat uns von unserer Heimatinsel vertrieben.«

»José ist beim Salto-del-Pastor-Training in einer besonders steilen Schlucht ums Leben gekommen. Eine Stelle, die eigentlich viel zu riskant ist und nicht wirklich für unseren Sport geeignet. José war aber ein kein unerfahrener Sportler. Wir haben uns oft gefragt, warum er ausgerechnet diese Schlucht für sein Training ausgesucht hatte – und natürlich auch, warum seine Lanza unauffindbar war und bis heute nicht aufgetaucht ist. Außerdem passte es überhaupt nicht zu unseren Gepflogenheiten, allein zu trainieren, eben weil es zu gefährlich ist.« Ben atmete tief durch.

Roberto hatte still, aber aufmerksam zugehört und schwieg weiterhin. Er sah Ben in die Augen, mit dem gehetzten Blick eines Tiers, das sich aufgespürt fühlt. Vielleicht war es dieser Blick, der Ben plötzlich den Mut gab, noch weiter zu gehen.

»Roberto! Du weißt mehr, als du sagst. Du weißt, was damals passiert ist.«

Roberto schwieg noch immer. Er wirkte plötzlich, als säße er auf der Anklagebank. Seine Stimme war belegt und unsicher, wurde aber während seiner folgenden Ausführungen immer fester.

»Ich hab das schon gestern gesagt: Das Schicksal hat offenbar entschieden, dass es nun an der Zeit ist. So will ich auch bereit sein. Bevor ich hierhergekommen bin, habe ich mit Maria telefoniert. Sie ist ebenfalls der Meinung, dass wir die Wahrheit sagen sollten. Vor allem dir, meinte sie. Dir legen wir die Geschichte auf den Tisch, du sollst unser Richter sein.«

Ben wurde es mulmig zumute. Der Kellner brachte ihm

seinen Kaffee, und nach einer Weile durchbrach Roberto das neuerliche Schweigen.

»Wir waren ja damals eine freie und lebensfrohe Gemeinschaft. Gefühle, die tiefer gingen, wollten wir uns nicht eingestehen. Wir hielten sie für bürgerlich. Uns über den anderen zu viele Gedanken zu machen war fast ein Verstoß gegen unsere revolutionäre Ethik. In Wirklichkeit klebten uns die pubertären und egoistischen Eierschalen hinter den grünen Ohren. Irgendwann würden wir aus dieser künstlichen Welt fallen, das ahnte ich schon. Und dann kam es auch so. Die lockere Beziehung zu Maria, die José und ich hatten, wurde immer mehr zu einer engeren zwischen Maria und mir. José wollte das nicht wahrhaben – bis er eines Tages explodierte und Maria zur Rede stellte. Er beschimpfte mich, nachdem ihm Maria von unserer immer stärker werdenden Bindung erzählt hatte. Aber er hatte kein Recht dazu, denn Maria und er hatten nie eine feste Beziehung gehabt. Er verschwand dann einige Tage, und als er wieder auftauchte, forderte er uns auf, ein letztes Mal zu dritt in der Schlucht zu trainieren, wie wir es schon oft getan hatten. Sein Blick wirkte an diesem Tag irgendwie irr, Maria vermutete Drogen. Trotzdem gaben wir seiner Bitte, na ja, es war eher eine Forderung, nach und fuhren mit unseren Lanzas zum ausgemachten Treffpunkt.«

Ben hörte ihm schweigend und mit unbewegter Miene zu.

»Dort stand er dann auf dem obersten Felsen, auf seine Lanza gestützt, und sah uns verächtlich an. Er brüllte, ich solle mich dem Wettkampf stellen. ›Diese Schlucht soll die

Spreu vom Weizen trennen!‹, rief er, meinte jedoch wohl, sie solle mich von Maria trennen. Wenn ich gewinnen würde, dann könne ich tun und lassen, was ich wolle. Oder, und dabei schaute er verächtlich auf die Frau, die er zu lieben meinte, sie solle sich den nehmen, der übrig bleibe! Wir versuchten, ihn zu beschwichtigen, fühlten uns irgendwie in der Falle. Er wurde immer aggressiver, je mehr wir die Situation zu entschärfen versuchten. Er stand oben auf dem schmalen Felsen, der ihm kaum genug Platz zum Stehen bot, und lachte bizarr. José sah mit seinen blonden Locken aus wie ein rachedurstiger Wikinger. Wir waren verzweifelt und ratlos …«

Roberto versagte für einen Moment die Stimme.

»Und dann … dann passierte, was das Schicksal für uns vorgesehen hatte: Er hob die Lanza und zielte damit auf uns. Das war aber auf dem schmalen Felsplateau kaum möglich, und als er den Stab in unsere Richtung schleuderte, kippte er im selben Moment nach hinten und stürzte in die Schlucht.«

Ben erschrak tief in seinem Inneren, blieb aber ruhig und schwieg weiter.

Roberto holte tief Luft. »Ich kletterte sofort hinüber und sah nach unten. Er war etliche Meter in die Tiefe gefallen und lag, seltsam verrenkt, auf einem kleinen Vorsprung. Ich versuchte hinunterzusteigen. Maria wollte mit, aber ich bat sie abzuwarten, denn es war ausgesprochen schwierig und riskant. Nach einiger Zeit hatte ich es geschafft, doch er bewegte sich nicht. Ich versuchte, trotz seines verdrehten Kopfes den Puls zumindest am Hals zu fühlen – aber da war nichts zu spüren: Er war tot. Wir sind in Panik verfallen und wollten nur noch weg.« Robertos Stimme brach, Tränen glitzerten in seinen Augen.

Ben spürte eine unendliche Trauer in sich.

Aber dann hob Roberto seinen Kopf und blickte ihn direkt an. Und auf seinem Gesicht breitete sich Erleichterung aus. Er räusperte sich. »Maria hat gesagt, wenn wir das Pedro erzählen, ist unser Leben wahrscheinlich zerstört. Er würde eine Neuuntersuchung des Ereignisses beantragen, wir würden womöglich unsere Existenz verlieren. Das Schlimmste aber wäre, das alles unseren Kindern zu erzählen. Und würde es José wieder lebendig machen? Nein. Daher, Beneharo, sei du unser Richter. Wir beugen uns deinem Schiedsspruch.«

Ben wich dem Blick von Roberto nicht aus, richtete seine Gedanken aber nach innen.

»Wie viele Kinder habt ihr?«, fragte er schließlich.

Das jüngste der drei war elf Jahre, ein Mädchen. Er dachte an Elena, holte langsam, aber tief Luft und sagte mit ruhiger Stimme: »Ich habe mich gefreut, dich wieder einmal zu sehen, Roberto. Wenn ich in Teneriffa sein sollte, möchte ich euch gerne besuchen. Grüß Maria von mir.«

Drei Wochen später

Die Terrasse war mit bunten Lampions geschmückt, die Liegen mit farbigen Kissen bestückt, der große Tisch gedeckt, alle Sessel draußen aufgestellt, und der blaue Himmel von La Palma gab den passenden Rahmen dazu.

Yaiza hatte ein Fest für ihre Freunde vorbereitet; nach all den Geschehnissen war dies fällig. Das Buffet, in der Küche aufgebaut, ließ kaum Wünsche offen: unzählige Tapas, verschiedene Salate und dazu knuspriges Weißbrot aus El Paso. Naira hatte ihre Mutter überredet, ihren berühmten Kanincheneintopf für das Fest zu kochen, und zur Freude ihrer Mutter hatte sie den Riesentopf gemeinsam mit Ben ein paar Stunden zuvor abgeholt. Ben war außerdem zuständig für den Wein. Darum hatte er sich eigentlich schon gestern gekümmert, aber mit Naira heute dann noch auf einen Sprung bei der Bodega Perdomo vorbeigeschaut und, natürlich, vorsichtshalber noch einige weitere Flaschen eingekauft. Naira hatte ihren beliebten Mango-Avocado-Salat zubereitet. Verhungern würde heute niemand, und verdursten auch nicht!

Draußen auf der Terrasse lagen schon Fische wie Vieja,

Lubina und Sefia am Grill bereit. Das Gemüse daneben war vorbereitet, und natürlich gab es auch die unvermeidlichen Papas arrugadas. Ben würde, wie meistens, den Grillmeister geben. Neben einem mit Mangos, Bananen und Orangen überquellenden Obstkorb standen zwei keramische Schalen aus Mazo auf einer kleinen Anrichte, gefüllt mit Cherimoya, Kaktusfeigen und Níspero. Die Süßspeisen waren vorläufig noch im übervollen Kühlschrank verstaut, wo auch der Weißwein lagerte.

Elena hatte bei den Vorbereitungen zur Party für ihren Geschmack eindeutig zu viel gearbeitet. Roblox wartete. Also zog sie sich stillschweigend in ihren Bereich der Kontemplation zurück. Wunderbarerweise verstand Onkel Ben nicht nur ihre Bedürfnisse, sondern akzeptierte auch, dass hier gewisse Investitionen in Form von Spielgutscheinen notwendig waren. Ach, Onkel Ben. Er war einfach der Beste.

Die ersten Gäste trafen ein. Yaiza befand sich in einer beinahe euphorischen Stimmung. Ihre Freundin Charlotte hatte sie seit der feierlichen Veranstaltung zur Medaillenübergabe nicht mehr gesehen. Sie hatte nur mit ihr telefoniert, ihr Stillschweigen versprochen – und gehalten. Nicht einmal ihren Bruder Ben hatte sie eingeweiht. Sie war schon neugierig, wer von der Umweltgruppe sonst noch kommen würde.

Ben, der einen dicken Spielgutschein für Elena dabeihatte, begrüßte seine Schwester herzlich. Naira hatte sich vor dem Fest umgezogen und erschien an Bens Seite in einem dunkelroten Kleid. Sie steckte Yaiza ein Buch zu, eingepackt in rotgoldenes Papier. Es war für Yaizas baldigen Urlaub gedacht, ein Kriminalroman.

Tweedle Dee und Tweedle Dum umarmten Yaiza, überreichten ihr jeweils eine Rose und tanzten dabei synchron. Juan mit Herta Artinger an der Hand dankte für die Einladung, und Herta meinte nur: »Venceremos!«, wir werden siegen. Die Parole hatte sie zum ersten Mal von Dolores gehört. Juan war glücklich und hatte eigentlich nur Augen für seine Herta. Pedro und seine Frau Rosalia küssten Yaiza links und rechts auf beide Wangen, und Juanita stellte Yaiza ihren neuen Freund vor. Er hieß Giuseppe Montalbano und stammte aus Sizilien. Manuela Pérez, die Sekretärin der Baufirma Martínez, war fröhlich wie schon lange nicht mehr. Es hatte sich herausgestellt, dass Yaiza sie kannte, weshalb sie auch hier war.

Ben unterhielt sich mit Manuela Pérez, um sich zu erkundigen, was sich inzwischen in der Baufirma getan hatte. Sie erzählte von den beiden Festlandspaniern, die nun den Hotelbau auf La Palma weiterentwickeln würden. Pedro war im Gespräch mit Manuel, der mit ihm über seinen Anfang als Kriminalbeamter in Santa Cruz auf Teneriffa fachsimpelte.

Sie aßen, tranken und lachten. Keiner dachte an Diego Díaz, keiner an Hugo Garrida, keiner an Pablo Torres, wenige an Dolores Suárez und mit Sicherheit auch niemand an Zambada, den Reporter des Schlagzeilenimperiums »imagen«. An Álvaro dachten viele.

Charlotte verspätete sich, und Yaiza erklärte, irgendetwas mit Immobilien hätte sie aufgehalten. Die Freunde waren neugierig, was sie zu ihrer Rolle bei der Veranstaltung auf dem Roque de los Muchachos zu erzählen hatte.

Als sie endlich da war, stärkte sich Charlotte zuerst mit etwas gegrilltem Gemüse, Jamón und Weißbrot. Dann nahm sie sich ein Glas mit Granatapfelsaft und prostete den anderen zu. »Ich will euch etwas erzählen …«

Yaiza führte sie zu dem gemütlichen Lehnsessel, der sonst im Wohnzimmer stand, und stellte ihr ein kleines Tischchen daneben. »Liebe Charlotte, nimm Platz und erzähl!«

Da wurde es plötzlich sehr still auf der Terrasse.

»Ich war, wie ihr inzwischen alle wisst, mit Álvaro verlobt. Wir hatten viel vor, und ich habe nie einen wunderbareren Kapitalisten als Álvaro kennengelernt. Ich kannte ihn noch nicht lange und war mir, trotz meiner Verliebtheit, auch nicht klar darüber, wie weit unsere Liebe tatsächlich reichte.«

Sie versuchte, sich die Tränen aus den Augen zu tupfen. Yaiza hatte vorsorglich eine Taschentuchbox bei ihr abgestellt. Charlotte zupfte sich eines heraus, dann noch eines und behielt die Tücher zerknüllt in der Hand.

»Seine Liebe reichte sehr weit, so weit, dass er seiner Familie von unserer Liebe und seinen neuen Lebensplänen erzählt hatte. Seine ganze Familie ist von seinem Tod schwer getroffen und will nun seine Wünsche und Pläne, die er noch zu seinen Lebzeiten äußerte, möglichst umsetzen.«

Sie wischte sich wieder vorsichtig die Tränen aus dem Gesicht. »Die Familie Martínez betrachtet mich als Familienmitglied. Seinen Anwalt hatte Álvaro noch persönlich damit beauftragt, für mich mein Traumhaus aus Kindertagen zu erwerben. Ihr kennt es, denn wem hätte ich davon noch nicht erzählt? Es liegt auf dem Weg zwischen Garafía und meinem jetzigen Häuschen. Er wollte es mir schenken, mich damit überraschen. Seine Familie hat auch das jetzt nachgeholt.«

Wieder zupfte sie ein frisches Taschentuch aus der Box und tupfte sich die Augen ab. »Deshalb habe ich auch im Namen der Familie Martínez als offizielle Botschafterin am Roque fungiert. Demnächst werde ich eine Galerie in Santa Cruz de Tenerife, in der Calle Bethencourt Alfonso, eröffnen, die mir Álvaro ebenfalls zugedacht hat. Die erste Ausstellung werde ich meinem toten Geliebten widmen. Mehr möchte ich jetzt auch nicht sagen, außer dass Dimitrij Dimitrijev allen, die ihn kennen, Grüße ausrichten lässt.«

Es brauchte nur kurze Zeit, bis sich der Partylärm wieder einstellte. Gesprächsstoff waren jetzt natürlich die vielen Neuigkeiten.

Yaiza umarmte ihre Freundin und kümmerte sich fürsorglich um sie.

»Kann ich dir noch Saft bringen? Oder magst du noch etwas essen? Bleib nur hier sitzen, ich bringe dir, was immer du magst!«

Charlotte sah sich um, alle waren wieder in Gespräche vertieft. Sie lächelte.

»Yaiza, hast du vielleicht eine Essiggurke und ein Stückchen Schokolade für mich?«, fragte sie leise.

Die Erzählungen von Charlotte Schneider hatten einiges zu der guten Stimmung beigetragen. Nur nicht für Herta.

Die hatte aus ihrem Herzen noch nie eine Mördergrube gemacht. Auch Juan konnte sie nicht stoppen.

»Und was ist jetzt mit diesem Projekt?«, keifte sie. »Haben wir also umsonst gekämpft? Das Ding wird ja jetzt sicher erst recht gebaut, oder?«

Ben, der in Hertas Nähe stand, suchte und fand Nairas Blick. Sie versuchten beide, ein Lächeln zu unterdrücken. Ben deutete mit einer leichten Kopfbewegung zur einzigen etwas ruhigeren Ecke der Terrasse und bewegte sich in diese Richtung.

Naira löste sich unauffällig aus der Gruppe und ging, mit dem Weinglas in der Hand, auf Ben zu.

Wenige Tage danach, am 19. September 2021, brach der Vulkan Cumbre Vieja aus. Die geplante Hotelbaustelle wurde von einem Lavastrom vernichtet, den Strand Los Guirres gibt es nicht mehr.

ENDE

Leseprobe
Tödliche Intrigen auf Teneriffa

Band 2

Ouvertüre

»Ich hab ihn nicht bestohlen.« Diesen Satz immer wieder vor sich hin murmelnd stolperte der Junge mit trotzigem Gesicht dem Erwachsenen zwischen den Containern hinterher.

Über seiner engen Jeans flatterte ein zu großes T-Shirt mit dem Konterfei des spanischen Rappers Yung Beef. Der Junge mit den dunklen Augen und der Buzz-Cut-Frisur griff zwischendurch nach seinem Shirt und wischte sich den Schweiß aus dem symmetrischen Gesicht. Die Mittagssonne war bereits über den grauen Asphalt gewandert, und die Eisencontainer gaben spürbar Wärme ab.

»Das kannst du vielleicht dem alten Mann erzählen. Der war immer gut zu dir, wie ein Vater hat er sich um dich gekümmert! Aber jetzt hau ab, ich hab zu tun, ich kann dich hier überhaupt nicht brauchen!« Die Handbewegung des Mannes war eindeutig, doch der Junge lief trotzdem weiter knapp hinter ihm her.

Der mittelgroße, etwas untersetzte Fünfundfünfzigjährige mit den kurzen grau melierten Haaren wirkte genervt.

Verärgert stopfte er im Gehen sein weißes Kurzarmhemd in die dunkelblaue Hose.

Das wütende Brausen des Atlantiks war immer lauter zu hören. Der Mann bog um den letzten, riesigen Metallcontainer auf den großen Platz des Hafens ein.

Das Gelände war weitläufig und wirkte durch das Grau des schmutzigen, ölfleckigen Asphalts trist. Auf dem nahen Parkplatz standen einige Autos. Ein Autofenster war offen. Es waren nur wenige Menschen zu sehen.

Der Junge lief ihm nach, versuchte ihn zu überholen. Er wollte sich vor ihm aufbauen, ihn am Weitergehen hindern, er sollte ihm zuhören. Dann ging alles sehr schnell. Plötzlich lag der Junge auf dem schmutzigen Asphalt, Blut breitete sich in seiner Brustgegend aus. Er bewegte sich nicht mehr. Der Ältere hatte schon viele Schüsse in seinem Leben gehört, für ihn klangen sie immer noch wie kleine Explosionen. Bevor der Mann auch nur zu irgendeiner Reaktion fähig war, hörte er den zweiten Schuss und spürte fast zeitgleich den brennenden Schmerz an seinem Oberarm. Er rannte so schnell er konnte los, vermeinte noch weitere Schüsse zu hören, kümmerte sich aber keinen Deut mehr darum. Er lief nur noch um sein Leben und verschwand um die Ecke in der nächsten Containerstraße.

Die Sonne stand hoch und leuchtete die schmale Straße, die parallel zur Avienda Maritima im Herzen von Santa Cruz de la Palma verläuft, fast komplett aus. Typisch für eine Kanareninsel fühlte sich der Februar wie Sommer an, die Temperaturen waren, wie fast das ganze Jahr, bei angenehmen

23 Grad. Naira stemmte ihre Hände in die schlanken Hüften. Das weite grüne Leinenkleid, eines ihrer Lieblingskleidungsstücke, auch wenn die Freundinnen gerne von »Nairas Sackkleiderstil« sprachen, fühlte sich einfach gut an und schränkte nie ein, egal wie wild sie sich bewegte. Aufmerksam betrachtete sie das große Schaufenster ihrer Buchhandlung »Biblioteca de Babel«. Die vorbeischlendernden Menschen nahm sie fast nicht wahr. Da riss sie eine ihr bekannte Stimme aus den Gedanken, sie schüttelte den Kopf, und damit auch ihre langen, fast schwarzen Haare, die sie heute ausnahmsweise nicht zu einem Zopf geflochten hatte, und wandte ihre ausdrucksstarken dunklen Augen der Geräuschquelle zu.

»Qué es – was ist?«, rief sie der Frau mit dem dunkelblonden Pagenkopf zu, die in der Tür zur Buchhandlung stand, ein Mobiltelefon hochhielt und damit winkte, bevor sie wieder im Laden verschwand.

»Ach so, ich komme«, murmelte Naira mehr zu sich selbst und ging Marion Schmitt, ihrer Mitarbeiterin, nach. Die stand bereits wieder an der Kasse und tippte den Bücherstapel der vor ihr wartenden Kundin ein.

»Ein Señor Barceló«, informierte die Buchhändlerin Naira kurz über den Anrufer.

Mit einem freundlichen »Ah, danke« griff Naira nach dem Telefon und verzog sich damit in den nächsten Raum, zum Chesterfield-Lesestuhl. Ihr Lieblingsplatz zum Telefonieren: Von hier übersah sie sowohl den Laden vorne als auch, wenn sie sich zur Seite drehte, den dritten Raum mit der Cafe-Theke ihrer sehr wohnlich mit kanarischen Kieferholzregalen und Möbeln eingerichteten Buchhandlung.

Felipe Barceló war ihr Ex, ihr ehemaliger Lebensgefährte. Seine Buchhandlung befand sich im »anderen« Santa Cruz, nämlich in der Hauptstadt von Teneriffa. Einige Jahre hatten sie dort gemeinsam gelebt und gearbeitet, dann kehrte Naira wieder nach La Palma zurück. Die Trennung war ebenso entspannt über die Bühne gegangen, wie die Beziehung gewesen war: Sie waren wie Feuer und Wasser gewesen, dachte Naira danach: sie neugierig auf alles, wissensdurstig, begeisterungsfähig und Felipe langsam, genau und vernünftig, sodass sie ihn bei sich schon geraume Zeit »Buchhalter« und »Bedenkensträger« genannt hatte.

Sie wollte unabhängig sein und sich hier, auf ihrer Heimatinsel, ein neues Leben mit einer eigenen Buchhandlung aufbauen. Schon auf der Fähre ergab sich durch ein zufälliges Gespräch mit dem alten Kollegen Manuel Lopez eine Chance, die sie nutzte. Sie übernahm dessen Buchhandlung im Zentrum des Städtchens, nannte sie »Biblioteca de Babel« und wurde damit in wenigen Jahren zum Treffpunkt nicht nur der Literatur- und Kulturinteressierten, egal ob einheimisch oder zu Besuch. Naira galt inzwischen auch als lebendiges Insellexikon.

»Hola, Felipe, wie geht's dir?«

»Hola, Naira, gut, aber sag: Wer war denn das am Telefon? Die Stimme kenne ich nicht. Hast du eine neue Mitarbeiterin?«

»Schön wär's schon, doch leider ist das noch nicht sicher. Also, das war Marion, eine kompetente und engagierte Buchhändlerin aus Stuttgart, Alemania. Sie hat sich noch nicht entschieden, ob sie überhaupt auf der Insel bleiben will. Aber jetzt sag schon, warum rufst du an, Felipe?«

»Immer schnell und dabei neugierig! Ich komm gleich zur Sache«, meinte Felipe bedächtig, und man hörte fast sein Schmunzeln. »Du hast doch unter deinen Stammkunden einen, der sich mit unserer glorreichen Inselvergangenheit beschäftigt. Mir wurde nämlich heute das erste Blatt eines sehr interessanten Buches, also eigentlich ist es ein Papierkonvolut, angeboten, scheint ein Kupfer-Blockdruck zu sein … Hör mal genau zu: Es ist aus dem Jahr 1648 von einem gewissen Manuel Diaz und soll einen Bericht von Ibn Farukh, der 999 einige Kanareninseln besuchte, beinhalten. Wie viele Seiten das wirklich hat, weiß ich auch noch nicht, mir kommt das zwar …«

»Wow, das klingt ja spannend! Und du hast nur eine Seite?«

»Ja, das Titelblatt, das scheint mir authentisch, und es ist sehr gut erhalten. Auch wenn mir die Sache nicht ganz koscher vorkommt. Der Anbieter ist nämlich ein seltsamer junger Bursche, der offensichtlich auch keine Ahnung …«

»Ein Junge?«

»Ja, er wird so um die vierzehn, fünfzehn Jahre alt sein. Er meinte, er hätte alles, nicht nur das Titelblatt, aber wenn ich nicht interessiert sei, nimmt er das Blatt und geht sofort wieder.«

»Forsch, der Bursche!«

»Si, si! Ich bat ihn, mir das Blatt für ein, zwei Tage zu überlassen, ich würde es prüfen. Darauf ging er allerdings nach kurzem Nachdenken ein, er will sogar erst am Samstag meine Entscheidung abholen und ...«

»Das klingt für mich, wie wenn er es mit dem Verkauf nicht wirklich eilig hätte ... Weißt du wenigstens, wie umfangreich das Konvolut ist? Und was will er dafür?«

»Das ist ja auch seltsam: Er meinte circa 30 Seiten, aber es könnte auch mehr oder weniger sein, und einen Preis wollte er gar nicht nennen, sondern ich soll ihm ein Angebot machen – dann sagt er mir, ob er damit einverstanden ist!«

»Und du hältst es aber wirklich für möglich, dass das echt ist?« Nairas Staunen war hörbar.

»Das eine Blatt, das ich hier habe, ist gut erhalten, schaut echt aus und fühlt sich auch so an.«

»Ich denke, du als Antiquar kannst das schon einschätzen. Hat er dir verraten, wie er an dieses Manuskript gekommen ist?«

»Er sagte, es sei von seinem verstorbenen Großvater, der hätte ihm das vererbt. Hm. Natürlich kann er es in irgendeiner Bibliothek gestohlen haben ... Im Internet habe ich nur ganz oberflächlich geschaut und nichts Passendes entdeckt. Aber eben auch keine Diebstahlsmeldung. Dein Bekannter, dieser Stammkunde mit dem Hang zur Geschichte der Altkanaren, der könnte mir ja ein kleines Gutachten erstellen. Vielleicht hätte er ja auch selber Interesse an dem Ding, wenn ich es vollständig habe. Was meinst du? Sag, bist du noch dran?«

Nairas Aufmerksamkeit wurde tatsächlich gerade abgelenkt, denn wie auf ein Stichwort betrat Beneharo Rodriguez die Buchhandlung. Ben war inzwischen nicht nur Nairas bester Freund, mit dem sie viele Interessen teilte, er war auch der von Felipe erwähnte Stammkunde mit ausgeprägtem Interesse für die kanarische Urbevölkerung. Ben war Journalist bei »Tenerife & La Palma weekly« und dem Monatsjournal »Canaria Culinaria«. Er arbeitete aus Leidenschaft seit Jahren an einer umfassenden Geschichte der Kanarischen Inseln. Außerdem verband die beiden eine gemeinsame Lust an der Lösung von interessanten Kriminalfällen, und sie hatten dafür sogar ein festes Ritual erfunden. Vor zwei Jahren hatten sie mit dieser Methode den unglaublichen Fall eines getöteten Hotelmanagers auf La Palma gelöst. Ob deduktiv, wie Holmes und Watson, oder einfach nur schlussfolgernd, es bereitete ihnen auf jeden Fall großes Vergnügen.

Naira winkte Ben aufgeregt, stand auf und unterbrach das Telefonat mit »Felipe, ich rufe dich in drei Minuten zurück!«. Sie wartete die Antwort gar nicht erst ab, sondern wandte sich sofort an Ben: »Wie gut, dass du grade vorbeikommst! Denk dir, Felipe, dem von der Buchhandlung auf Teneriffa, wurde ein Dokument, na ja, eher ein Buch aus fliegenden Blättern oder so ähnlich, angeboten, das dich interessieren könnte: Es ist angeblich von 1644 und enthält, jetzt halte dich einmal fest, die Wiedergabe eines Reiseberichts von einem gewissen Ibn irgendwas, der 999 die Kanaren erkundete! Felipe hat allerdings nur das Original-Titelblatt erhalten und soll nun ein Angebot dafür machen.«

»Hm, ja, das möchte ich gerne sehen. Vielleicht kann er das Blatt ja scannen und dir mailen?«

»Gute Idee!« Naira rief Felipe zurück. »Hola, Felipe, da bin ich wieder. Es ist gerade Ben, der von dir erwähnte Stammkunde, zur Tür hereingekommen. Ich musste ihn natürlich sofort über unser Gespräch informieren, und er bittet dich, mir einen Scan von dem Blatt zu senden. Geht das, kannst du das jetzt gleich machen?«

»Wie gut, dass ich dein Tempo kenne, immer Volldampf voran«, stellte Felipe fest. »Das Blatt liegt gleich im Scanner und wird in Kürze bei dir sein. Ich bin schon neugierig, was er dazu sagt. Da fällt mir noch etwas ein, ich wollte dich längst fragen …« Und während sie nun über diverse Lieferschwierigkeiten vom Festland redeten, wendete sich Ben dem Tisch mit den Neuerscheinungen zu, den Nairas Mitarbeiterin neu ordnete, und plauderte kurz mit ihr. Ben mochte sie. Sie war unkompliziert, wanderte gerne im Norden der Insel in den magischen Wäldern und liebte das gelassene, freundliche Leben auf den Kanaren.

Sie wäre zweifellos ein Gewinn für Nairas Buchhandlung, dachte Ben. Wenn sie nur nicht diesen Hang zum Zweifel wie Herr Hamlet hätte; aber andererseits passte eventuell genau das beständige Hinterfragen sehr gut zur gerne rasch und spontan reagierenden Naira.

Die hatte nun das Gespräch mit Felipe beendet und kam strahlend mit den Worten »Er wird den Scan gleich senden« auf Ben zu und umarmte ihn.

»Und?«, fragte Ben. »Wie schätzt du das Angebot ein?«

»Klingt zwielichtig und gleichzeitig sehr interessant! Aus der Zeit um 1000 herum haben wir ja kaum Berichte, oder? Du wirst ja vielleicht aus dem Deckblatt deine Schlüsse ziehen. Que tal, Amigo?«

»Na ja, mir ist eigentlich nicht so lustig zumute, weil ich am Samstag nach Santa Cruz de Teneriffa fliegen muss. Und ich reise nicht so gern, wie du weißt.« Ben fuhr sich mit den Fingern durch seine kurzen dunklen Haare, wie wenn er wenigstens die ordnen könnte, und sprach relativ bedrückt weiter: »Meine Redaktion will noch schnell einen fetzigen Bericht über den Carnaval und das Abschlussfest ›Begräbnis der Sardine‹ – und mein Chef ist auch auf Teneriffa und will höchstpersönlich ein ›wichtiges‹ Gespräch mit mir führen. Ich befürchte das Schlimmste.«

»Wieso, meinst du etwa, er will dich feuern?«, fragte Naira ungläubig.

»Schlimmer, ich ahne, es geht eher ums Gegenteil!«

Nairas Gesicht glich nun einem Fragezeichen. Ihr Handy gab einen spitzen Ton von sich. »Ah, Felipe« rief sie. »Dann lass uns mal sehen.«

Sie gingen zu Nairas kleinem Schreibtisch im nächsten Raum, Naira rief am Computer ihre Mails auf, öffnete die von Felipe, klickte auf den Scan und schob Ben auf ihren Sessel vor dem Bildschirm. Der hatte schon seine neue John-Lennon-Brille aufgesetzt und besah sich die Seite ziemlich lange.

»Hm, das muss ich mir genauer anschauen. Sobald ich irgendetwas Konkreteres herausgefunden habe, ruf ich dich an. Ich hab zwar jetzt noch zwei Termine, aber schickst du mir die Mail gleich weiter?«

»Ja, klar!«, sagte Naira. Sie dachte gleichzeitig angestrengt nach und fragte zögernd: »Sag, Ben, wann fliegst du denn am Samstag?« Die Antwort konnte sie nicht abwarten, ein Kunde stand vor ihr und formulierte nachdrücklich seinen Buchwunsch. Ben starrte weiter auf Nairas Computer und murmelte vor sich hin. »Interessant, höchst interessant, Kapitän Ibn Farukh …«

Naira hatte schon wieder eine Anfrage abschlägig beantworten müssen, aber der zweite Band von Flores und Santana war noch nicht auf Spanisch erschienen. Dabei kam der Teneriffaroman gleichzeitig in mehreren Sprachen heraus, aber die Anfragenden waren aus verständlichen Gründen schon etwas ungeduldig. Inzwischen war ihre Entscheidung getroffen.

»Ben!«, rief sie, als sie wieder bei ihm stand. »Ich werde auch nach Santa Cruz de Tenerife fliegen! Ich war ja schon ewig nicht mehr beim Karneval.«

Die Augen des Journalisten leuchteten auf. Da klang Arbeit und Aufenthalt in Santa Cruz schon viel angenehmer. An sich wollte er erst am Samstag nach Teneriffa fliegen. Aber dieses Blatt am Bildschirm ließ ihm keine Ruhe. »Du, ich habe mich gerade entschlossen, schon morgen früh mit der Maschine um neun Uhr zu fliegen, ist das für dich auch o.k.? Ich könnte dich zu Hause abholen, und wir fahren gemeinsam zum Flughafen? Allerdings habe ich nur ein kleines Zimmer reserviert, und es ist Karnaval und …«

»Na, du bist ja heute sehr spontan. So kenne ich dich gar nicht. Aber das sollte klappen, ich rede noch mit Marion, morgen ist ja auch Enrique da. Und warte einen Moment, ich habe da eine Idee zum Quartier.«

Naira suchte etwas hektisch in ihrem Handy eine Nummer und rief Inez, eine alte Freundin aus Teneriffazeiten, an, die Wohnungen via Airbnb vermietete. Welch ein Glück: Sie hatte tatsächlich noch eine relativ große und fast zentral gelegene, mit zwei Schlafzimmern, in den nächsten zwei Wochen frei. Naira wiederholte für Ben das Angebot, sie kannte die Gegend gut, schaute Ben fragend an, der sagte nur »Super!«, ohne weiterzufragen. Da fixierte Naira das Quartier, Inez würde ihr die Wohnungsdetails und die Zugangsdaten per Mail senden.

Kaum hatte sie das Gespräch beendet, war Ben zu ihrer Verwunderung schon auf dem Sprung:

»Du, jetzt muss ich weiter, ich ruf dich wie gesagt an, vergiss nicht zu packen. Morgen früh um acht Uhr hole ich dich ab!« Er küsste Naira flüchtig auf die Wangen, winkte ihrer Mitarbeiterin und war draußen. Was keiner bemerkt hatte, war, dass Ben, seit er das gescannte Blatt gesehen hatte, ziemlich nervös geworden war. »Wenn das echt ist«, dachte er sich, »ist das ein Hammer, eine Sensation!«

Der Himmel leuchtete in den schönsten Sonnenuntergangsfarben über den Bananenfeldern bei Tazacorte, als Ben in San Borondon aus dem Auto stieg. Flott ging er die wenigen Schritte zu seiner Haustür. Er fühlte sich angespannt und war glücklich, dass er sich nun endlich der Recherche zu dem angeblichen Reisebericht widmen konnte. Seine Nachmittagstermine hatte er ziemlich unkonzentriert wahrgenommen, lieber wäre er sofort nach dem Besuch bei Naira nach Hause, zu seiner umfangreichen Altkanaren-Bibliothek und vor allem zu seinem Computer, zurückgekehrt. Ihm war, als hätte er den Namen »Ibn Farukh« nicht das erste Mal gelesen. Aber sosehr er sein Hirn auch anstrengte, es fiel ihm nichts dazu ein. Er steckte den Schüssel ins Schloss seiner Eingangstür, aber der passte nicht. Verdutzt sah Ben auf seinen Schlüsselbund und bemerkte, dass er den falschen Schlüssel benutzen wollte. Na, höchste Zeit für eine Tasse Tee!

Am Weg durchs Vorzimmer fiel sein Blick auf seine drei Lanzas, die langen Sprungstäbe für den Hirtensprung, die er aufrecht mit Lederbändern an der Wand fixiert hatte. Der Hirtensprung ist ein beliebter Sport auf den Kanaren. Ursprünglich von den altkanarischen Viehhirten erfunden, um sich möglichst schnell in dem gebirgigen Gelände der Inseln fortzubewegen. Insbesondere die Höhenunterschiede in den engen Barrancos, den Schluchten, sind so einfacher zu überwinden. Seit seiner Schulzeit war Ben in einer der vielen Hirtensprung-Sportgruppen. Nach dem Training am Sonntag hatte er sich vorgenommen, sie wieder einmal gründlich zu pflegen, aber daran verschwendete er jetzt keinen Gedanken mehr. Im Arbeitszimmer angekommen lehnte er seinen Rucksack an den Schreibtisch. Das sichtlich gut gepflegte Stück im altkanarischen Stil hatte einst sein Vater von seinem Vater geerbt. Ben hatte ihn nach dem Unfalltod der Eltern vor vielen Jahren als Herzstück in sein Arbeitszimmer gestellt, und auch er pflegte ihn wie seinerzeit sein Vater mit Hingabe.

Er atmete durch, startete den Computer. Während der munter wurde, ging Ben in die Küche. Der Wasserkocher sprudelte schnell, der Tee mit seiner Berberteemischung war im Nu zubereitet. Er nahm die Tasse und setzte sich vor den Bildschirm.

Endlich konnte er ungestört recherchieren, aber so einfach, wie er sich das erhofft hatte, war es nicht.

Zwar fand er eine Erwähnung von Ibn Farukhs Fahrten auf die Kanaren, aber keinen Hinweis auf den von ihm überlieferten Bericht. Mehr als eine halbe Stunde später wurde er ungeduldig, stand auf und nahm eines der Bücher über die Kanaren vor der spanischen Eroberung aus seiner Bibliothek. Hier fand er eine Bemerkung über eine arabische Expedition vom spanischen Festland aus, die 945 auf Gran Canaria eingetroffen sei und auch die anderen Inseln besuchte und durchstreifte. Sie wäre nicht auf Eroberungsfeldzug gewesen, sondern wollte Informationen über die »Glücklichen Inseln« sammeln; sie wurden auch von Dolmetschern begleitet. »Woher kamen denn die Dolmetscher?«, fragte sich Ben nachdenklich. Über den Autor Manuel Diaz fand er allerdings gar nichts. Er fischte Buch um Buch aus dem Regal, markierte sich eventuell weiterführende Stellen mit seinen grünen Haftnotizstreifen. Ja, es gab Erwähnungen von arabischen Expeditionen vom Festland aus der Zeit vor 1400, die von Land und Leuten und von den paradiesischen Zuständen auf den »Glücklichen Inseln« erzählten. Und wenn der Bericht von Ibn Farukh im 16. Jahrhundert wirklich noch vorhanden war und Manuel Diaz ihn wiedergab? Seinen Tee hatte er längst ausgetrunken, er schaute nachdenklich in seine gut sortierte Hausbar, nahm den Singlemalt in die Hand und schenkte sich großzügig ein. Mit dem dickwandigen Whiskyglas setzte er sich wieder vor den Bildschirm. Je mehr kleine Hinweise er entdeckte, desto aufgeregter wurde er. »Ach, wenn dieser authentische Bericht wirklich noch existiert! Wir haben ja nur Vermutungen, keine Aufzeichnungen. Das wäre ja wahrscheinlich die erste erhaltene authentische Reportage über die Kanaren!« Ben stellte sich vor, welches Aufsehen so ein über tausend Jahre alter Reisebericht auf den Kanaren erregen würde. »Was heißt auf den Kanaren! Nein, das wäre eine Sensation in der ganzen spanischsprachigen Welt!«

Es ging schon auf Mitternacht zu, als er endlich zum Telefon griff.

»Naira, gut, dass du noch wach bist! Ich hab …«

»Natürlich bin ich wach, du bist ja heute sehr schnell verschwunden. Und ich könnte gar nicht einschlafen, bevor du angerufen hast.« Nairas Stimme klang wirklich hellwach.

Ben versuchte seine Aufregung zu verbergen und berichtete ihr: »Ich habe gesucht und gesucht, es ist nicht einfach, und ich kann auch nichts Abschließendes sagen, aber stell dir vor, das könnte ein nacherzählter Bericht einer arabischen Expedition im Jahre 964 sein! Und dieser Manuel Diaz hatte den anscheinend tatsächlich in der Hand gehabt – und eine Zusammenfassung mit vielen Bildern herausgegeben! Und: Die haben fast alle Inseln besucht, auch La Palma und El Hierro, und freundlich mit den Altkanariern Kontakt aufgenommen, Beziehungen geknüpft, sind die Inseln abgewandert und haben Zeichnungen gemacht, das Leben geschildert und …«

»Und du denkst, das war bis jetzt verschollen? Das wäre ein Aufregung!«

»Es schaut so aus … wenn hoffentlich nicht nur das Titelblatt überlebt hat! Die haben auch …«

»Du, bis Samstag müssen wir auf alle Fälle Geduld haben, erst dann sieht Felipe seinen ›Lieferanten‹ wieder. Hoffentlich klappt das. Ich bin jetzt nämlich auch schon sehr neugierig. Mich wundert nur, dass diese Seite die Zeit so gut überdauert hat.«

»Ich denke, wenn die Seiten gut verpackt und trocken gelagert waren, dann könnten sie auch alle nach ein paar hundert Jahren in einem so guten Zustand sein. Das könnte der Fund des Jahrhunderts sein … Wahrscheinlich kann ich das nicht kaufen, aber das Museo de Arqueologica auf Teneriffa – und ich könnte unter den Ersten sein, die das auswerten können! Was meinst du?«

»Ben, mein lieber Ben: Es ist fast Mitternacht und du willst mich morgen früh um acht Uhr abholen, oder?«

»Natürlich, ist doch schon ausgemacht. Hast du bereits dein Flugticket gecheckt?«

»Ja, schon erledigt. Reden wir lieber morgen weiter. Hast du gepackt und dein Quartier storniert?«

»Nnn-nein, aber gepackt ist gleich, da bin ich, glaube ich, Rekordhalter. Aber wieso mein Quartier storniert? Wo schläfst denn du in Santa Cruz? Mein Zimmer dort ist zwar klein, dunkel und na ja … Aber ich kann dir mein Bett anbieten und schlafe auf dem Bettvorleger«, bot Ben an und setzte nach: »Aber wir können ja gleich morgen vormittag nach einem Quartier für dich in der Nähe Ausschau halten und …«

»Ich hatte schon den Verdacht, dass du mir am Nachmittag nicht mehr richtig zugehört hast«, unterbrach ihn Naira. »Ich habe uns, und da warst du physisch durchaus vorhanden, du standest nämlich gleich neben mir, eine Wohnung mit zwei Schlafzimmern, nicht weit vom Mercado de Nuestra Señora de Afrika, organisiert. Du wirst zufrieden sein: Das WLAN dort ist super – und die Bar an der Ecke auch!« Ben durchforstete schnell sein Gedächtnis, die Info kam ihm bekannt vor, aber wirklich erinnern konnte er sich nicht daran. Seine Gedanken waren voll mit Überlegungen zu dem »Bericht des Ibn Farukh«, und er beruhigte sein aufblitzendes schlechtes Gewissen mit einem sanften »Na, das klingt ja wunderbar! Wer, wenn nicht du, vollbringt sogar in Karnevalszeiten solche Wunder«.

»Ja, da hast du recht! Aber jetzt vollbringe ich das Einschlaf-Wunder und schlafe in wenigen Minuten tief und fest. Das solltest du übrigens auch bald machen. Immerhin erwarte ich dich um acht Uhr als mein persönliches Flughafentaxi.«

»Ich freue mich auf morgen – und auf unsere Tage auf Teneriffa. Mit dir wird für mich nämlich sogar die ›Beerdigung der Sardine‹ unterhaltsam werden. Dormir bien, träum was Schönes!«

© Ullstein Buchverlage GmbH, Berlin 2024